鷹の惑い

Confusion of Hawks

堂場瞬一

Doba Shunichi

講談社

目次

鷹の惑い

装幀
岡 孝治

写真
Getty Images / amana images

第一章　逃げていた男

1

　今月、都営大江戸《おおえど》線が全線開通して一気に便利になった。いや、便利なのは自宅から父の見舞いに行く時だけなのだが。海老沢利光《えびさわとしみつ》の父・六郎《ろくろう》は、練馬《ねりま》にある病院に入院している。自宅のある荻窪《おぎくぼ》から行くには、東中野《ひがしなかの》か中野坂上《なかのさかうえ》で都営大江戸線に乗り換えるだけで済む。できるだけ頻繁に見舞いに行くか……自分が見舞いに行っても、父が回復するわけではないが。

　目の前のベッドに横たわる父には、生気がまったくない。既に死んでいて、自分が対面しているのは亡骸《なきがら》ではないか？　海老沢は心がざわつくのを感じた。父親の臨終に立ち会えるのは幸運かもしれないが、その後のあれこれを考えると気が塞《ふさ》いでしまう。今は比較的暇とはいえ、警視庁公安一課の管理官として、多くの部下を率いる立場である。自分の私生活にばかり気を遣っているわけにはいかない。

　父がのろのろと目を開ける。軽く息を吐いただけで、命が体外に流れ出してしまいそうだった。

「ああ……」父が溜息を漏らす。「来てたのか」

「ちょっと抜け出してきた」

「そんな暇があるのか」

「最近は、事件もないからな」

実際、公安一課の仕事は減る一方だった。十年ほど前の平成の初め——九〇年代の前半までは、ゲリラの季節だった。極左の連中は、成田空港反対運動などに絡んで、頻繁に、それこそ月一回ほどのペースでゲリラ事件を起こしていた。一番多かったのが、飛翔弾を撃ちこむ手口。極めて簡単なミサイルという感じで、さすがに爆発物を積むまでの技術力はなかった。ほとんど実害はなかったとはいえ、当然現場には出動せざるを得ない。しかしこの件で、容疑者を特定して逮捕できたケースはほとんどなかった。

そういう類のゲリラが減ってきたのは、九〇年代の半ばだった。一番の原因は、極左の戦力減と高齢化である。六〇年代から七〇年代にかけて、極左の戦力の供給源は学生だった。当時の大学では極左の活動が盛んで、田舎から出てきたばかりで右も左も分からない学生が洗脳・リクルートされ、極左の活動に身を投じた。そのまま就職もせず、活動家として社会の裏側で動いていたメンバーも、既に四十代から五十代である。体力・気力も衰え、かつてのように大学で新しいメンバーをリクルートすることも難しくなってきていた。今でも様々な社会問題に対して反対運動を展開し、デモなどが行われることはあるとはいえ、昔に比べればはるかに小規模である。もちろん公安は極左内部にスパイを飼い、情報収集を続けているが、重要な情報も入らなくなっていた——そもそも重要なことがない。

九〇年代の半ばから、極左が積極的に取り組んでいるのが、インターネットによる情報発信である。それまでは機関紙を通じて自分たちの主義主張を広めてきたのだが、それがインターネットに切り替わった感じだ。ただし今時、極左の言い分は若い層には届かないだろう。わざわざ革命を夢見て情報にアクセスしようとする若者はいないはずだ。公安的に見れば「足掻《あが》き」なのだが、インターネットの無限の可能性を考えると無視もできない。今後の公安の仕事は、極左のホームページのチェックになるかもしれない。

もっとも数日前には、新宿・歌舞伎町《かぶきちょう》のビデオ店に手製の爆弾が投げこまれる事件が起き、一時は極左の犯行ではないかと公安一課も臨場した。結果的には少年の犯行で、思想的な背景はなかった――それもある意味、衝撃的だったのだが。

「体調は？」

「いいわけがない」父が吐き捨てるように言った。

「無理しないで、先生の言うことをよく聞いて」

「無理なんか、とてもできん」父が弱気に言った。昔から無口で、滅多に本音を吐かない人だったのに……死期を悟ると、どうしても人は弱気になるのだろうか。「毎日後悔してるだけだ」

「後悔？」

「やり残したことがたくさんある」

「仕事で？」

「ああ」

父は戦前、悪名高い特高にいた。仕事は芝居の検閲。思想犯に対する拷問のような、暗く陰湿な仕事をしていたわけではなかったようだが、それでも終戦と同時に職を失った。しかし、戦後警察組織を新しく作り直すに際して呼び戻され、現在に至る公安警察の礎《いしずえ》を作った一人になった。もう八十三歳、仕事を退いてから三十年近くも経っている。それでも自分の過去を後悔するものだろうか。

「話したいなら聞くけど」

「そうだな」父の大きな喉仏――痩せてしまったのでさらに目立つ――が上下する。「一番大きな事件は――」

そこで、海老沢が背広の胸ポケットに入れた携帯が鳴った。病院なのでマナーモードにしてあるが、病室で携帯を使うわけにはいかない。画面を確認すると、公安一課からの電話だった。

「ちょっと電話だ」海老沢は携帯を振って見せた。急に話す気力を失ったようで、うなずきもせずに目を閉じる。

病室から抜け出し、ナースステーションの前の通話可能な場所で携帯に出る。

「俺だ」

「お疲れ様です」係長の水戸《みと》。声は緊張しきっていた。普段はどちらかというと呑気な男なのだが。

「どうした」

「緊急です」

「それは分かってる」今日、仕事を抜け出して病院へ行くことは告げてきていた。電話に出にくいことは分かっているはずなのに。

「仙台《せんだい》です」

「仙台？」切れ切れの情報に苛立《いらだ》ってきた。報告は大事なことから、というのは常識なのだが。

「はっきり言ってくれ。お前の報告は回りくどいんだよ」

「すみません……岩井《いわい》康和《やすかず》です」

「岩井がどうした」海老沢は緊張が一気に高まるのを感じた。

岩井康和——青年赤軍派、通称青軍《せいぐん》の最高幹部である。青軍が一九七一年に起こした企業爆破事件の首謀者として指名手配されていたのが、岩井である。あれから既に三十年近く、もう見つかることはないと、公安部内でも諦めの空気が漂っていた。岩井は事件後出国して、国際指名手配され、中東にいるとも言われていたのだが、足跡はぷつりと途切れている。既に死んでいるか、中東経由でどこか別の地域に逃れて密かに暮らしているのでは、という見方が公安の中では大勢だった。もはや日本に帰って来ることはないはず……。

「岩井が仙台で発見されました」

「仙台？　どういうことだ」海老沢は思わず携帯電話をきつく握り締めた。

「今言った通りです」水戸の声には焦りがある。普通に話しているが、実際はパニックに陥っているのかもしれない。「岩井が仙台で発見され、宮城県警が身柄を捕捉した——つい先ほど、連絡が入ってきたんです」

「分かった。すぐそっちへ戻る。できるだけ情報を収集しておいてくれ。それと、身柄を引き取りに行く準備も」

「了解です」

電話を切り、海老沢は大きく深呼吸した。落ち着け、落ち着け……指名手配されていた人間が見つかっただけの話ではないか。もちろん岩井は青軍の大物であり、公安にとっても最重要人物なのだが、もはや青軍自体は存在しない。岩井を逮捕して裁きにかけることには意味があるとはいえ、決して未来につながる捜査ではない。

　病室に戻る。父親に一言かけて、と思ったが、顔を見ると眠ってしまったようだった。胸は規則正しく上下しているし、容体は安定しているようだと判断して、音を立てないように病室を出る。

　父は末期の癌《がん》だった。本人には知らされていないが、既に海老沢は余命宣告を受けている。もってあと三ヵ月――その後は母親が一人取り残される。そうなったら、自分の家に引き取るしかないだろう。狭いマンションで老母が新しい暮らしを始めるのは大変かもしれないが、最近は足腰が弱ってきているのが心配だ。去年は転んで足首を骨折し、一ヵ月も入院したほどである。今でも、長時間歩くのはきつそうで、一人暮らしには不安が残る。

　公安の仕事は、これからますます変わっていくだろう。さらに暇になり、人員も減らされるのは間違いない。自分はそういう状況の中で、どうやって残りの警察官人生を全うしていくか――その一方で、家族に対しても責任を負わなくてはならない。

　四十代も後半になると、何かと身辺が忙しくなるものだ。それは、これまでの人生で経験したことのない大きな波になるだろう。

　現在、極左で最大勢力を保っているのは革連協《かくれんきょう》で、三つの係がその捜査と監視を担当している。水戸の係はその他のセクトを受け持っていて――岩井の指名手配を担当してきたのはこの係だ――海老沢は管理官としてそれを指導する立場だった。革連協担当ではないということで、現在の公安の本筋から外れた感じがしないでもないが……もはや公安そのものが、警視庁の中の本筋とは言えないだろう。キャリア組にとっては依然として出世ルートなのだが、それは刑事部などに比べて暇で事件が少ないからだ、と揶揄《やゆ》されている。公安畑を歩くキャリア組には時間があるので、人脈作りや自分の勉強に時間をかけられるのは確かだ。さらに、捜査のミスで失点がつく恐れも低い。

「どうだ」海老沢はすぐに水戸の席に行った。水戸は電話を終えたばかりで、乱暴に受話器を置いた。

「指紋で確認しました。岩井に間違いありません」

「こちらから身柄を取りに行くことになるな……課長に報告は？」

「まだです」水戸はメモを差し出した。細かい、几帳面な字でびっしりと情報が書きつけてある。

「取り敢えず分かった情報はまとめておきました」

　海老沢は自席に座り、水戸のメモに目を通し始めた。丁寧で読みやすい字だが、細か過ぎる……四十代に入ったばかりの水戸はこれでいいかもしれないが、海老沢は最近、細かい字に悩まされるようになっている。そろそろ老眼鏡が必要か、と考えると嫌な気分になるのだった。

　逮捕に至るきっかけは、まったくの偶然だった。ベテランの公安の刑事が、四日前にたまたま街中で岩井を発見し、少人数で尾行と監視を開始した。その結果、岩井に間違いないと判断し、今日の昼過ぎに家に戻って来たところで職務質問をし、岩井も本人だと認めたので身柄を拘束——岩井も一瞬で諦めたのかもしれない。三十年にも及ぶ逃亡生活で、疲れ果てていたのではないだろうか。

宮城県警にすれば、最小の労力で最大の効果を上げたことになる。しかし、四日も前に「怪しい」と目をつけていたなら、その時点で警視庁に連絡して欲しかった。指名手配しているのは警視庁なのだから、最終的に手錠をかけるのはこちらに任せて——いや、面子《メンツ》争いをしている場合ではないだろう。岩井は、海外逃亡していた大物である。その発見・逮捕は世間に大きな衝撃を与えるだろうし、三十年前の犯行と逃亡生活の実態を解き明かすのは大変ではあるが、久々に公安らしい仕事ではないか。

海老沢はちらりと腕時計を見た。現在、午後二時。急いで出発すれば、夕方には仙台に着けるだろう。同行するスタッフは四人——いや、念のために五人にしよう。もちろん自分も現地に向かう。

これまで入った情報を頭に叩きこんで、水戸に声をかける。

「向こうへ行く人間を五人選んでくれねえか。俺も行く」

「了解です。俺も行った方がいいでしょうね」

「そうしてくれ。課長に報告したらすぐに出かけるぞ」

海老沢はすぐに課長室に入った。公安一課長の牧田《まきだ》、それに理事官の松原《まつばら》が既に待機している。

「遅くなりました」一礼し、立ったまま報告を始める。とはいえ情報は少なく、すぐに終わってしまったが。「ただちに仙台へ向かって、身柄を確保します」

「分かった。県警の方へは、俺からも頼んでおく」牧田がうなずいた。「しかし、まさか今になって岩井が見つかるとはな」

「ええ。課長は、当時の事件は……」

「さすがに俺も知らない。まだ駆け出しで交番にいた頃だ」

「そうですか」

「うちも、海外での情報収集に関して、もう少し見直さないとな。岩井に対するフォローができていなかった」

「申し訳ありません」

　この辺は難しいところだ。国内の極左事件を追うのは公安一課。指名手配犯の捜索についても、当然責任を負う。しかし実際に海外のスパイやテロに関する情報を収集するのは外事なのだ。岩井が逃げこんだとされている中東地区に関しては、外事一課が対応する。ただし、公安一課と上手く連携が取れているとは言い難い。もっとも岩井に関しては、国内で見つかるとは誰も考えていなかったわけで、情報収集もろくに行われていなかったのが現実だが。

「今日中に、東京へ移送する予定です」

「新幹線に乗せた時点で発表するように、広報とは相談している」

　さすが手回しのいいことで……と言いかけ、海老沢は言葉を呑んだ。ベテランの捜査官である牧田は、あらゆることに対して目配りが利き、ぬかりがない。部下としては怖い存在でもある。

「東京駅で大変なことになりそうですね」報道陣が待ち構えていて、カメラの砲列に晒されることを考えるとうんざりする。顔がばれないよう、マスクは必須だ。

「うちと、所轄にも頼んで人を出してもらう。トラブルがないように十分用意しておくから、安心してこっちへ移送してくれ」

「時間は遅くなると思います。向こうで逮捕状を執行して、軽く取り調べをしたいんですが」

「弁録《べんろく》を取るぐらいにしておけよ。本格的な取り調べは戻ってからだ」

「そのつもりです」弁録——弁解録取書は、逮捕後直ちに作成される、最も重要な書類である。「やったかやっていないか」の最初の証言。以降の取り調べは、これをベースにして進められる。

「しかし、岩井はどんな男なんでしょうか」

「分からん。当時青軍を担当していた刑事も、もう全員引退してしまったからな。それに、事件から三十年が経っている。本当に中東に潜伏していたとしたら、生活も考え方もすっかり変わってしまっているだろう。とにかく、取り調べは用心してかからないとまずいぞ」

「本番は、宮代《みやしろ》さんに任せます」

「宮さんか」牧田がうなずく。「そうだな。ここは宮さんしかいないだろう。東京で待機してもらってくれ」

　宮代は定年まであと二年のベテラン刑事で、取り調べの腕には定評がある。逮捕後、岩井はほぼ宮代とだけ対決することになるのだが、その幕開けは仙台ではなく東京の方がいい。見知らぬ数人の刑事に連行されて警視庁に連れこまれ、そこで初めて会う粘り強いベテランと対決する——岩井も心の準備ができないはずだ。

「——それでは、早速出かけます」

「頼む。何か起きるとは思えないが、十分用心してくれ」

「了解です」

「ああ、そうだ」急に思いついたように牧田が言った。「親父さん」

「はい？」

「お前の親父さんなら、岩井の事件もご存じじゃないか？　当時、一課の理事官をされていたんじゃないかな」

「時期的にそうかもしれません」

「岩井対策なら、聞いてみるのも手だぞ。当時の様子が分かれば、何かとっかかりになるかもしれない」

「いえ……今、入院中なんです」そう告げる自分の声が、かすかに揺れるのが分かった。「今日も見舞いに行ってきたんですが、今は長い時間話すのは無理ですね」

「そうか……今の話は忘れてくれ。お大事にな」牧田がうなずく。

「お気遣い恐縮です」

一礼して課長室を出ると、海老沢はすぐに出張の用意を整えた。管理官になり、最近は現場に出る機会も減っているが、いざという時に何の用意もなくては話にならない。一泊分の着替えなどは、常に自分のロッカーに用意してあるのだ。それを大きなバッグに詰めこんで、準備完了。

他の課員も既に準備を整えている。海老沢は「行くぞ」と声をかけ、大股に公安一課の大部屋を出た。あまりにも突然のことで、まだ心の準備ができていない。新幹線で仙台へ移動するまでの間に、しっかり用意が整うだろうか。

仙台までは約二時間。午後五時、十二月の仙台の街は既に夕闇の中にあった。県警のパトカーが駅まで迎えに来てくれていて、それに乗って岩井の身柄がある中央警察署に向かう。

中央警察署は、既に当直に交代した時間だった。一階は静かなものだが、警備課のある三階はざわついている。記者連中に気取《けど》られないといいのだが、と心配になった。警視庁の所轄では、記者は一階、あるいは二階から上のフロアには行けない。取材対応は全て副署長が行うことになっていて、各課への直当たりは禁止、出入りさえ禁じられているのだ。しかし田舎の県警では、記者たちは未だにどこへでも自由に出入りできるとも聞く。

　中央署の警備課長、それに県警本部の公安課長が出迎えてくれた。公安課長自らが応対してくれるのは異例の事態だが、大物がいきなり目の前に現れたのは、やはり大変なことなのだろう。

「まず、岩井を見ますか」

　公安課長の石塚《いしづか》が丁寧に申し出た。腰が低い人らしいのでホッとしながら、海老沢は「お願いします」と頭を下げた。

「今、取調室なので……直接対面しますか？」

「いや、マジックミラー越しにします。顔を見てから、今後のことを相談します」

「では」石塚が目で合図すると、署の警備課長が取調室の前まで案内してくれた。小さなマジックミラーを通して岩井の顔を見る。

　手配書の写真はすっかり頭に入っているし、ここへ来る前に、水戸が持ち出した古い資料で別の写真も見ていたのだが、それでも別人としか思えなかった。手配写真では髪を長く伸ばしていたのだが、今は坊主頭である。胡麻塩頭というより、ほぼ真っ白。岩井康和、五十三歳——今時の五十三歳ではなく、もっと昔の人という感じの老け方である。本当に中東に潜伏していたなら、日本で暮らすのとはまったく違う苦労を強いられていたはずで、老けてしまうのも仕方ないだろう。

　しかし見間違えようがない特徴が二点ある。まず、耳。上が尖《とが》った特徴的な形で、長髪にしていても、そこだけはみ出して見えるぐらいだった。今は髪を刈り込んでいるので、よりはっきりと分かる。そして顎の傷跡。これは一九六九年、機動隊と衝突した際に負ったもので、かなりの重傷だったようだ。いい加減な手当てのせいで傷跡が醜く残り、それが目印になってしまっている。逃亡生活の間に整形手術を受ける手もあったはずだが、そこまでの金銭的な余裕はなかったのだろう。とにかく指紋が一致したのだから、本人であることは間違いない。

分厚いダウンジャケットは椅子の背に引っかけ、茶色に黒の格子柄のネルシャツ一枚。下は色褪せたジーンズだった。サイズが合っておらず、シャツの肩は下がっている。

岩井は、二人の刑事と対峙していた。取り調べではなく雑談という感じである。相手の話に対してはうなずいて反応するが、自分からは口を開こうとしない。何かボロを出すとまずい、とでも思っているのだろう。

「どうですか」横に控えた石塚が訊ねる。

「何とも言えません」海老沢は正直に答えた。「何しろ、あまりにも古い事件です。当時担当していた刑事は一人も残っていませんからね」

「でしょうね。三十年も前だ」石塚も首を横に振った。

「まず、逮捕状を執行します。それから移送の準備を整えますので、その間に捕捉時の詳しい状況を聞かせて下さい」

「分かりました」

警視庁から派遣されてきた刑事六人のうち、水戸と海老沢が取調室に入る。水戸が逮捕状の内容を読み上げた。岩井は表情一つ変えない。いつかこんな日が来るかもしれないと覚悟して諦めてしまったのか、逃れるための策を今も必死に考えているのか。

海老沢は弁録の作成を水戸たちに任せ、総合的に状況を把握するために、県警のメンバーから話を聴き始めた。その矢先、携帯が鳴る。取り出して確認すると、妻の美子《よしこ》……東北新幹線に乗る前に、「今日は遅くなるから食事はいらない」とショートメールを送っておいたのだが、その返事が今である。普段からあまり家庭を顧《かえり》みず、夫婦仲もいいとは言えないのだが、さすがに反応が遅過ぎるのではないだろうか。携帯を手に入れて以来、海老沢はどんどん気が短くなっているのを意識している。相手がすぐに反応しないと、苛《いら》つくのだ。こちらに電話がかかってきた時も同じ。取り逃すと、とんでもなく悪いことをしてしまったように感じる。

まったく、しょうがねえな……ブツブツ文句を言いながら、海老沢は会議室で石塚たちと情報を擦り合わせた。同席している初老の刑事――四十六歳の自分よりかなり年上だろう――が、岩井を発見したのだという。

「それが、まったく偶然でしてね」初老の刑事――小木《おぎ》と名乗った――が軽い口調で説明した。

「四日前に、五橋《いつつばし》駅の前で、本当にたまたま見かけたんですよ」

「よく分かりましたね」

「公安の手配犯も減っていますからね。スリ犯の担当よりは、覚える顔は少なくて済みますよ」

「それにしても、三十年前の事件ですから……耳や傷跡は昔のままですけど、全体の見た目は相当変わっていますよ」

「それが、まあ……仕かけがありましてね」

小木が、数枚の写真――イラストだろうか――を取り出し、テーブルに置いた。取り上げて見てみると、現在の岩井の顔に見える。しかし、やはりイラストのようだ。三十年経ったらどうなるか、予想して描いたような感じ。

「これは？」

「実は、娘が作ったんですよ」

「どういうことですか？　娘さんも警察官なんですか？」

「いや、学生です」

「小木さんの娘さん、東北大の大学院にいるんですよ」石塚が横から口を出した。「自慢の娘さんでね」

「いや、いつまでも金がかかってしょうがない」小木が言ったが、どこか嬉しそうだった。

「優秀でね、コンピューター関係の研究をしているんです。研究というか開発かな」石塚がつけ加えた。

「よく分からんのですが、画像解析とか何とか……その一つで、加齢による顔の変化を予測するソフト、というのを作ったんですよ」小木が説明をつけ加えた。

「はあ」その辺の話になってくると、海老沢もさっぱりである。

「若い頃の顔の写真を読みこませて、二十年後、三十年後の顔に変換する——これが驚くほどよく当たるんですわ。私の二十歳の頃の写真を読みこませて三十年後の顔を出したら、本当にこうなりましたからね」小木が自分の顔を指差した。「それで、指名手配犯の写真に加齢処置をして、頭に叩きこんだんです」

「それがこれですか」海老沢は岩井の顔——の予想図を取り上げた。言われてみると、ますます似ているように感じられる。「確かにそっくりですね。これはぜひ、全国の警察にも導入したい。指名手配犯の捜索に役立つでしょう」

「まあ、今回がいい証明になったと思います。でもあまり褒めると、娘がつけ上がりますが」

「いやいや、大変なお手柄だと思いますよ」

自分の娘とはえらい違いだ……一人娘の珠代《たまよ》は、今年二十一歳。都内の大学に通っているが、バイトばかりで勉強の方は……就職も決まったのに、どうも将来を呑気に考えている節《ふし》がある。

取り敢えず褒めておいてから、海老沢は捕捉の状況について詳しく事情聴取した。早くに警視庁に連絡をもらわなかったことに関しては文句を言いたかったが、何とか呑みこむ。取り敢えず身柄は押さえてもらったのだから、ここは素直に感謝しておこう。

「――つまり、普通に生活していた感じなんですね」

「特に警戒していた様子もありません。丸四日間監視していたんですが、普通に買い物に出て、街の食堂で飯も食ってましたからね」

「仕事は？」

「やってなかったようですね」

県警が岩井を発見したのは、十二月十日の日曜日。休日だったが、小木は自主的に尾行と監視を始め、翌日からは他の刑事も加わった。

「一瞬見逃して焦りましたけどね」

「どういうことですか？」

「昨日――十三日の夜は、家にいなかったようです。こちらの監視に気づいたとは思えませんが……たまたま昼過ぎに家に戻って来たので、急いで声をかけました」逃げられなくてよかった、という安堵の気持ちが声に滲《にじ》む。

「家はどんな感じでしたか」

「五橋駅の近くにある、古いアパートです」

「契約者は？」

「それが、岩井本人なんですな」

「そうですか……」警察は三十年前から追っていたとはいえ、普通の人は岩井のことなど知らないだろう。ただし、契約する際に保証人が必要になるはずで、その辺を探っていけば、岩井の人脈を掘り起こせるだろう。一般的に極左の逃亡犯には協力者がいる。長年組織から金銭的な援助を受けて、姿を隠していることが珍しくないのだ。「保証人のチェックは？」

「不動産屋に対する捜査はこれからです」

「分かりました。それは明日以降――うちの刑事を投入します」

「そうですか……」小木はどこか不満そうだった。せっかく身柄を押さえてやったのだから、捜査に一枚噛ませろ、とでも思っているのかもしれない。しかしこれはあくまで警視庁の事件である。

「今夜中に、うちの刑事をこちらに送りこみます。それで明日の朝から、一斉に捜査にかかりますから。アパートの方は今、どうなってますか？」海老沢は石塚に視線を向けた。

「監視中です。ただし、封鎖はしていない。表沙汰にはしたくないと、警視庁さんの方から連絡がありましてね」

　公安一課長だ、とすぐに分かった。逮捕の事実は、あくまで警視庁として広報したいのだろう。

せめて宮城県警と同時に——その前に情報が漏れないようにするには、岩井のアパートの前にパトカーを集中させてはいけない。そんなことをしたら目立って、近隣の住人が騒ぎ出すだろう。

「そのやり方で問題ないと思います。出入りがあれば——」

「身柄は押さえます。ただし今のところ、岩井が誰かと同居していた形跡はありません」

「ありがとうございます。いろいろご面倒をおかけしまして」

その時、会議室のドアをノックする音がした。小木が立ち上がってドアを開けると、水戸が顔を覗《のぞ》かせる。表情はない——何を考えているか、読めなかった。水戸は立ったまま報告を始めた。

「弁録を取ったんですが、容疑事実に関しては、何も言わないということです」

「お前、ちゃんと叩いたのか」海老沢は思わず声を荒らげた。「丁寧にやってる場合じゃねえぞ。ここで叩かねえで、いつやるんだよ」

非難の声をぶつけられても、水戸は平然としている。この男は鈍いというか……何事にも動じないタイプである。もしかしたら大物なのかもしれない。

「あまり無理はしない方がいいかと」

海老沢は一つ深呼吸した。ここは水戸の言う通りだ。極左の手配犯で「最後の大物」として追っていた一人なので、どうしても気合いが入ってしまう。しかし戦いは始まったばかりなのだ。焦ったら、向こうのペースに呑みこまれてしまう。

「——分かった。移送の準備を進めてくれ」

海老沢は石塚に断って、一度会議室を出た。そこでもう一度水戸と話をする。

「お前の感触ではどうなんだ？　喋《しゃべ》りそうか」

「何とも言えません」水戸が正直に認めた。「警察慣れしているでしょうし、こちらの出方を窺っている可能性はあります」

「警察慣れしてるって言っても、そんなのは三十年も前の話だぜ」岩井には二回の逮捕歴がある。それ以外でも、警察とは様々な形での接点があっただろう。どうやって厳しい取り調べをいなすか、ある程度は分かっている――しかし三十年も逃亡生活を続けていれば、そうしたノウハウも失われているはずだ。

「雀百まで踊りを忘れず、と言いますよ」

「お前は一々、言い回しが古いんだよ……まあ、いい。取り敢えず本部に報告して、すぐにこっちに刑事を送ってもらう」

「明日以降、家のガサですね」

「それだけじゃねえぞ。奴の仙台での足取りを徹底的に調べるんだ。岩井の人生を丸裸にするんだよ」

「となると、東京と仙台、二面捜査ですね」

場合によっては中東も……しかし実際に、中東へ出張して捜査をするのは不可能だろう。外事一課の情報に頼るか、現地の大使館に赴任している警察官がいれば探ってもらうしかないが、何か分かるとも思えない。

「二人こっちに残して、明日からの捜査の下準備をさせよう。俺たちは東京へ戻る」

「四人ですか……大丈夫ですかね」

「そのために、深山《みやま》と今岡《いまおか》を連れてきたんじゃねえか」

深山と今岡は、二人とも百八十五センチの長身で、公安一課五係のツインタワーと呼ばれている。しかもともに柔道三段だ。公安というより機動隊で活躍しそうなタイプだが、何かあった時に、肉体的にこれほど頼りになる若手はいない。

「東北新幹線の三列シートで、あの二人を両側に配して、俺とお前で前後を固める。これでまず間違いねえよ」

「ですかね……」

「何が不安なんだ?」あまりにも慎重な水戸の態度が気に障り始めた。絶対に気を抜くわけにはいかないが、あまりにも緊張したままだと、それはそれでミスの原因になる。

「いや、何でも百パーセントはないですから」

「だったら県警にパトを出してもらうか？　しかし交通事故に巻きこまれる可能性もあるんだぜ。何でも百パーセント安全ってことはねえんだよ。リスクを考えたら、新幹線で四人くっついてるのが一番安全だ」

水戸は無言でうなずいた。海老沢は公安一課長の牧田に連絡を入れる。待機していた牧田は、すぐに電話に出た。

「逮捕状を無事執行しました。今、移送に向けて県警と調整しています。それと、今晩中に何人か仙台に送りこみたいんですが」

「五係からだな。それはお前が手配してくれ」

「分かりました。取り敢えずあと三人、今晩中にこちらに来させます。県警にも協力してもらって、明日の朝から関係各所の捜索に入ります」

「何ヵ所ぐらいある？」

「今のところは岩井のアジトだけです。こちらでの動きが分かるに連れて、捜索する箇所も増えると思いますが」

「それは順次調整しよう。こちらへ戻るのは何時ぐらいになりそうだ？」

「まだ帰りの手配をしていません」出発するのに、これからさらに一時間ぐらいはかかるだろう。

「東京着は九時過ぎになると思います」

「岩井の身柄は、千代田《ちよだ》署で預かるように手配している。到着時間が分かったら、連絡を入れてくれ」千代田署は、東京駅から一番近い所轄だ。

「詳細は、後ほど報告します」

「移動中に会見することになるな……今夜は長くなる」

「お疲れ様です」

電話を切り、ホッと息を吐いてから自分に気合いを入れ直す。捜査はこれから本番だ。三十年前の事件は「歴史」として頭に叩きこんではいるが、もう一度ゼロから調べ直さないと。実際に捜査した刑事が一人も残っていないというのは痛い。経験は、書類に残された重要な情報をしばしば凌《りょう》駕《が》するのだ——一人だけ、確実に話が聴ける人間がいる。

父。

しかし今日の様子を見た限り、やはりまともに話せる時間は残されていないだろう。できるだけ早く話を聴いて、事件の詳細を頭に叩きこむ。それは見舞いではなく、通常の捜査になるはずだ。

県警が夕飯用に弁当を用意してくれた。移送中は食べる余裕もないだろうから、これは助かる。まだ温かさが残る幕の内弁当を食べながら、海老沢は公安課長の石塚と話をした。

「しかし、三十年も前の事件が未だに尾を引いているとはね」石塚は本心から驚いている様子だった。

「正直、解決は難しいと思っていました」海老沢は打ち明けた。

「あの手合いは逃げ切る――逃げ切って、いつの間にか死んでいるパターンが多い感じがするけどね」

「当時活動の中心にいた人間も、もう五十代ですからね」海老沢はうなずいた。「隠れていたら、病気になってもろくに治療も受けられないでしょうし、厳しいですね」

「それでも逃げ続ける……援助する人間がいるからだろうが、今回の件はどういうことだろう」石塚が首を捻る。「岩井がずっと中東にいたという説は怪しいな」

「出国して、サウジアラビアに入国した記録はありますよ」それが、中東潜伏説の強固な柱になっている。

「しかし日本に戻った記録はない。偽造パスポートを使ったんだろうが、いったいいつ日本に戻って来たのかが問題だな」

「それはこれから叩きます」

「何か協力できることがあれば、何でも言ってくれ」

「ありがとうございます」海老沢は箸を持ったまま頭を下げた。「ご迷惑にならないように、警視庁の方で責任を持ってやりますから」

公安事件の捜査なら警視庁――これは昔から続く「伝統」だ。警察が監視するセクトの本部は、全て東京にある。それ故、捜査の中心はあくまで東京、つまり警視庁なのだ。そして原則、警視庁は他県警と情報を共有しない。地方でアジトを発見しても、地元の県警に通告なしで捜索するのも普通だった。嫌がらせというわけではなく、機密保持のためである。地方の県警はそれを苦々しく思っているようだが。

慌ただしく夕食を済ませ、県警のパトカーで仙台駅へ向かう。新幹線の指定席は、結局県警が手配してくれた。ＪＲと相談のうえ、周辺の席も押さえて空席にしてある。新幹線での移送は比較的安全とはいえ、何が起きるかは分からない。できれば車両全体を貸切にしたいぐらいだが、それは無理だから、せめて人が近寄れないようにしたのだ。そして念のため、県警からも二人の私服刑事が同乗して警戒に当たることになっている。そこまでやる必要があるとは海老沢には思えなかったが、県警としても「一枚嚙みたい」というのが本音だろう。自分たちで身柄を押さえた相手が、指名手配していた警視庁に間違いなく引き渡されるのを確認しなければ、というクソ真面目な感覚もあるに違いない。

新幹線が動き出し、海老沢はようやくほっとした。集中して警戒しなければならないのは、新幹線が停車する時だけだから、少しは気が楽だ。

指定席の、三列シートの真ん中に岩井を座らせ、両脇をツインタワーの深山と今岡で固める。前には水戸、後ろには海老沢が一人で座る。さらに通路を挟んだ二人がけの席に、県警の刑事二人が陣取った。小柄な岩井が脱出するのは不可能だろう。

岩井は取り敢えず大人しくしていた。諦めたのか、今後の作戦を必死に考えているかは分からない。しかし何も動きはなさそうだったので、海老沢は事件の資料に目を通し始めた。

岩井が首謀者とされている大規模テロの発生は、一九七一年六月七日、月曜日だった。この日昼過ぎに、丸《まる》の内《うち》にある「四方《しかた》物産」本社ビルに爆発物がしかけられ、表通りに面した一階から三階までの窓ガラスが全て吹き飛んだ。爆風による死者三人、割れた窓ガラスが刺さるなどして負傷者は百人を超えた。企業を相手にしたテロは、この後七〇年代半ばに頻発するのだが、その走りと言われる事件である。

当時過激な動きに走っていた青軍が「アジア各国に対して不当な圧力をかけ続けている四方物産を制裁した」と犯行声明を出し、さらなる犯行も予告した。公安一課は全力を挙げて捜査にあたり、一週間後には実行犯の三人を逮捕。しかし事件を計画した青軍の最高幹部である岩井に対しては、逮捕状は出たものの、行方は分からなかった。

それからほぼ三十年。まさか、事件とも出身地ともまったく関係ない仙台で、岩井が見つかるとは……彼の三十年を掘り起こす作業には、多くの手が必要だろう。協力者の割り出しも必須だ。手間のかかる捜査になるのは間違いないものの、海老沢は久しぶりに興奮を感じていた。

海老沢が公安の刑事になったのは、一九七〇年代の終わり頃。当時は内ゲバやゲリラ事件などが頻発し、目の回るような毎日だった。しかし九〇年代中盤以降、極左の活動は急激に沈静化した。一つのきっかけが、オウム真理教事件だったと思う。オウム真理教による犯罪は多岐にわたり、警察としては絶対に看過できない状態になった。そのため、長年の対立を乗り越え、公安部と刑事部が協力して捜査にあたり、比較的早く事件は解決した。まだ裁判は続いているし、全容が解明されたとは言えないのだが、警察の「本気」を世間に示したことにもなったと思う。

海老沢もその捜査には関与し、中間管理職として指揮に当たっていたのだが、事件から少なからず影響を受けた。特にアジトの家宅捜索では、刑事になって初めて、明白に身の危険を感じた。毒物のサリンでテロ事件を起こすような連中だから、どんな危険なものを保管しているか分からない。間違って——あるいは意図的に危険な薬物が散布されたら、即座に命に関わる。大規模な捜索の前日、妻には事情を話さずに「問題が起きるかもしれない」と告げたのだが、妻は本気にした気配がない。あれ以来、夫婦仲はさらに冷えてしまったと思う。オウムの捜査でといえばさすがに心配してくれたと思うが、仕事の機密上、それは告げられなかった。

　あの捜査で、自分の中で何かが変わったと思う。捜査のやり方、心構え……一連のオウム事件は、警察にとってもかなりぎりぎりの攻防だったのだ。あのまま教団の規模が拡大して「戦力」が増えていたら、日本が内戦状態に陥っていた可能性もある。ある意味、最悪の状態になる前に潰せたと言えるのだが、今でも嫌な夢を見て、夜中にふと目覚めることがある。サリンのような猛毒が都心部で無差別に撒かれ、多くの人が苦しみながら死んでいく。しかし自分には何もできない。ついには自衛隊が出動し、要塞のようなアジトに戦車が攻撃を仕かける——その夢を見ると、決まってその後は眠れなくなるのだ。

　しかしこの件に衝撃と影響を受けたのは警察だけではない。極左の連中もそうだ。これまで極左は離合集散を繰り返しながら、既に数十年も活動を続けてきた。警察がどれだけ厳しく締め上げても、組織として潰れることはないとたかを括《くく》っていたに違いない。公安一課は定期的に革連協の本部事務所で家宅捜索を行うのだが、その際鉄製の重いドアを打ち破るのが恒例の「儀式」になっている。所詮ドアが壊される程度で、時に逮捕者が出ても大きな影響はない——ある意味、警察との対立も「お約束」になっていると思っていたに違いない。

　ところが一連のオウム事件で、警察は「本気」を見せた。本当に社会を侵食するような団体は全力で潰しに行く——それを目の前で見せつけられ、極左の活動は萎縮《いしゅく》してしまったのだろう。実際、公安が飼っているS——スパイも、口を揃えて「しばらくは大人しくしているしかない」と証言していた。

　そういう状態がさらに数年……しかし今年になってから、機関紙やホームページに掲載される檄《げき》文《ぶん》のトーンが激しくなってきている。来年から二十一世紀を迎えるためだ。新世紀に新革命を——というのが、最近革連協が掲げるスローガンである。最近では珍しい激した内容であり、公安一課では警戒を強めている。危険なのは十二月、そして年明けなのだが、そこにこの事件が飛びこんできた。革連協が、この事件を利用してくる可能性もある。革連協と青軍は直接関係ないのだが、革命勢力に対する弾圧として論陣を張ってくる可能性もある。

「管理官」岩井の右側——窓側に座る深山が軽く腰を浮かして声をかけてきた。

「どうした」

「薬を呑みたいと言ってるんですが」

「薬？」

「持病があると」

　持病があって薬を呑んでいるなら、病院に通っていたはずだ。保険はどうなっているのだろう？その辺も今後チェックしていかねばならないところだ。

「この水を使え」海老沢は自分のバッグから未開栓のペットボトルを取り出し、深山に渡した。

「すみません」

しばらく、ごそごそと気配がした。岩井の体は完全にシートに隠れてしまっているので、何をやっているかは分からない。

しかし……いったいどういう人生だと情けなくなってくる。若い頃、革命の理想に燃え、結果的に罪もない市民の命を奪う事件を起こす。それから長い逃亡生活を続け、五十を超えて薬が手放せないような持病を抱えてしまった――そしてこの先の人生に、光は何も見えない。刑務所の中で終わってしまう可能性も低くない。

「どうした！」深山が突然声を張り上げる。

海老沢は反射的に通路に飛び出した。見ると深山と今岡に挟まれた岩井が、体を折り曲げている。かなり具合が悪そうで、吐きながら体は痙攣《けいれん》している。

寝かせるように指示しようと思ったが、新幹線の狭いシートの上では横にさせることもできない。左側にいる今岡はすぐにどけるが、深山は岩井が邪魔になって動けないし……どうしていいか決められないうちに、岩井の体の震えが止まった。力が抜けてぐったりしてしまう。岩井の首に手を当てた深山が「脈がありません！」と叫んだ。

「薬は呑んだんだな？」海老沢は掠れる声で確認した。

「はい、その直後に……」

「毒か？」

「分かりません」

前の席から水戸が出て来た。顔面は蒼白《そうはく》である。

「新幹線、止めてもらいましょう」

「そんなこと、できるのか？　車内放送で医者を探してもらう方が……」

「医者がこの新幹線に乗り合わせている確率は低いでしょう。いても手当てができるかどうか……福島《ふくしま》で止めてもらうのが一番いいんじゃないですか」

水戸は冷静な態度を崩さず、車両から出て行った。残された海老沢にやれることはない――自分の無力さを呪うしかなかった。

そして今後の展開を考えると絶望的になる。捜査が潰れてしまうのも困るし、自分は責任を問われることになる。下手したら厳しい処分が待っている。

公安一課長の顔を思い浮かべる。新幹線が動き出したら会見すると言っていたから、今頃は記者たちの質問攻めに遭っているかもしれない。その最中に、岩井が倒れたなどと情報が入ったら――しかしこの件は、一刻も早く伝えねばならない。海老沢は携帯電話を取り出したが、ちょうどトンネルの中を通過中で圏外だった。公衆電話を探して車両を出る。鼓動は激しく、吐き気がしてくるほどだった。

俺の警察官人生は、これで終わるかもしれない。

2

海老沢の奴、今頃大変じゃないかな、と高峰拓男《たかみねたくお》は密かに同情した。大きなミス――いや、何が起きたか正確には分からないのだが。朝刊の記事では、詳細は明らかにされていなかった。

国際指名手配されていた極左の活動家が仙台で発見され、身柄を拘束された。そして東京へ移送中に毒物を服用、新幹線が福島駅に緊急停車して病院に運ばれたが、死亡が確認された――犯人は「持病の薬を呑みたい」と嘘をついて、自ら毒をあおったようだから、移送を担当していた刑事が徹底的に責められることはないだろう。どんな薬を呑むのか、事前にチェックしておくのはまず不可能だ。それに「呑んではいけない」と拒絶して病状が悪化したら、それはそれで問題になる。

　しかし、一面か……公安の事件が新聞の一面に来るのも久しぶりだ。それだけ大きな事件だったのだが、今や四方物産爆破事件を知っている人も多くはないだろう。四十歳以下の人にとっては「何だ、それ」かもしれない。高峰は当時高校生だったから、テレビや新聞のニュースで見た記憶はある。もちろん警察官になってからは、研修などで状況を詳しく教わった。

「管理官」

　係長の宮下《みやした》が、血相を変えてやって来た。普段はあまり表情を変えないのだが、今日は様子が違う。かなりまずい事件だ、と判断する。

「どうした」

「殺しですが……被害者《ガイシャ》が問題です」

「何者だ？」

「政治の関係者かもしれません」

「まさか、政治家じゃないだろうな」高峰は早くも立ち上がり、背後のコートかけから自分のハーフコートを取り上げた。中綿入りでモコモコしており、スーツには合わないのだが、冬場はできるだけ暖かい格好をするようにしている。風邪を引いて捜査ができなくなったら馬鹿馬鹿しいではないか――捜査一課の管理官になり、現場で動くことが少なくなった今でも、このスタイルに変わりはない。一月、二月は膝まであるダウンのコートが定番だ。

「そこがはっきりしないんですが」宮下の報告が曖昧になった。「政友党《せいゆうとう》の春山《はるやま》康樹《こうき》代議士秘書という肩書きの名刺を持っていました」

「代議士秘書？」本当だったら、政治家本人でなくても確かに厄介だ。「現場は？」

「目黒《めぐろ》です。林試《りんし》の森公園の近くですね」

「こんな時間に？」

「空き家の敷地内で見つかったらしいです。出勤する人が見つけたのが、午前七時半」

高峰は反射的に腕時計を見た。今、午前九時過ぎ――発見から一時間半で捜査一課にまで話が回ってきたわけで、決して遅くはない。

「殺しと断定した理由は？」

「複数の刺し傷がありました」

「よし、とにかく現場だ。全員出動」

高峰が声を張り上げると、宮下の係の刑事が一斉に立ち上がる。待機を続けていたこの係は、これからフル回転になるわけだ。本当に殺しなら特捜本部ができ、宮下が実質的に仕切ることになるのだが、しばらくは高峰も面倒を見なければならないだろう。高峰が統括する三つの係のうち、既に一つが特捜本部に入っているから、しばらくは両方の指揮を執ることになる。

捜査一課で二十年以上。今は管理職となり、地べたを這いずり回るような仕事こそしていないが、現場の刑事の感覚は未だに残っている。逆に自分で手を出せないのがもどかしくもあったが、警察官の仕事は担当によって細かく分けられている。そこを無視したら、指揮命令系統が滅茶苦茶になって混乱するだけだ。

二つの特捜本部を抱えるのは大変だが、これが管理官の仕事である。いつものように淡々とこなすだけだ。

しかし――被害者が政治関係者だとしたら、実際に厄介なことになるのは間違いない。上からも余計な圧力がかかる。そこだけは気をつけていこう、と高峰は気持ちを引き締めた。

全国的に空き家が増えているというが、目黒のこの辺にも、人が住んでいない家はあるわけだ……両隣は普通の家なのだが、現場になった家には、明らかに人の気配がない。玄関前には雑草が生い茂り、ドアが見えなくなっているほどだった。十二月でこれだと、真夏はもっと大変だろう。

遺体は、その雑草の奥に隠されるように倒れていた。これだと、通り過ぎる人も気づかないかもしれない。発見したのは隣家の主人だというが……隣の家が数年前から空き家になっているのが気になっていて、時々覗いていたのだという。その気持ちは分かる。一軒家の場合、隣にどんな人が住んでいるかで、住環境は大きく変わる。隣家が無人だと、それはそれで気になるだろう。空き家は、防犯的にも好ましい存在ではない。

高峰は遺体に手を合わせ、周辺の様子をざっと確認した。かなり長い期間放置されていた家のようで、あちこちが傷んでいる。隣家の住人が不安になるのも理解できた。

その後で、所轄の刑事課長から報告を受けた。その時には既に本部の捜査一課長、大田原《おおたわら》が臨場していたので、一緒に話を聴く。大田原はこういう時に口を挟む人間ではないので、高峰が質問することになった。

「近所の聞き込みは？」

「今、範囲を広げてやっていますが、不審者の情報はまだないですね」刑事課長が首を横に振る。

「静かなところだから、悲鳴が上がったらすぐに分かりそうだが」

「そうなんですが、今のところは手がかりは出ていません。ちなみに、被害者の住所はこの近くだと思います」

刑事課長が、証拠品袋に入れた複数の名刺を差し出した。高峰はそれを受け取り、捜査一課長に見せる。

「春山事務所の名刺は一枚だけだな」大田原が指摘する。

「多いのは……個人の名刺ですね」

高峰はうなずいた。「安岡《やすおか》孝雄《たかお》事務所」と自分の名前を冠した名刺。「選挙コンサルタント」という肩書きと電話番号、住所、電子メールアドレス……住所は目黒区内だった。同人名義の運転免許証もあり、顔写真で、被害者のものだと確認できたはずだ。

「代議士秘書を辞めて、選挙コンサルタントをしていたんだろうか」高峰は刑事課長に話を振った。

「その辺は今、調査中です。春山事務所に連絡が取れましたから、これから担当者に来てもらうことにしてあります」

「高峰、事務所関係者の事情聴取にはお前も立ち会ってくれ」大田原が指示した。

「分かりました」一課長の指示の意図は簡単に読める。個人的な問題が原因の事件ならともかく、政治絡みだったら厄介なことになる。部下に任せきりにせずに管理官としていち早く見極めを——ということだろう。

報告を聞き終え、高峰は大田原と相談した。

「このまま所轄へ行かれますか？」

「いや、一度本部に戻る。捜査会議までに、もう少し情報が欲しいな」

「最初の会議は夕方にしますか」

「ああ……それで、お前の読みは？」大田原がいきなり回答を求めてきた。

「何とも言えません」高峰は慎重に答えた。「被害者が何者か確認してから、考えます。ただ、政友党の関係者が、政治絡みで殺されるとは考えにくいですけどね」

政友党は、寄せ集め政党である。かつての野党が離合集散を繰り返し、「政友党」として正式に旗揚げしたのが一九九八年。最大野党として、政権交代を党是《とうぜ》にしているのだが、今のところそれが叶う気配はない。今年の総選挙では議席を大幅に伸ばして三桁に乗せたが、それでも民自党に対抗できる勢力にはなっていなかった。他の野党との共闘が大きなテーマだが、野党連合は簡単には成立しそうにない。

「今回の件は、とにかく慎重に進めてくれ」大田原が釘を刺す。「見極めができるまでは……万が一政治絡みだったら、通常の特捜の人員よりも増員して捜査を進める」

「分かりました」とはいえ、捜査一課の刑事が政治に詳しいわけではないから、人を増やしても捜査がスムーズに進むわけではないだろうが。しかし、今そんなことを心配しても仕方がない。

まず、一つ一つ情報を集めることだ。そういう作業を進めているうちに、有力な目撃者が出てきて、事件は一気に解決してしまうこともある。

　春山事務所から目黒中央署にやってきたのは、「事務長」を名乗る角《すみ》という男だった。六十歳にしては元気で体にも張りがあり、髪がほとんど白くなっている以外には、年齢を感じさせる要素はない。会議室の椅子に座って対峙すると、ぴしりと背筋が伸びていて気持ちがいいぐらいだった。長年剣道か何かを続けているタイプかもしれない。

　本来は担当刑事が事情聴取するのだが、この場では高峰がその役目を買って出た。事件の最初の大きな山場になる可能性もあるし、一課長にしっかり報告するためにも、自分で話を聴いておかないと。

「捜査一課管理官の高峰です」丁寧に名乗って名刺を交換する。

「春山事務所の角です。この度はご迷惑をおかけしまして……」

「安岡さんは今でもそちらの事務所で仕事をしておられるんですか？」

「いえ」腰を下ろしながら、角が否定した。「今年、辞めました」

「五十歳ですよね？　定年で辞めるには早いと思いますが」

「個人で仕事をしたいということでした」

「それが選挙コンサルタントなんですか？　仕事の実態がよく分からないんですが」

「候補者を当選させるための作戦を立てる参謀ですよ。そういうことの専門家は、何人もいます」

「党の方で、しっかり選挙対策をするものじゃないんですか」

「公認候補については、もちろんそうです。しかし無所属の候補もいますし、新人は選挙のことが分かりませんからね。選挙コンサルタントの人は、主にそういう候補者にアドバイスをするんです」

「何か、春山先生のところの仕事に不満があって辞めたんですか？」選挙コンサルタントの仕事というと、不安定な感じもする。五十歳で独立して新しく仕事を始めようとするのは、かなりのギャンブルではないだろうか。

「そういうわけじゃありません」角が即座に否定する。「新しいことにチャレンジしたくなった、ということです」

「リスキーな感じもしますが」

「正直言って、私も止めたんですよ」角が打ち明ける。「政友党はこれからです。彼には、春山の秘書としてだけでなく、党全体を支えるような仕事も期待していたんですけどねえ」

「ご本人は独立にこだわった、と」

「そういうことです。ただし、辞める際には何も問題はありませんでしたよ」先に釘を刺すように角が言った。「春山にも仁義を通して、スムーズに独立しました」

「しかし、選挙コンサルタントとして、無所属候補の応援をしていると、政友党候補のライバルになる可能性もありますよね？　その辺、問題はなかったんでしょうか」

「仕事は仕事ということです。割り切らないと」

「なるほど」あまりスッキリしなかったが、この件はここで打ち切ることにした。角は、現在の安岡の仕事については、はっきり把握していないのかもしれない。辞めてしまえば、縁も切れるのだろう。「安岡さんの経歴について教えてもらえますか」

「元々、民主連合の職員だったんです。春山も初当選は民主連合からで……最初の選挙の時に秘書になってからのつき合いですから、もう二十年近くになりますね」

「出馬する候補者に、党が秘書をつけることもあるんですか？」

「民自党のように二世議員が多いと、サポートする人間は多いんですが、春山は労組出身で選挙スタッフがいなかったですからね。安岡はそれまでも、民主連合で選挙関係の仕事をしていましたから、春山のサポート役に相応《ふさわ》しいと判断されたようです」

「そもそも政党職員になるのは、どういうキャリアの人なんですか？」捜査には関係ないが、興味が勝ってつい訊ねてしまった。

「そうですね……やはり親が政治関係の仕事をしている人が多いですね。将来自分も選挙に出るために、修業の目的で来ている人もいます」

「安岡さんは？」

「古い話なんではっきりしないこともあるんですが」角が手帳を広げる。「一九七五年に、民主連合の職員になっています」

「当時の民主連合だと、組合上がりの人が多かったんじゃないですか」それもかなり急進的な。

「確かに、組合から出向で来ている人もいましたね。でも、当時から新卒で職員は採用していましたよ」

「一九七五年当時というと、安岡さんは二十五歳ですか。新卒という年齢ではないですよね」

「そうですね……」角が首を捻《ひね》った。「その辺の事情は分かりません。なにぶん、民主連合も政党としては解散してしまったので、人事資料もどこまで残っているか」

「調べていただけますか？」

「必要ですか」角が渋い表情を浮かべる。

「お願いします」高峰は頭を下げた。「初動捜査の段階では、全てを知っておきたいので」

「うちは関係ないと思いますけどね……」

「秘書をやっておられた時代に、何か人の恨みを買うようなことはなかったですか」

「ないですね」角が即座に断言した。

「政治家のところには、いろいろな人が来ると思いますが……トラブルもあるんじゃないですか」

「そういうことはないでもないですが、安岡に関してはないと思います——いや、なかったですね」

「断言できますか」

「私が知る限りでは」

角が全てを知っているわけではないだろう。この段階ではまだ、政治絡みの動機を消すわけにはいかない。

捜査は始まったばかりだ。あらゆる可能性を排除しないで進めていかねばならない。

夕方、第一回の捜査会議が開かれた。高峰は捜査一課長と並んで会議室の前方に座り、刑事たちと対峙する。係長の宮下が仕切って会議を進めた。

まず、被害者の身元について。生年月日、住所などが改めて報告されたが、そこでまず高峰は引っかかった。報告したのは目黒中央署の刑事。

「家族によると、被害者は四日前の十一日——月曜日から東北方面に出張に出ていたということです。今日帰宅予定ということでした」

「家族にも知らせずに都内に戻って来ていたということか」高峰は訊ねた。

「そのようです」

「東北方面の足取りは？」

「それはまだ摑《つか》めていません。家族には、岩手と宮城を回ると言っていたようですが」

「仕事で？」

「家族はそう聞いています」

はっきりしないな……高峰はボールペンの先で手帳を叩いた。関係者への事情聴取の結果が曖昧過ぎる。この辺はハッパをかけていかないと——いや、それは一課長の役目か。

「自宅の捜索は終わったか？」宮下が質問を続ける。

「被害者の仕事部屋から、書類等を押収しました。パソコンもありますが、ロックされていてまだ閲覧できていません。全部を調べるにはかなり時間がかかると思います」

「完全に一人で仕事をしていたのか？」高峰はつい口を挟んだ。「他のスタッフはいない？」

「自宅を事務所にしていたようです」

「そう言えば、携帯が見つかっていないな」大田原が疑念を口にした。「今時携帯ぐらい持ってるだろう」

「携帯は持っていました」刑事がすぐに肯定する。「ただし、遺体の周辺からは何も見つかっていませんし、自宅にもありませんでした」

「犯人が持ち去ったか……」

大田原がつぶやいたので、高峰もうなずいた。今や携帯電話は個人情報の宝庫である。犯人が、自分の身元につながるデータが入っていると考えて持ち去っても不思議はない。

引き続き、検死結果について別の刑事が報告する。遺体の解剖は明日の予定だが、既にかなり詳しい状況が分かってきていた。

「解剖の結果待ちですが、刃物による傷が数ヵ所、認められます。死因は失血死と見られています。現場の状況から、別の場所で刺されてあそこに遺棄されたと考えていいと思います」

高峰は自分のデジタルカメラを取り出して現場の様子を見直した。自腹で購入したのだが、現場の様子などを取り敢えず記録しておくのに大変役に立つ。高峰は、この秋発売されたカメラ機能つきの携帯電話にも注目していた。画質は期待できないだろうが、現場の様子をメモ代わりに撮影しておくには十分だろう。今後は、刑事が持つ機材もどんどん小さくなっていくのではないか。

「問題は、遺体があそこに丸一日ぐらい放置されていたことです。死亡推定時刻は、十三日深夜から十四日朝にかけて」

「そんなに長い間、誰にも見つからなかったのか？」人里離れた山の中ならともかく、東京の真ん中で起きた事件である。しかし、と高峰は思い出した。あそこは雑草が背高く生い茂っていて、普通に道路を歩いている人からは見えにくくなっている。元々人通りも少ない場所のようだし。遺体は異臭を放つものだが、今は十二月だ。真夏とは状況が違う。

「そういうことになります」

「目撃者は？」

宮下の問いかけに、また別の刑事が立ち上がって報告する。

「範囲を広げて近所の聞き込みをしていますが、言い争う声や悲鳴を聞いたという証言は得られていません」

「現場は住宅地だな。何かあればすぐに近所の人は気づくと思うが」

「はい。しかし異変に気づいた人は見つかっていません」

その後も細々とした報告が続く。情報が出揃った時点で、捜査幹部の三人は捜査の割り振りについて手短に打ち合わせをした。それを元に、宮下が明日以降の捜査の分担を割り振った。近所の聞き込み、交友関係などを含めた被害者の身辺調査が二つの大きな柱になる。新しい情報が出てきたら、すぐにそちらに人手を集中させる。

最後に、宮下が大田原を促した。大田原はスーツのボタンをとめながら立ち上がり、刑事たちの顔を見回した。会議室の中に、緊張した空気が張り詰める。

「朝からご苦労様」まず労《ねぎら》いの言葉から入る。警視庁の課長クラスにはキャリア組が就くことも多いのだが、捜査一課長は叩き上げの人間が就任するのが通例である。ベテランの捜査官で、現場をたっぷり経験し、修羅場をくぐってきた体験が重視されるのだ。一課長は普通二年で交代するので、高峰もこれまで、十人近くの捜査一課長に仕えてきたが、個性は実に様々……大田原は、これまでにない穏やかで丁寧なタイプだった。「俺について来い」という強面《こわもて》のタイプが普通だったのだが、これも時代の流れということか。平成も十二年になるし、昭和の時代に普通だった鬼課長は、もはや過去の遺物かもしれない。自分たちのようなポスト団塊の世代、それに今や警察の主力になっている「新人類」と呼ばれた世代には、猛烈タイプのトップに対する微妙な抵抗感がある。

「今回は、非常に難しい事件になるかもしれない。政治絡みの事件である可能性は否定できないから、その方向の動きが出てきた場合は、慎重に対処して欲しい。ただし、一刻も早い被疑者の確保は、いつもと変わらない方針だ。しばらく大変だと思うが、迅速かつ丁寧な捜査を心がけていこう」

おう、と声が揃う。これは昭和の時代から変わらない。高峰も気合いが入り直すのを感じた。

その後、各担当がそれぞれ打ち合わせをし、最初の捜査会議は終了。一部の刑事は、目黒中央署の制服組と一緒に、徹夜仕事になる。これから犯行現場付近で張り込み、通行人に聞き取り調査をするのだ。犯行があった時間帯に普段はどんな人が行き来するかをチェックしておくこの「定時通行調査」は、捜査の基本の基本である。

「どうだ」刑事たちが引き上げると、大田原が聞いてきた。

「何とも言えませんが、顔見知りの犯行かもしれませんね。近所の人が、言い合う声も悲鳴も聞いていないということは、顔見知りと一緒にいたということじゃないでしょうか」

「そうだな」大田原がうなずく。「安岡の行動にはいろいろと疑問がある」

「本当に東北へ行っていたのかどうか……家族に嘘をついていたか、あるいは急遽東京へ戻る用事ができて、家族に連絡している暇もなかったか」

「どちらかだろうな。もう一つ特捜があって大変だと思うが、しばらくはこちらを重点的に頼む。政治絡みの可能性もないではないからな。本当に厄介なことになったら、近隣の所轄や一課の他の係からも応援を出す」

「そうならないうちに何とかしたいですね」

もう一つの特捜本部のことも気になる。二週間前に板橋《いたばし》で起きた強盗殺人事件。複数のアパートを経営する資産家の男性が殺され、自宅から現金一千万円が盗まれた。一人暮らしの家から夜中に逃げ出す若い男の姿を、近所の人たちが目撃している——既に容疑者の目星はついていた。被害者の失業中の甥。金に困って何度も相談に訪れていたが、その都度被害者は冷たく追い返していて、トラブルになっていたようだ。

　そのような事情が分かって、この甥に対する監視が始められている。周辺捜査で容疑が固まれば、即座に逮捕という予定が立てられていた。こちらもいつ動くか分からないから、頭の片隅に置いておかねばならない。

　今日の仕事を終え、高峰はようやく帰途についた。自宅はすぐ近く——恵比寿《えびす》である。元々生まれ育った実家で、かなり古くなっているが、亡くなった父親から引き継いだ。そうでなければ、警察官の給料で住めるような場所ではない。

　長く捜査一課の刑事として活躍した父の高峰靖夫《やすお》は、戦後すぐにこの地に家を構えた。ずっと住み続け「家は残さない」と言っていた——足腰が立たなくなったら処分して老人ホームに入ると宣言していたのだ——が、足腰は弱まらなかったものの、脳梗塞で倒れ、一昨年急死してしまった。

　そして残された母親は不安がり、実家での同居を頼みこんできたのだった。高峰は四人家族。当時、長男は十七歳の高校二年生、長女は十五歳の中学三年生で、マンションは手狭になってきていた。いつか一戸建てに、と妻の淑恵《よしえ》とはずっと話し合っていたが、バブルが崩壊しても不動産価格が急激に下落するわけでもなく、都内を離れて千葉か埼玉に家を買おうか、という話になっていた。警視庁の最寄駅である霞ケ関《かすみがせき》駅まで直通で行ける常磐《じょうばん》線沿線に住む同僚もたくさんいるのだが……東京生まれの高峰は、都内に住むことにこだわりがあった。そこへ父の急逝、そして母親との同居という新たな局面がやってきた。

その母も今年の二月、父の跡を追うように亡くなってしまった。実際には、父が倒れる前から癌を患っていて、父の死後に急速に体調が悪化していったのだ。しかも今年の春からは、一浪して大阪の大学へ進学した長男が家を出てしまったので、それほど広くなかった家が、今はひどくがらんとして虚しく感じられる。

午後十時過ぎに家に戻り、一息つく。食事は特捜本部で済ませてしまったので、後は風呂に入って寝るだけ。明日も一日フル活動することになりそうだから、早く寝よう。その前にビールを一本……とも思ったが、やめにした。今日はひどく冷えこむ一日だったし、築三十年以上が経つこの家にはあちこちに不具合が出てきて、特に冬は冷える。ビールの冷たさを想像すると身震いするぐらいだった。

熱いお茶を飲みながら、淑恵がその寒さを嘆く。

「早く建て替えないと、暖房費で大変なことになりそうよ」

「そうだよな……」リビングルームには、既に石油ストーブが入っている。今時石油ストーブも時代遅れだし、火災防止の点でも問題がある。建て替えて、リビングには床暖房を入れるというのが淑恵の希望だった。とはいえ、時間も金もかかるから、今すぐというわけにはいかない。

「そう言えば、佳恵《よしえ》ちゃんから電話、あったわよ」

「何だって?」妹の佳恵——たまたま妻と名前の読みが同じだ——は、高峰とは頭の出来が違う。司法試験に一発で合格し、今は弁護士として活躍している。父にとっては自慢の娘だったようだ。

しかし刑事にとって、弁護士はある意味敵。父も現役時代、弁護士にやりこめられて苦杯《くはい》を舐《な》めたことが何度もあったらしい。そういう父親の心情を知ってか知らずか、佳恵は刑事弁護士にはならなかった。企業法務の専門家として仕事をして、たっぷり稼いでいる。夫も弁護士で、港区にあるマンションの最上階の部屋を購入して住んでいる。子どもはいない。

「ご機嫌伺い」

「何だよ、それ」互いに仕事が忙しいので、最近は年に二回か三回しか会わない。

「家の具合はどうかって。ちょっと愚痴っておいたわ」

「こう寒いとなあ……確かに辛い」

「この家を売り払って、新しく戸建てを買えばいいって言ってたけど、その気はないでしょう？」

「ここは場所的に便利だし、売るのは抵抗があるよ。せっかく相続税も払ったんだし」

父、そして母が続いて亡くなり、相続関係はかなり面倒だった。それはほとんど佳恵がやってくれたのだが……妹は、母が亡くなった時に、「家は処分した方が後々楽だ」とアドバイスしてくれた。しかし、高峰にすれば、親から引き継いだものはやはりきちんと維持していきたいという気持ちが強かった。

「そのうち話しておくよ。あいつも、金のことしか頭にないから……困ったもんだ」

「子どもがいない夫婦だったら、老後も自分たちで考えないといけないでしょう。それにはお金が大事よ」

「老後？　まだ早いよ。僕だって何も考えてないし、そもそも子どもの世話になろうとも思っていない」

それをはっきり意識したのは、長男の大介《だいすけ》が大学に進学する時だった。大介は昔から絵が得意で、大阪の美大に進学したのだった。将来の目標は画家ではなく、商業美術――デザイナーとして仕事をしたいと言っているが、そんな仕事に安定性があるかどうか……どこで仕事をするか、どこに住むかも分からない息子を当てにはできない。大学受験を控えている長女の茜《あかね》は能天気で、まだ将来のことなど何も考えていない様子だ。いずれは嫁に出すことになるのだし、こちらも当てにしてはいけないだろう。子どもがいようがいまいが、老後のことは自分たちで面倒を見るのが基本だ。

「これからしばらく忙しくなるから」

「また大変ね。ずっと特捜続きじゃない」

「帰れないこともないけど……それを考えると、やっぱりここに住んでいるのは大事だと思うよ。千葉や茨城に家があったら、特捜本部に泊まりこみになると思う。この歳になって、そういうのはきついよ」

「そうよねえ……でも、いつまで経っても楽にならないわよね」

「警察の仕事は仕方がないさ」

それにしても、自分のこれからの人生を考えることも増えてきた。現在四十七歳、警視。ここまでの出世は順調だったと言っていい。定年まで十年以上、通常の異動ルートをたどれば、この先は所轄の副署長、本部の理事官という道筋も見えている。そこから先はどうなるか……捜査一課長になる目もあるかもしれないし、最後は署長に、というのも十分あり得る話だ。警察官キャリアの総仕上げが一国一城の主である署長というのは、多くの警察官が任官当時に夢見ることである。多くはその途中で挫折してしまうのだが、高峰にはまだチャンスがある。しかし管理官というポジションに就いてみると、警察署という一つの完結した組織の長になりたいと思わなくなった。できれば定年の日まで現場にいたい――しかしずっと管理官で居座るのも難しいだろう。

　インタフォンが鳴った。おいおい――反射的に壁の時計を見ると、既に午後十時半。こんな時間に家を訪ねて来るのは、新聞記者しかいない。

「記者だろう。僕が出る」

「いないと言って帰ってもらう？　今日は疲れてるでしょう」

　実際、家族を盾にして記者を追い返してしまう同僚もいるのだが、高峰はそういう行為には抵抗があった。家に来られても基本的に取材は受けないが、それならそれで、自分の口から「何も話せないよ」と言っておきたかった。せめてもの礼儀である。

　立ち上がり、インタフォンの受話器を取り上げる。

「はい」

「夜分にすみません。東日新聞の小池《こいけ》です」

　こいつか、と途端に面倒臭くなった。東日新聞の警視庁クラブには、捜査一課担当が三人いる。仕切り、二番手、三番手だ。仕切りが課長、理事官を担当し、二番手は管理官、三番手は係長以下に取材――というのが夜討ち朝駆けのルールらしい。小池は二番手なので管理官を担当しているのだが……絶対に話はすまい、と高峰は決心した。小池は癖が強い――異常にしつこい男で、捜査一課の幹部からは「要注意」のマークをつけられている。実際、相手を一度摑まえると、うんざりするぐらい質問をぶつけてくるのだ。

「ちょっと追い返してくる」

「お風呂の用意、しておくわね」

　玄関先でサンダルを突っかけ、ドアを開ける。小池が深々と頭を下げる。ひょろりと背の高い男で、何とも頼りない――三十歳だということは分かっているが、童顔で大学生に見えることもあった。スーツのサイズが合っておらず、いつもだらしない感じがする。

「今日の事件については、言うことはないよ。課長の会見以上の事実はない」

「それはいいんですが、別のお話が」

「またまた」高峰は鼻で笑った。「そうやって別件と言って食いこんでくるのが、あなたの常套手段でしょう」

「そういうわけじゃないですよ」

「とにかく、発生初日にそんなに情報が出るわけじゃないから。うちより、公安の事件の手伝いをした方がいいんじゃないですか。向こうは大変でしょう」高峰は指摘した。

　実際、世間の注目を浴びているのは、自殺した岩井の件である。夕刊でも各紙が続報を社会面で扱っていた。この騒ぎはまだしばらく続くのではないだろうか。三十年も海外逃亡していた極左の大物が仙台に現れたというだけで大事なのに、移送中に突然自殺――新聞だけでなく週刊誌も騒ぎそうな一件である。

「あれは公安の担当で、うちには関係ありませんから」

「同じ記者クラブの同僚なのに？」

「公安担当とは仲が悪いんです。捜査一課と公安部の仲が悪いのと同じですよ」

「それは、あなたたちが勝手に想像してることでしょう。そもそも捜査一課と公安部の仕事は被らないから、喧嘩しようもない……とにかく、今夜は何も言うことはないですよ。課長の会見が全てです」

「そうですか……失礼しました」小池が頭を下げる。

今夜はしつこくない——それが普段と違っておかしな感じだったが、逃げる潮時だと思い、高峰はドアを閉めた。しばらく覗き穴から外を見ていたのだが、小池は粘ることなくさっさと踵《きびす》を返して引き上げて行った。

よしよし、面倒なことにならずに済んだ——とほっとしながら、高峰は妙な引っかかりを感じた。小池は「別のお話が」と言っていた。あれは何だろう？　板橋の件で何か情報をぶつけに来たのか、それとも向こうで何か言いたいことがあったのか。稀《まれ》にだが、新聞記者が刑事に情報を持ってくることもある。もしも重大な情報だったら——まあ、いいだろう。情報は必ずどこかから漏れる。いずれは誰かが気づくのだ。そして何より、小池を追いかけていくことの馬鹿馬鹿しさを感じていた。あの男とは、できるだけ関わらないようにするのが利口である。捜査以外に、面倒なことを抱えこみたくなかった。

3

午後遅く、海老沢は警視庁本部に戻った。

前日、新幹線を福島に緊急停車させ、すぐに岩井を病院へ搬送したのだが、死亡が確認されただけだった。その後始末で今日の昼まで福島……捜査の最中に容疑者が死亡してしまうケースはないではない。その際は、遺体は家族に引き渡すのが通常の手続きなのだが、岩井の実家は鹿児島である。夜中に連絡は取れたものの、実家を継いでいる兄が飛行機と新幹線を乗り継いでようやく福島に到着したのが、今日の昼前だった。それから遺体と対面させ、葬儀の手配などの手伝いをするように部下に指示しておいてから、自分は詳細な報告のために東京へ戻った。ほとんど寝ていないので、げっそり疲れている。

最悪の事態を覚悟していた。死ななくてもいい相手に死なれてしまった——防ぐ手はあったと思う。譴責《けんせき》だけで済めばいいが、下手したら懲戒処分を受けるだろう。戻る際、公安一課長の牧田からは「マスコミにだけは気をつけろ」と忠告されていた。囲まれると、余計なことを喋ってしまいかねない——自分は絶対にそういうことはしないという自信はあったが、今日は精神状態が普通ではない。揺さぶられたら、思わぬことを口走ってしまうかもしれない。

警視庁本部に戻り、公安一課に顔を出す。普段から静か——刑事たちは昼間は外回りに出ていることが多く、ほとんど人はいないのだ——なのだが、今日はことさら静まり返っており、まるでお通夜のようだった。読経があるだけ、お通夜の方が賑やかだろう。

すぐに課長室に入ると、牧田と参事官だけでなく、公安部長の滝本《たきもと》までいるので動揺した。いや、この状態なら部長も出てくるのが普通か……急死したのは、三十年も指名手配されていた重要事件の容疑者である。

「申し訳ありませんでした」言い訳せず、海老沢は即座に頭を下げた。四半世紀に及ぶ警察官人生で何度も謝ってきたが、これほど追いこまれた経験はない。

「事情は昨夜のうちに聞いた通りだな？」牧田が確認した。

「つけ加えることはありません」

「薬物は？」

「錠剤でしたが、分析はこれからです」解剖結果で分かるはずだが、それは死亡が確認された場所――福島県警に任されている。今日中には分析結果が出るということだが、分かったからと言って何にもならない、と捨て鉢な気分にもなってくる。

「今回の件は――防げたかどうか、何とも言えない」部長の滝本が口を開く。

「いえ、十分注意しておくべきでした。申し訳ありません」海老沢はまた頭を下げた。謝るしかないのが情けなくなってきたが、非は完全に自分にあるのだから仕方がない。

「もしも本当に持病があったら、薬を呑ませないで症状が悪化して、問題になったかもしれない。それはそれでまずいわけで、判断としては決して間違ってはいなかった」

　部長の露骨な叱責を浴びなかったのでほっとする。もちろん何らかの処分は下るだろうし、それは甘んじて受け入れるしかない。しかし海老沢には、言うべきことがあった。

「責任は痛感しています。重要な被疑者を失ってしまったのは、私のミスです。処分も受け入れます。しかし、岩井に関する捜査は最後までやらせて下さい。それが私なりの責任の取り方だと思います」

「もちろんそのつもりだ」滝本がうなずく。「しかし処分のことは気にするな。捜査は徹底的にやってくれ」

「恐縮です」

「私からは以上だ」滝本と参事官が同時に立ち上がる。二人が課長室から出ていくのを、海老沢は最敬礼で見送った。

「海老沢、ちょっと残ってくれ」牧田が指示する。「まず、座って」

海老沢はソファに浅く腰かけた。空気は少し緩んでいたが、まだ警戒は解けない。

「非公式に言えば、今回の件は仕方がない」牧田が苦渋の表情で言った。「記者連中の突っこみをいなすのは大変だったけど、取り敢えず頭を下げておいた」

「申し訳ありません」三度目の謝罪。

「しかし、部長も今回の件は仕方ない——避け得なかったということは承知されている。処分は仕方ないかもしれないが、事情は考慮される」

「そこは、今は考えないようにします」

「大変だとは思うが……」

「いや、自分のミスですから」

「それで、お前はどう思う」牧田が座り直す。課長室では背広を脱いでいるのでワイシャツ一枚——ネクタイを丁寧に撫《な》でつけた。噂では、この課長の趣味はネクタイ集めだという。そう言えば、同じネクタイを二回見たことはないような気がする。

「捕まることは覚悟していたような感じがします。だからこそ、県警に捕捉された時に、すぐに身元を認めたんじゃないでしょうか」

「見つかったら自殺ということで、青軍の生き残りと話がついていたのかもしれない。裏に誰かいたのは間違いない。青軍が今も活動している様子はないが、誰かが岩井をサポートしなければ、三十年も逃亡生活を送れたわけがないからな」

「いざという時に自殺するよう指示できる人間というと……ちょっと思い当たりません。青軍の実質的なトップは岩井でした。他の幹部も全員が逮捕されて組織を離れたか、既に死亡している人間もいます」

「そうだな」牧田がまたネクタイを撫でた。「いずれにせよ、青軍の現在の実態を調べる捜査が最優先だ」

「あるいは青軍ではないかもしれません。革連協とつながっている可能性はないでしょうか」極左の最大セクトである革連協は、他のセクトに比べれば資金も人材も潤沢で、岩井一人を支え続けるぐらいはできるのではないだろうか。実際に、革連協が過去に起こした事件の逃亡犯をフォローしているという説も根強くあった。どれだけ時が経っても、組織から見れば逃亡犯は「功労者」なのかもしれない。逃亡を助けるのは、年金を与えるような感覚なのではないか。もちろん、逮捕されて過去の事件をベラベラ喋られたら、組織にとって都合が悪いということもあるだろう。

「革連協か……今の幹部で、青軍に在籍していた人間はいないはずだ」

「確かにそうです。しかし青軍の元メンバーには、岩井を援助できるような余裕はないはずです」

「青軍関係者で当たれる人間、何人ぐらいいる？」

「——十人というところでしょうか」一瞬考えて海老沢は答えた。「各地に散っているので、全員に事情聴取するには時間がかかります」

それが学生運動の特徴かもしれない。六〇年代から七〇年代にかけて学生運動が盛んだった時期も、その中心はあくまで東京だった。地方出身の学生が東京の大学でオルグされ、学生運動に身を投じる——というケースがどれだけ多かったか。正確に統計があるわけではないし、その頃海老沢はまだ十代だったから実感できていたわけでもないが、ベテランの捜査員に話を聞くと「学生運動は地方出身者に支えられていた」という。東京出身の学生は、学生運動以外にも興味深い物に触れる機会がいくらでもあったので、気が散りがちだったというわけだ。海老沢自身はサッカーに夢中で、高校時代に大怪我するまでは、実業団でサッカーを続けてもいいと思っていたぐらいである。メキシコオリンピックで日本代表が銅メダルを獲得し、サッカー人気が盛り上がっていた時期だったし。

「金と人はかけて構わない。岩井は間違いなく援助を受けていたはずだ。支援者を割り出して、犯人蔵匿容疑で根こそぎ逮捕しろ。名誉を回復する手は——」

「それしかありません。分かっています」うなずき、海老沢は立ち上がった。昨日のダメージから回復したとは言えないが、それでも何とか盛り返したいという気持ちは萎《しお》れていない。それを失わない限り自分はやれる、と信じていた。

　宮城県入りした刑事たちと電話をつないで、会議が行われた。相手の顔は見えないが、毎日のように会うので、誰が喋っているかはすぐ分かる。

　仕切りは水戸に任せた。普段は淡々とした男だが、今日はさすがに緊張していて、目が充血している。

「始めます。全員揃っているか？」

　何人かが一斉に「はい」と声を上げる。宮城県警の会議室を借りての打ち合わせで、オブザーバーとして県警の警備部も参加している。警視庁の公安部長から宮城県警の警備部長に捜査協力依頼が出され、明日以降は正式に捜査に参加する予定だ。

「管理官、お願いします」

声をかけられた海老沢は、一つ咳払いした。電話会議システムでは、出席者それぞれの前に置かれたマイクが声を拾ってくれるので、それほど大声を上げる必要はないのだが、今回は声を張らねばならない。

「今回の件で、まず謝罪する。俺がついていながらこんなことになって、申し訳ない」部下に頭を下げる屈辱……しかしこの屈辱を糧《かて》にしようと海老沢は決めた。「移送中の容疑者が自殺するのは異例の事態だが、捜査の方針自体に変更はない。三十年ぶりに事件の真相を明らかにする責任は重い。そのつもりで気合いを入れてやってくれ……俺からは以上だ」

口をつぐんで腕組みをする。後は水戸が淡々と捜査の方針を指示していった。仙台へは計五人が行っているが、明日一番でさらに三人を送りこみ、岩井の自宅を中心に捜査を進める。まずは岩井の日常を浮き彫りにするのが肝心だ。どんな場所によく立ち寄っていたのか、どんな人と会っていたのか、そもそも働いていたのか——逃亡費用を稼ぐために、違法な商売に手を染めていた可能性もある。

仙台へ行かなかった刑事たちのうち半数は、全国各地に散る元青軍の活動家への事情聴取を割り振られた。残りは本部に残って連絡調整と、都内での調査。最初はそういう形で始めても、すぐに様々な動きが出てきて、仕事の内容を再考しなくてはならないだろう。捜査は生き物なのだ。

打ち合わせが終盤に入ったところで、水戸の携帯が鳴った。「ちょっと失礼」と言って席を外す。程なく戻って来ると、「シアン化物です」と短く告げた。

「今の連絡、福島県警か？」

「ええ」

この辺は融通が利かないというか……岩井の解剖は福島県で行われた。事件・事故が発生した場合、当該場所の警察が検死・解剖を担当するのが決まりだから、仕方がないのだが……まあ、東京で解剖しようが福島で調べようが、結果には変わりはないだろう。

「シアン化物の錠剤を呑んだものと推測されます」

現段階ではあくまで推測――岩井の持ち物から、薬物は発見されなかった。一錠だけを大事に持って、万が一に備えていたのだろう。青酸カリなどのシアン化物は猛毒で、服用後数分で痙攣や呼吸麻痺が生じて死に至る。新幹線の中で服用したのは、確実に死ぬための覚悟があったからかもしれない。警察署などで呑んでも、すぐに病院に運びこまれて救命措置を施されるだろうが、駅間の長い新幹線なら、簡単には治療もできない。

いずれはバレて自殺に追いこまれる――そんな覚悟を持って生きていくのはどんな気分だろう。その「気分」さえ解き明かすのが自分たちの仕事だ、と海老沢は気持ちを引き締めた。

打ち合わせが終わると、海老沢は水戸と今後の方針を相談した。

「俺もしばらく、この件に専任する。だけど仕切りはお前がやってくれよ」

「管理官がいるなら……」水戸は腰が引けていた。

「弱気になるんじゃねえよ」海老沢は気合いを入れた。「これは俺たちの失敗だ。失敗は必ず、取り戻さないといけねえんだよ。そのためには、お前がフル回転しなくちゃな」

「分かりました」

「明日から大変だ。今日はさっさと帰って休めよ」

そう命じながら、海老沢は自席に戻って夕刊に目を通し始めた。各紙とも岩井の自殺について社会面で書き立てているが、内容は薄い。昔に比べて、各社とも公安事件の取材には力を入れていないのだ。これも時代の流れだろうか……。

さっさと帰らないのは、家の居心地が悪いからだ。元々夫婦関係は、そんなに密なわけではなかった。娘が生まれてからは、妻は娘にべったり。海老沢は海老沢で仕事が忙しく、家に帰れないことも珍しくなかった。夫婦の間の会話は少なくなり、ここ数年はとにかく家に居辛い。五年ほど前に杉並区の外れに新築のマンションを買ったのだが、それが寒々しい「箱」にしか感じられないこともあった。今日も終電近くまで粘って、家には寝に帰るだけにしよう。

ふと、東日新聞の夕刊社会面に目を引き寄せられた。漫画下、二段の見出しで殺人事件の一報が伝えられている。最近、殺しもよほど珍しいものでない限りベタ記事扱いが普通だが……被害者が普通の人でないせいだ、とすぐに分かった。政友党の実力者・春山代議士の元秘書。「元」と言っても、今年独立したばかりだ。政治絡みかもしれないということで、マスコミも注目したのだろう。

記事を読んでいるだけでは、事件の概要はよく分からなかった。捜査一課はマスコミに対して比較的オープンで、公安では想像もできないぐらい情報を明かしてしまうようだが、今回の記事の内容は不十分だ。それだけ捜査が進んでいない証拠だろう。

ふと気になり、携帯電話を取り上げる。かける相手は、捜査一課管理官の高峰……警察同期で、一応は友人と言える人間だ。実は父親同士も幼馴染みで、同じように警察官になり、長年の因縁があったようだが、その事実を知ったのは十年ほど前である。父親たちにとっては、子どもには知られたくない関係だったのだろう。実際今でも、詳細な事情は知らない。父は死ぬまでに、その因縁を話してくれる気はあるだろうか。

「何だよ、こんな時間に」高峰は露骨に不機嫌だった。

「もう寝てたのか？　特捜本部初日にしてはずいぶん早えじゃねえか」

「寝てはいない。寝るところだった」訂正して、高峰が一瞬言葉を切る。「……大変だったな」

「馘《くび》だよ、馘」

「本当か？」

「それぐらいの処分を受ける覚悟はある。後始末が終わったら、どんな処分でも覚悟しておかないとまずいだろうな」

「しかし、管理官の責任とは言えないだろう。それは現場の刑事が――」

「あの新幹線に俺も乗ってたんだよ」海老沢は吐き捨てた。「岩井は、俺の目の前で死んだんだぜ。俺に責任がないとは言えないだろう」

「まさか……嘘だろう？」

「こんなことで嘘をついてもしょうがねえよ」

「君がわざわざ仙台まで行ったのか？」

「俺も現地に行かなくちゃいけないぐらいの大物だったということだ」

　もしも通常の事件のように現場に行っていなかったら――通常、管理官は逮捕の現場には出向かない。一線の刑事の判断で何とかするのが普通だ。三十年ぶりに現れた指名手配犯ということで、つい張り切って出しゃばってしまった――いや、現場にいようがいまいが、部下の失敗の責任を取るのが管理職の役割だが。仮に新幹線に乗っていなくても、責任問題は必ず生じただろう。

「それで？　ダメージが大きくて僕に泣き言を言ってきたとか？」

「そんなんじゃねえよ」すぐに否定したが、実際には彼の指摘する通りだった。管理官ともなると、簡単に愚痴を零《こぼ》せる相手もいない。部下の不満や愚痴を聞く立場である一方、上司に苦しみを訴えるわけにもいかないのだ。そもそも日々顔を合わせる上司は理事官と課長しかいない。ずっと一緒に苦しい仕事を乗り越えてきた仲だが、あいにく今の理事官や課長とは、それほど気安い仲ではない。

「愚痴ぐらいはいつでも聞くけど、別の日にしないか？　こっちは明日も朝が早いんだ」

「分かってるよ。悪かったな、寝るのを邪魔して」

「いや……大丈夫か？」

「大丈夫じゃねえよ」海老沢は吐き捨てた。「人生最大のピンチだ」

「まあ、僕に愚痴を零して楽になるなら、電話ぐらいしてくれてもいいけど」

「お前に迷惑はかけねえよ」

「だったら、好きにしてくれ」高峰が呆れたように言った。「もう迷惑をかけられてるんだけど」

「そいつは悪かったな――じゃあな」

「君は今、どこにいるんだ」

「本部」

「泊まりこみか？」

「いや、もう帰るけどな」

「家に帰り辛いのか？」

海老沢は思わず言葉を呑んだ。帰り辛いのは間違いない。そうか、と思い出す。しばらく前、高峰に「妻と上手くいっていない」とつい打ち明けてしまったことがある。あいつは記憶力がいいから、ちょっとしたことでも必ず覚えている。

「どうでもいいじゃねえか」

「無理するなよ。きつい時は言ってくれ」

「お前に相談するようになったら、人生おしまいだ」

「もう結構、愚痴を零してるけどな」

「うるさいな」

海老沢は電話を切った。携帯電話になってから、「電話に八つ当たり」がなくなったな、と思う。固定電話しかなかった頃は、電話で話していて怒りが頭に上ってくると、受話器を叩きつけることで少しは気持ちを落ち着かせることができた。しかし携帯電話は、頭に来ても壁に投げつけるわけにはいかない。そんなことをしたら、すぐに壊れてしまうだろう。

新しい時代。新しいストレス解消法も見つけなければならないのだろう。

第二章　壁

1

警視庁も今は、本部勤務は基本的に週休二日制になっている。しかし事件が動いている間は別だ。特に発生直後は、休みなしで捜査を続けなければならない。物証も残っているし、目撃者の記憶も鮮明——鉄は熱いうちに打て、だ。

しかし世間は土曜で休み……朝、電車に乗った瞬間に、高峰はかすかな侘《わび》しさを感じた。毎朝の満員電車には辟易《へきえき》するが、同じように働く仲間がたくさんいる証拠でもあり、自分も頑張らねば、という気持ちを毎日のように新たにする。今日は、世間が休みなのに自分は働いてるのか、と恨めしくなる。

とはいえ、特捜本部のある目黒中央署に来れば、即座に気合いが入る。部下たちの朝の挨拶に応じているうちに、臨戦態勢という感じになってきた。

宮下は早くも仕事にかかっている。電話で誰かと話していたが、高峰に気づくと目礼してきた。すぐに電話を切ると、「春山事務所の角さんです」と告げる。

「こんな早くに？」高峰は腕時計を見た。まだ朝の八時を回ったところである。

「被害者の経歴を調べてくれたんです。昨夜のうちに、古い資料をひっくり返してくれたようで」

「それはありがたい」

「今、ファクスがきます」

宮下が言い終わると同時に、会議室に臨時に設置されたファクスが紙を吐き出し始めた。宮下が立ち上がって紙を取って来る。すぐにコピーして、一枚を高峰に渡した。高峰は立ったまま、内容を確認し始めた。ワープロで箇条書きにまとめられており、非常に分かりやすい。

それによると、安岡は一九五〇年、長野県生まれ、一九六九年に地元の高校を卒業した後、七五年に民主連合の職員になっている。その五年後に、民主連合から代議士に立候補した春山の秘書になり、以降ずっと彼の右腕として二十年も務めてきた。

「穴があるな」高峰は指摘した。「民主連合に入る前だ」

「そうですね。高校卒業後、六年間も穴が空いています。大学へ行っていた……わけではないようですね」

「高校卒業後の情報はないのか？」

「角さんと改めて電話で話したんですが、彼も知らないようです。この辺の情報を確認するためには、古参の職員に確認するしかないでしょうね。それには少し時間がかかる、と」

「角さん、やってくれそうか？」

「やってみるとは言ってましたけど、自信はなさそうでした。なにぶん古い話ですし、知っている人を掴まえられるかどうか」

「当時は、どういう風に経歴を調べていたのか……今は、人を雇う時には身元調査をしっかりやるだろうけど、この頃は結構いい加減だったんじゃないか？　履歴書の項目だけで判断したとか」

「そうかもしれませんね。公務員というわけじゃないし、その辺はあまり厳格ではなかったのかもしれません」

「今朝、家族を呼んでるよな？」

「ええ」宮下が腕時計を見た。「九時にこちらに来てもらうことになってます。その時に、空白の六年について確認してみますか」

「やってくれ」高峰はうなずいた。「僕も外から様子を見るよ」

「分かりました」

「押収したブツの分析は？」

「昨夜から始めてますけど、かなり時間がかかりそうですね。秘書時代の資料も、一応全部確認しないといけませんから……今日中にどうにかできる量じゃありません」

　これは仕方がない……安岡の自宅から押収してきた資料は、段ボール箱で十個分にも及ぶのだ。まるで、経済事件で会社を捜索したような感じである。

　昨夜から今日未明にかけての定時通行調査の報告を読み終えると、午前九時になった。安岡の妻が来たという報告を受け、高峰は取調室の外で待機した。マジックミラー越しに中の様子を窺いながら、スピーカーから流れてくる声を聞くことになる。

　事情聴取を担当するのは、まだ三十歳の若手、畑谷《はたや》。若いが非常にしっかりしていて、高峰は取り調べ担当に育てていく心算《こころづもり》だった。捜査一課ではどの係にも取り調べ専門の刑事が一人いて、犯人が逮捕された後は取り調べにのみ集中することになっている。さらに係に二人いる女性刑事の一人、前田《まえだ》美波《みなみ》を同席させた。若い二人、しかも一人が女性なら、家族も緊張せずに済むだろう。

　畑谷は丁寧に切り出した。

「大変な時に申し訳ありません。確認しなければならないことが出てきましたので、今日はよろしくお願いします。体調が悪いようなら、すぐに言っていただけますか」

「大丈夫です」安岡の妻、孝子《たかこ》が掠れた声で言った。薄く化粧はしているが顔色は悪く、視線は虚ろである。目は真っ赤で、昨夜はほとんど寝ていない様子だった。畑谷と美波は、孝子のために温かいお茶を用意していた。これは正解——好みもあるが、熱い緑茶で気持ちが落ち着く人も多い。

「ご主人の経歴で分からない部分が出てきまして、教えていただきたいんですが」

「経歴ですか？」

「はい。ご出身は長野ですよね？　民主連合の職員として就職したのは、二十五歳の時だと聞いています」

「はい」

「高校を卒業してから、民主連合に就職するまで、何をしていたんでしょう」

「いろいろだと思います」

「いろいろというのは？」畑谷が突っこんだ。

「アルバイトです。それこそ肉体労働とか」

「その頃、ご主人とはもう……」

「いいえ、知り合ってもいませんでした。知り合ったのは、主人が民主連合で働き始めてからです。

私の仕事先の先輩に紹介してもらいました」

「奥さんは、当時はどちらで仕事を？」

「デパートです」

「見合いのようなものですか」

「お見合いというわけではないですが……似たようなものかもしれません」孝子がうなずく。それだけで疲れてしまったのか、深々と溜息をついた。

「では、民主連合に入る前のご主人のキャリアについては、正確にはご存じないんですか？」

「そう……ですね。とにかく長野を出たくて、就職の当てもないのに上京してきた、とは言ってました。でもそんな形では、安定した仕事はなかなか見つかりませんよね」

「当時は、そういうことも珍しくなかったんじゃないでしょうか」

「高卒だったら、学校からちゃんと就職先を紹介してもらうのが普通でした。でもそれは、田舎の子が地元で就職する時で、上京するとなるとまた別——私も大変でした」

「奥さんは、ご出身はどちらなんですか」

「和歌山です。姉が結婚して東京に住んでいて、義兄がデパートに勤めていたので、その伝手《つて》で就職したんですけど」

「なるほど……安岡さんは、きちんと就職してはいなかった、ということですか」

「ずっとバイトをしていたようです。当時は今ほど景気は悪くなかったですけど、不安定な立場だったのは間違いないですね。だいぶ嫌な目にも遭ったようで、その頃のことはあまり話したがらないんです」

「民主連合に就職するきっかけは何だったんですか？」

「アルバイトしていた印刷工場が、民主連合とつき合いがあったそうです。それで、民主連合が職員を募集しているのを知って、応募した——印刷工場の社長さんの口添えもあったらしいですけどね」

「どこの工場か分かりますか？」

「いえ、そこまでは」

もしかしたら、この辺は安岡の口から出まかせかもしれないと高峰は思った。先輩の紹介で見合いのような形で結婚したとなったら、孝子もそれほど疑いはしなかっただろう。公党の職員だから、変な人であるはずがないと、頭から信用していてもおかしくはない。いずれにせよ話が古過ぎるから、掘り起こしても意味はなさそうだ。

「ご結婚されたのはいつですか？」

「昭和五十四年です」

一九七九年……民主連合の職員になってから四年が経ち、仕事も生活も安定していた時期だろう。安岡は二十八歳になっていた。

「ご主人、長野の実家の方とはどうだったんですか？」

「あまり関係はよくなかったです」孝子が打ち明けた。「元々農家の三男で、家を継げるわけでもなく、地元にいい就職先があるでもなく、東京へ出るしかなかったそうです。子どもの頃からずっと窮屈な思いもしてきたし、田舎も嫌いだからと……実家へ帰るのは法事の時ぐらいでした。このところは、もう何年も帰っていませんでした」

その辺の感覚は、東京生まれの高峰には分かりにくい。盆暮といっても、わざわざ里帰りするわけでもないのだ。

結局、空白の六年間は埋まらない。孝子と知り合った頃、安岡の生活は安定していたはずだから、バイト暮らしの六年間をわざわざ詳しく話す気にはならなかったのかもしれない。苦労話を積極的に語りたがる人もいるが、安岡はそういうタイプではなかったのだろう。それは別に、不自然でも何でもない。

畑谷はそこから話を切り替えて、最近の安岡の様子を聴いていく。むしろこちらが捜査の本番……高峰も集中した。

「ご主人が政友党を辞められた理由なんですが……何かトラブルでもあったんですか」

「そういうわけじゃないと思いますが、詳しいことは分からないんです。家では仕事のことをあまり話さない人なので」

「現在は選挙コンサルタント——各地で、候補者の手伝いをしているということですね」

「はい。ただし、具体的に何をしているかは聞いていません」

それがまるで悪事であるかのように、孝子がうなだれる。安岡たちの年代——高峰より少しだけ年上——だと、仕事の話を家に持ちこまないのも普通だろう。高峰は本当の極秘事項以外はよく話すのだが、それは妻が警察官の娘というせいもある。昔から父親の仕事を見てきたので、情報をどう扱えばいいか、よく分かっている。

「出張は多かったんですか」

「はい。定期的にではないですが」

「今年、総選挙がありました。その時は……」

「一ヵ月ほど、家にほとんど帰ってきませんでした。公示前からずっと候補者と一緒にいて、面倒を見ていたそうです」

「それが誰かは分かりますか？」

「栃木の選挙区から出馬した上野《うえの》という方だったようですけど、詳しいことは知りません」

「無所属の人ですか？」

「そうだと思います」

そこまで聞いて、高峰は会議室に戻った。インターネットが普及して便利になったのは、過去の情報を簡単に探せるようになったことだ。栃木、上野、総選挙……パソコンで検索すると、上野浩《こう》大《だい》という人物が栃木二区から出馬して当選していることが分かった。無所属だが、当選後に民自党入り――おそらく調整が上手くいかずに公認漏れしたのだろう。当選したら、一人でも所属議員を増やしたい民自党が三顧の礼で迎え入れたのではないか。選挙、政治というのは実に奇々怪々なもので、高峰には理解しがたいところがある。

無所属の候補を当選させて、ミッション成功、というところか。しかし安岡と上野は、どういう形で結びついたのだろう。官僚出身で元々民自党とは関係があったと思われる上野と安岡の接点は……気にはなる。これは後でチェックしておかないと。

取り敢えず事情聴取は順調に進んでいるので、高峰は一階に降りた。今日はまだコーヒーを飲んでいないので、この辺でカフェインを補給しておく必要がある。

自動販売機で紙コップ入りのコーヒーを買い、ふと視線を動かすと、交通課の前のベンチに一人の若者——二十歳ぐらいだろうか——が座っているのを見つけた。顔を見た瞬間、安岡の息子だと確信する。顔がよく似ているのだ。母親につき添ってきたのだろうか……二人一緒に話を聴いてもよかったのだが、分断したのは変に口裏を合わせられないためであろう。

高峰は静かに歩み寄り、「安岡さんの息子さん？」と訊ねる。

携帯電話をいじっていた若者がはっと顔を上げる。スリムな体型で、長く伸ばした髪は耳を覆うほどだった。痩せているというわけではなく、何か運動で体を絞っている感じ……。

「はい」よく通る低い声だった。

「幸樹《こうき》君だね」

「はい、そうです」

「コーヒーでもどうかな」

「いえ……」遠慮がちに言って、幸樹が側に置いていた空のカップを取り上げた。

「捜査一課の高峰です。お母さんのつき添い？」

「はい」

「大変だ……お疲れ様」高峰は彼の横に腰を下ろした。緊張させないように、少し距離を置く。

「この後、話をすることになっているよね」

「ええ」

時間を無駄にさせた、と申し訳なく思う。家族への事情聴取は畑谷に任せているとはいえ、他の刑事が別の部屋で話を聴けば、待たせることはなかった。

「お母さんの方は、もうしばらくかかると思う。ちょっと待っててくれ……寒くないか？」土曜日、警察署も当直体制に入り、人は少ない。当直要員は一階の警務課に集まっているのだが、省エネのためにエアコンはかなり切られており、交通課の前辺りは足元から寒さが這い上がってくるほどだった。

「大丈夫です」

若いし、暖かそうなベンチコートを着ているから寒さも感じないのだろう。ふと見ると、胸のところに城東大のロゴが入っているのが分かった。

「君は、城東大？」

「え？　はい」幸樹がちらりと高峰を見た。

「何か、運動部？」

「サッカーです」

「本格的じゃないか」城東大はスポーツが盛んで、特にサッカーは昔から強豪だった。Ｊリーグに何人ものＯＢを送りこんでいるはずである。「Ｊリーグ入りを目指してるのかな？」

「そんなに大したものじゃないです」幸樹が苦笑した。「プロなんか、とても無理ですよ」

「いやいや、大学でもやってるんだから、それだけですごいと思うよ。今日は？」

「本当は練習だったんです。でも、こっちへ来なくちゃいけなかったので」

「申し訳ない。でも、絶対に必要なことだから」

「分かってますけど……しばらく、サッカーどころじゃないです。葬式とか、大変なんでしょうね」

「そうだな。お母さんをちゃんと支えてやってくれよ」

「ええ。自信ないですけど……父親の実家から親戚が来ていて、大変なんです」

「そうなのか？」

「昨夜、長野の方から……父のお兄さん——伯父さんが来て、あれこれやってくれているんですけど……」

「何か問題でも？」

「ずっと怒ってるんです。実家の方は放っておいて、自分にはこんな面倒をかけるのかって」

「お父さん、実家にはほとんど帰ってなかったみたいだね」

「そうですね。僕もほとんど行ったことがないんです。二回か三回……それも小学生の頃で、中学生になってからは一度も行ってないです」

「お父さん、実家とはそんなに仲が悪かったのかな」

「よく分からないんです。実家のことは全然話さなかったですから」

「そうか……でも、こういう時は、親戚の人に任せてしまった方がいいと思うよ。葬式は、何かと大変なんだ」

「葬式だけじゃないですよね。墓の問題も——実家の墓に入れるって伯父さんは言ってるんですけど、それでいいのかどうか、分かりません。そういうこと、まだ母と話せていないんです」

「そうか……でも、お母さんは君が頼りだと思うから、踏ん張ってくれよ」

「そんな自信、ないです」

幸樹が溜息をついた。

家族を失った時、人は様々な反応を見せる。大きな悲しみに襲われ、ずっと泣き叫ぶ人もいれば、どうしていいか分からず、呆然としてしまう人もいる。幸樹の場合、後者の感じだろう。資料を思い出すと、幸樹はまだ二十歳である。これまで、こんなにシビアな状況に直面したことがあるとは思えない。

「何かあったら警察も相談に乗るから」

「ええ……」

「お父さんは、本当に残念なことをしたと思う。第二の人生を歩き始めたばかりなのに」

「第二の人生ですか……」幸樹が首を傾げる。納得いかない様子だった。

「五十になって、長年勤めていたところを辞めて新しく個人で始めるのは、大変だと思う」

「何か……本当なんですかね」

「本当って？」

「ちょっと変だなって思うことがあって」

「どんな？」高峰は背筋を伸ばした。

「父は、毎月母にお金を手渡ししてました」

「政友党にいる時は？」

「お金のやり取りなんかなかったです。だって、給料って振り込みですよね？」幸樹が不思議そうに言った。「母が毎月、生活費を自分のカードで引き出していたと思います」

「そんなこと、知ってるんだ」

「子どもの頃、買い物に行くと、よく銀行に寄ってましたから。『お父さんが一生懸命働いて稼いでくれたお金は、こうやって引き出すんだ』って言ってました」

「最近は、そういうことはしていなかった？」

「父が母に直接手渡ししていました。独立するとそういう感じになるのかなと思っていたけど、何か不思議な感じがしました」

「そうだね」違和感はあるが、どういうことかは想像もつかない。どこかで確認しておいた方がいいだろう。まず、孝子への事情聴取を途中でストップし、この状況を伝えて聴いてもらえばいい。

「お父さんの仕事のことは聞いてるか？　君も大学生なんだし、仕事のことでお父さんと話をすることもあるんじゃないか」

「聞いたことはありますけど、最近は話してくれませんでした。選挙には秘密が多いから、家族でも話せないことが多いって。そんなものでしょうか」

「確かに秘密は多いだろうね」高峰はうなずいた。

「でも、政友党で働いていた頃は、選挙のこともよく話していました……全然分からなかったけど」

「選挙の話は、専門家でもないと分からないことばかりだからね」

「そうですね……」幸樹が両手で顔を擦り、鼻を啜《すす》り上げた。昨夜もほとんど寝ていない様子で、疲れが見える。名門・城東大のサッカー部員だから体力には自信があるはずだが、精神的な疲れまではどうにもならないだろう。

「緊張するなと言っても無理かもしれないけど、とにかく余計なことは考えずに正直に話してくればいいから」

「ええ……」幸樹は自信なげだった。警察と関わるなど、生まれて初めてだろう。畑谷は気遣いのできる男だから、幸樹を追いこむようなことはしないだろうが。

幸樹を残して上階に上がる。さて……今日最大の仕事はこれからだ。安岡が仕えていた代議士・春山からの事情聴取。昨日のうちに「念のために話を聴きたい」と申し入れていて、今朝になって事務所からＯＫが出たのだった。ただし向こうは、国会閉会中とはいえ忙しいので、警察に寄っている暇がない。こちらから事務所に出向いて事情聴取する、ということで話がまとまっていた。相手が代議士なので、高峰は自ら出張って事情聴取をすることにしていた。

それが昼前からだ……そろそろ準備を整えないと。代議士への事情聴取など生まれて初めてだが、果たしてどんな感じになるのだろうか。

時間を無駄にしないために、高峰は覆面パトカーを出してもらった。移動する間に、助手席で春山の経歴を頭に叩きこむ。大手自動車メーカーの労組出身で、組合系の支援を受けて当選し、今に至っている。旧野党の集合体である政友党の中では、ベテラン議員の一人だった。党の幹事長、副代表などを歴任した実力者だが、政権与党である民自党の代議士に比べればメディアへの露出は少ないので、どんな人間なのかは今一つ分からない。ハンドルを握る若い刑事、常田《ときた》も不安な様子だった。

「そんなに緊張するなよ」高峰は思わず声をかけた。自信なげな若手を見ると、つい何とかしてやりたくなる。

「代議士と会うのは初めてです」

「僕だってそうだよ。でも、少しは緊張していた方がいい。場合によっては逮捕するかもしれないから」

「逮捕？　代議士をですか？」

「安岡さんが辞めるに際して、何かトラブルがあったかもしれないだろう。それを根に持って殺した――本人がやらなくても、誰かにやらせた可能性もある」

「管理官、それは妄想が過ぎます」真剣な口調で常田が言った。

「いや、妄想じゃない。まだあらゆる可能性を否定すべきじゃないぞ。何があるか分からないからな」

「……心得ておきます」

「それでいい」

東京出身、選挙区も東京の春山は、板橋――都営三田《みた》線板橋区役所前駅の近くに事務所を構えていた。四階建ての雑居ビルの二階。外からも見えるように、窓に春山のポスターが外向きに貼ってあるのは、政治家の事務所ではよく見る光景である。眼鏡をかけたポスターの写真は穏やかに微笑んでいるが、実際に会った春山は、もっと頬が削《そ》げていて、眼鏡の奥の目が冷たい感じだった。

「申し訳ないですが、三十分ほどしか時間が取れません」春山がわざとらしく腕時計を覗きこんだ。言葉遣いは丁寧だが、有無を言わさぬ圧はある。

「それで結構です。貴重なお時間いただいて、申し訳ありません」

「いえいえ……しかし、驚きました」

春山がお茶を一口飲み、足を組んだ。長身なので、一人がけのソファで足がもつれる感じになる。

「安岡さんは、選挙コンサルタントになるためにこちらの事務所を辞めた、と聞いています」

「最初に聞いた時は、言葉を失いましたよ。何しろ二十年も一緒にやってきた仲ですからね」

「初当選の時からですよね」

「私も初めての選挙で、右も左も分からなかった。そこで全てを仕切ってくれたのが安岡ですよ」

「当時は安岡さんもまだ若かったと思いますが……三十歳ですよね」

「そうでした。しかし若い割に、選挙の表も裏も知り尽くしていた。後には、他の陣営の選挙を指導するようになったぐらいですから」

「それは、春山先生の当選が安泰になってからですね」

「選挙では、絶対安泰なんていうことはないですけどね」春山が笑い飛ばした。「民自党の二世、三世代議士のように、昔からの地盤と看板がある代議士は別でしょうが。我々のように労組出身の人間は、有権者の理に訴えるしかない。ただお願いしますと言って頭を下げていればいい民自党の代議士とは違うんですよ」

　大した批判だが、こんなことで苦労しているからこそ、野党は政権を奪取できないわけだ。

「そうやって揉まれてきたということは、安岡さんは選挙のプロと言っていいでしょうね」

「それは私が保証します」

「だから独立して、選挙コンサルティングの仕事をしようとしたんでしょうか」

「そういう素振りはまったく見せませんでしたけどね」春山が首を横に振った。「私にとっては青天の霹靂《へきれき》でしたよ」

「引き止めなかったんですか」

「引き止めましたよ、もちろん。しかし彼の決意は固かった」

「代議士秘書から選挙コンサルタントに転身するようなことは、多いんですか」

「よくある話ではないですが、ないわけではありません。そもそもこういう事務所で経験を積んでいないと、選挙の戦い方は分からないでしょうしね」

「以前からそういう気配はあったんですか」

「いや、そんな話はしたこともありません。安岡とは、家族よりも長くいたんですけどねえ」

「本当は、何かトラブルがあったんじゃないんですか？」

「それを心配されているのは分かりますが、こんな事件が起きるようなトラブルはありませんよ」

「では、小さなトラブルは？」

「それは、ないとは言えません」春山が認めた。「政治家は、いろいろな人とつき合いがあります。中にはかなり非常識な、強引なことを言ってくる人もいる。ただし、それで暴力沙汰や脅迫事件が起きたことはないですよ。安岡は、小さなトラブルも上手く処理していました」

「どんな風にですか」高峰は突っこんだ。

「それは、きちんと話して、諭《さと》してです。感情的になっている相手がいても、安岡は上手く説き伏せることができた。そういうのは一種の才能でしょうね」

「しかし、そういう話し合いの中で、安岡さんに恨みを抱くような人もいたんじゃないですか」

「いません」春山が断言した。

「言い切れるんですか」挑発になるかもしれないと思いながら、高峰は確認した。

「言い切れます」さらに強い口調で春山が言った。「昨日から、事務所の者と何度も話し合いました。事件になりそうなトラブルは、少なくともここ十年は起きていない」

「それ以前はどうですか」

「十年以上前のことが、今回の事件の原因だと？」春山が目を見開く。「警察も、ずいぶん細かいところを気にされるんですね」

「細かいところで、よく真実が見つかるんです」

「そうですか……しかしそれは、気にし過ぎだと思いますけどね」

「そうでしょうか」議論を挑むのは筋違いだと分かっているが、つい言ってしまう。人は十年経とうが二十年経とうが、小さな棘《とげ》のように心に刺さった恨みを忘れないものだ。それが何かのきっかけで大きな痛みを呼び起こし、事件につながることもある。実際高峰は、中学生の頃にいじめに遭っていた中年男性が、同窓会をきっかけに恨みを募らせ、昔の同級生を襲って大怪我を負わせた事件を捜査したことがある。中学卒業から実に二十年が経ってからの出来事だった。容疑者は一流の大学を出て、東証一部上場の商社に勤めるエリート社員だったが、過去の傷は癒《い》えていなかったらしい。一方被害者の方は、自分が相手をいじめたことをまったく覚えていなかった。

「まあ、警察の捜査に口出しするのは筋違いでしょうが……ご家族は大丈夫ですか」

「今日は朝から話を聴いています」

「いろいろ大変でしょうから、うちの事務所としてもお手伝いさせていただきます」

「ご家族も喜ぶと思います――それと、安岡さんが辞められてから、お会いになりましたか？」

「一度、飯を食いました。今年の総選挙の後です」

「安岡さんは、栃木選出の上野浩大議員の選挙を手伝っていたそうですね」

「そうなんですか？」春山が疑わし気に言った。

「ご存じない？」

「仕事のことは教えてくれなかったですね。一応、守秘義務みたいなものがあると言ってましたし」

「そうなんですか？」

「いやいや」春山が苦笑する。「選挙コンサルタントの仕事のルールなんて、ありませんよ。資格が必要な仕事でもないですしね。しかし彼としては、顧客の秘密を守るのは、一種の仁義みたいなものだと思っていたんじゃないかな。真面目で律儀なところもありましたし」

「選挙が終わったら、誰を応援していたかなんて、秘密にする意味はないと思いますが」高峰は首を捻った。

「その辺は、安岡の判断ですから。私が何か言うようなことではありません」

「話された時、様子はどうでしたか？　昔と比べてということですが」

「相変わらずでしたね。冷静で落ち着いていて……秘書としては最高の人間です」

「秘書と選挙コンサルタントとでは、かなり仕事の内容も違うと思いますが」

「似たような部分もあれば、違う部分もあるでしょう」

「何かトラブルに巻きこまれていた様子は……」

「私が見た限り、それはなかったですね。元気そうでしたよ。無事に最初の仕事を終えることができた、と自慢してました」

「つまり、自分が手伝っていた候補が当選したことは認めていたんですね」

「そうなりますね。まあ、それぐらいは……」

それからもしばらく話を続けたが、結局役立ちそうな情報は出てこなかった。何か隠している様子でもなく、安岡の家族を心底心配しているようだったが……政治家の本音は読めない。政敵を追い落とすためにはあらゆる手を非情に使う一方、その政敵が亡くなれば心の底からの涙を流す。どちらも本心なのだ、と誰かから聞いたことがあった。

事務所を辞して、覆面パトカーに戻る。シートに座った途端に、高峰はつい溜息を漏らしてしまった。

「お疲れ様です」常田が依然として緊張した口調で言った。

「僕も腕が落ちたよ」つい愚痴を言ってしまう。

「そんなことないと思いますけど」

「いや、現場から離れているうちに、基本の事情聴取が下手になった」

「でも、相手は政治家ですから」常田が慰めた。「普通の事情聴取とは訳が違うと思います」

「それはそうなんだけどさ……」

もちろんこれで、全ての可能性が閉ざされたわけではない。前の仕事時代のトラブルを引きずって――という可能性が消えただけなのだ。独立して、一人で仕事をしている方が、トラブルに巻きこまれる可能性は高いのではないだろうか。選挙コンサルタントとして仕事をしていれば、何らかのトラブルに巻きこまれる可能性は高くなるはずである。事務所総出で選挙をやっていれば、個人の責任は小さくなるはずだが、コンサルタントとして全体を仕切っている人がいるなら、何かあった時の恨みは全てそちらに向く。しかし上野は当選しているわけで、仮に何か失敗があったとしても、全て許されるのではないだろうか。終わりよければすべてよし——。

一応、上野陣営にも当たって事情を聴かねばならない。それと同時に、プライベートな問題を探る。さらには、通り魔などの可能性も否定せずに調べていかねばならない——そう考えると、捜査は一歩も前に進んでいない感じだった。

2

土曜の朝、海老沢の妻はいつも寝坊する。海老沢も基本的に週休二日制で土日は休みになっているから、週末ぐらいは朝寝がしたい……という妻の言い分を黙って受け入れざるを得なかった。というより、言い合いをする元気すらない。家の中の些細なことを話し合うのも時間の無駄、という感じである。

トーストを二枚焼き、野菜ジュースで流しこむ。コーヒーが欲しいところだったが、淹れている時間もない。何となく目が覚めないまま家を出て荻窪駅まで歩き、熱い缶コーヒーを買った。飲み終えてから電車に乗る。

土曜日、本部にも人は少ない。ただし記者連中は二十四時間三百六十五日、庁内にある記者クラブに詰めているから要注意だ。公安の動きは読まれにくいが、漏れてしまう恐れはある。

この日は、仙台に行っている刑事たちから早々に連絡が入った。午前九時過ぎ、電話が鳴る。水戸が受話器を取って「北中《きたなか》か」と言ったので、スピーカーフォンにしておくようにと指示した。北中は仙台に派遣した刑事たちのキャップ格……話をするのは水戸一人でも、海老沢も報告内容は直接聞いておきたい。

「管理官もスピーカーフォンで聞いている」水戸が告げた。

「管理官、お疲れ様です」

　挨拶されてもこちらは返せないのがもどかしい。大声で叫べば聞こえるかもしれないが、自分はもう、そんなことをする年齢ではない。

「昨夜の聞き込みの結果をお伝えします」北中がてきぱきした口調で始める。

「頼む」

　水戸が手帳を開き、ボールペンを構えた。携帯はこれができないから困るな、と海老沢は思った。小さ過ぎるので、耳と肩に挟んだ状態でメモが取れない。水戸は昔ながらのスタイルでメモの用意をした。

「近所の聞き込みなんですが、岩井が当該のアパートに住んでいることは認知されていました。顔を合わせれば挨拶する人もいたんですが、胡散《うさん》臭く思っている人もいました」

「何かやらかしたのか？」

「と言うより、何もしていなかったので……働いている様子もなかったし、どうやって生活しているのかと怪しまれていたようです」

「無職のおっさんがぶらぶらしていたら、確かに怪しく見えるだろうな」水戸が話を合わせる。

　隠れ家のアパートで、ひたすら大人しくしていたのだろうか。実際には、表に出ることがあったのは宮城県警が確認しているし、それがおかしな時間——真夜中や早朝だったら、変に思う人がいても不自然ではない。仙台は大都会だが、同時に田舎でもある。隣近所の人の動きには注目するだろうし、それが噂になることも珍しくはないだろう。

「親しい人は見つかったか?」

「親しいとは言えませんが、顔見知りはいました。近くの定食屋の主人が、何度か言葉を交わしたことがありました。行きつけだったようです」

「どんな話をしてた?」

「世間話ですね。天気の話や野球の話……ラジオでよく野球中継を聴くと言っていたそうです」

テレビすらない生活だったのだろうか。逃亡生活を送るための、最低限の材料はどんなものだろう。テレビは必要ないかもしれないが、ニュースを確認するためのラジオは必須だろう。同時に新聞も……海老沢は小声で水戸に指示した。

「新聞を取っていなかったかどうか、確認してくれ」

水戸がうなずき、「新聞は?」と訊ねる。

「近所の販売店に確認しましたが、新聞は一紙も取っていませんでした」

さすが北中だ、と海老沢は感心した。この男は基本的に抜かりがない。こちらがどんなややこしい質問をぶつけても、常に答えを用意している。

「聞き込みは続行中ですが、基本的に岩井は近所とつき合わないように、慎重に生活していた感じです」

「しかし、近所では噂になっていた――それなら警察に相談してくれればよかったのにな」水戸が愚痴を零した。「そうしたら、もっと早く確認できた」

「そうですね……それと、岩井はずっと仙台にいた可能性があります。今のアパートは二年前に契約していますが、その前も仙台に住んでいたことが確認できています。これから不動産屋を芋づる式に当たりますが、二年ごとにアパートを変えていたかもしれません。足がつかないようにしたんだと思いますが」

「問題は、いつ仙台に入ったか――仙台の前はどこにいたかだな」

「その件ですが――ちょっと待って下さい」がさがさと何かを擦るような音がして、北中が誰かと大声で話し始めた。しかし内容までは聞き取れない。ほどなく北中は電話に戻って来た。声が弾んでいる。「偽造パスポートが見つかりました」

「自宅か？」

「はい。古い段ボールの中に隠してあったもので、他にも何か出てきそうですが……岩井は、二十年前に帰国したことになっています。名義は蓮《はす》田《だ》英《えい》治《じ》、生年月日は昭和二十六年――一九五一年十月七日、住所は東京都になっています。写真は、おそらく当時の岩井本人のものかと」

「帰国した正確な日付は？」

「一九八〇年九月二日ですね。これは……八月に日本を出国してタイへ行っています。その後帰国したということですね」

今より一世代前のパスポートの時代だ。偽造も今よりはずっと簡単だっただろう。誰かがこのパスポートで出国し、タイで岩井に渡した、ということだろうか。いや、どういう工作が行われたかは分からないが、二十年も前に岩井が既に帰国していたという情報に、海老沢は大きな衝撃を受けていた。一九八〇年というと、モスクワオリンピックが開かれた年。そして今年はシドニーオリンピック……歳月の長さを意識する。公安は「岩井は中東に潜伏している」という情報を得ただけで、ろくに捜索をしていなかったことも証明されてしまう。もちろん、海老沢自身も同じだ。

「足取りを追うのは、相当手間だな」

「取り敢えず、仙台でやれることは全部やります。もうしばらくこちらにいることになりますが」

「他には何か、家から見つかっていないのか？」海老沢は水戸に訊ねた。水戸がすぐに復唱する形で質問する。

「現金五十万円が見つかっています。こちらは、押入れの天袋に隠してありました」

働いていた形跡もない人間が、自宅に五十万円を隠し持っていた——どう考えても逃走資金、生活資金であり、援助していた人間がいたのは間違いない。誰かと接触していたなら、必ず形跡がある。そこから支援者を割り出すことは可能だ、と海老沢は前向きに考えた。水戸に合図して、電話を代わるように頼む。

「お疲れ。海老沢だ」

「お疲れ様です」

「押収したものの分析は進めてるんだな？」

「はい。ただしそれなりに数がありますから、少し時間がかかりそうです」

「取り敢えず、押収品のリストをこちらに送ってくれ。それと、重要な証拠については、今日中にこちらに運んでもらいてえんだが……それに二人、割けるか？」

「何とかします。それほど大荷物ではないですから、一人でも大丈夫かと思いますが」

「念のためだ」新幹線で岩井に死なれたショックは、未だに尾を引いている。大事故でも起こらない限り、新幹線で証拠を運ぶのは安全だが、何かまずいことが起きるのでは、と根拠のない想像をしてしまう。一人で運んでいて、途中で心臓発作でも起こしたら……。

「分かりました。では二人で持ち帰るようにします。こちらを出る時にまた連絡します」

「頼むぞ」

「了解です」

てきぱきとした北中の報告を聞いているうちに、気合いが入ってきた。部下に気合いを入れられるのも奇妙な話だが、こういうのも悪いことではない。部下が育っているのは、ありがたい話ではないか。


時間はあっという間に過ぎる。各地に散っている部下からの報告を受け、指示を出している間に、早くも午後二時になってしまった。朝食べた二枚のトーストはとうに胃から消えており、空腹に苛《さいな》まれる。ようやく電話が終わって、海老沢は若手刑事が仕入れてきた弁当で遅い昼食を済ませた。しかしこれは、どこで買って来たのだろう。桜《さくら》田門《だもん》の警視庁近辺にはコンビニもなく、ちょっとした買い物にも困るのに。

そそくさと弁当を食べ終え、ペットボトルのお茶で口の中を洗い流す。昔だったらここで煙草を一服というところだな、と急に懐かしくなった。荻窪にマンションを買ったのを機に禁煙したのだが、今でもふいに煙草の味わいを思い出すことがある。水戸は海老沢が禁煙した人間であることは承知の上で、平気で電話しながら煙草を吸っているが……もっとも警視庁本部も、近いうちに全館が禁煙になるという情報がある。そうなったら、喫煙者は狭い喫煙スペースで隠れるように煙草を吸うか、思い切って禁煙するしかないだろう。警察官は世間の平均に比べて、喫煙者が多いのだが。

「いいつながりがねえな」つい言ってしまった。

「何しろ三十年も逃げてた男ですからね。つながりと言っても、何とも……」

水戸が肩をすくめたところで、公安一課長の牧田が入って来た。牧田は煙草を吸わないので、水戸が慌てて煙草を灰皿に押しつける。牧田はそちらを一瞥《いちべつ》してから、海老沢の前に腰を下ろした。

「どうだ？」

「偽造パスポートの件は、午前中にご報告した通りです。夕方には、こちらへ現物を持ってくることになっています」

「しかし、二十年前か……」牧田が溜息をついた。「中東潜伏説は、今になってみるとデマみたいなものだったわけだ。いたとしても、一時的だったんだろう」

「ええ。二十年も前に帰国して、ずっと隠れていたのは、想定外でした」想定外、などと言うのが情けない。

「支援者は、かなりの人数だろうな」

「一人や二人では、こんなに長期間支えきれないでしょうね」

「元青軍の捜査についてはどうだ？」

「まだ連絡が入りません――ちょっと待って下さい」

海老沢の携帯が鳴っている。大阪へ向かわせた二人の部下のうち一人――石沢《いしざわ》だった。水戸が固定電話で話し中なので、海老沢の携帯にかけてきたのだろう。

「部下からです」

牧田が無言でうなずき、ネクタイを撫でつけた。土曜出勤であっても、絶対にネクタイは締めてくるわけだ、と感心してしまう。海老沢は、休日出勤の時は、敢えてネクタイをしないようにしている。単なる気分転換だが。

「管理官ですか」

「ああ、俺だ。どうだ？」

「梶間《かじま》ですが、基本的にはまったく事情を知らないようです」

「その証言は信用できるか」

海老沢は手帳を開き、プリントアウトした元青軍の名簿を見た。総勢十人。当時逮捕された者、逮捕されなかった者――データが残っている人間に関しては、全部リストアップしてある。梶間は七一年当時、大学生のオルグを担当していたようだ。爆破事件に関連して公務執行妨害容疑で逮捕され、執行猶予判決を受けている。判決確定後は、大学を辞めて地元の大阪に戻ったはずだ。警視庁の追跡はそこで切れている。

「信用できます」石沢が言い切った。「大阪府警とも話したんですが、府警は緩くですが監視を続けていました。家業の自動車修理工場を継いで、今は真面目に働いているそうです。その仕事に関しても、特に不審な点はありません」

「岩井が死んだことは知っていたか？」

「それはニュースで見たそうです。驚いていましたが、あまりにも古い話でピンとこないと……ちなみに梶間は、地元の商工会で役職に就いています」

「今は良き市民ってわけか」地元では、梶間が学生運動をやっていて逮捕されたことは広く知られているはずだ。大阪は大都会だが、そういう噂が広まるスピードは、東京よりもはるかに早いだろう。商工会で役職を得ているということは、基本的に梶間は「白」と考えていいはずだ。もしも未だに極左とつながっていたら、地元では知れてしまう。

そもそも青軍は、それほど大きな組織ではなかった。セクトが離合集散を繰り返す中で、特に過激な少数派が集まった一団で、実際には組織としての体《てい》を成していなかったから、一斉摘発で、事実上壊滅状態になってしまったと言っていいだろう。多くのメンバーが逮捕されるか、活動を停止する中で、唯一逃げ続けていたのが岩井である。

「このまま、香川まで転進しようと思います」

「分かった。ご苦労さん」

電話を切り、リストの梶間の名前の前にバツ印をつけた。こうやって、一人ずつ名前が消えていく――結局、岩井を支援していたのは誰なのだろう。

その後も各地から情報が入ってきた。青軍の元メンバーについてはいずれも「シロ」。一人ぐらい怪しい人間が出てくるかもしれないと期待していたのだが、それはあっさり消えつつあった。報告を受ける合間に、牧田とさらに相談する。

「こうなると、仙台組の方が頼みの綱ですね」

「生活拠点だからな。何かいい情報が出てくるといいんだが」

「すみません、現段階ではこれ以上情報がないんですが……これから、ガサで出てきたものを東京へ持ってきます。その中で何か重要なものがあったら、すぐに報告します」

「頼む」うなずき、牧田が立ち上がった。妙に疲れた様子――彼もプレッシャーを受けているのは間違いないのだ。課長は課長で、さらに上司の参事官、さらに部長への報告を求められる。部長からは総監、さらに警察庁へ……いかに公安事件が少なくなったとはいえ、警察庁は今でも重視している。一歩間違うと国家の根幹に関わることだから当然だが、この件はどう考えたらいいのだろう。七〇年代、極左の活動が、大衆的な学生運動からゲリラ活動へと転換する混乱期に起きた事件は、いわば過去の尻尾である。三十年間逃亡していた容疑者に関する情報が集まってきても、それで過去を清算できるものではあるまい。何しろ本人が死んでいる——それを考えると、自分の責任を改めて痛感するのだった。岩井が生きていれば、多くの謎が解けたはずなのに。

　夕方、仙台から二人の刑事が戻って来た。デパートの手提げ袋三つをぶら下げ、買い物帰りのような格好である。家宅捜索で押収したブツを動かす時は段ボール箱に入れるのが普通だが、新幹線に段ボール箱を持ちこむのは難しい。

「お疲れ」海老沢が声をかけると、二人の刑事はすぐに、テーブルの上に証拠物件を広げ始めた。

「押収したブツは、この何倍あるんだ？」

「あとは服ぐらいですね」額の汗をハンカチで拭いながら、年長の刑事・古屋《ふるや》が言った。

「頻繁に引っ越しを繰り返していたなら、荷物は少ないだろうな」海老沢はうなずいた。

「取り敢えず、問題がありそうなものだけを持ち帰ってきました。残ったものは向こうで分析を続けています。何かあればすぐに連絡が入ることになっていますから」

　海老沢はすぐにブツのチェックを始めた。まず、偽造パスポート……今とは形式が違うが、よくできている。しかし岩井が自分で作るのは難しいだろうから、支援者がいたのは間違いない。出国・入国の記録は一度だけ。

「おかしくねえか？」海老沢は指摘した。「何で偽造パスポートをいつまでも持ってたんだろう。二十年前に作ったやつだぜ」

「処分を忘れていたとしか思えないですね」古屋が言った。「普通は、使ったらすぐに廃棄するはずです。ここから足がつきかねませんからね」

「確かに、忘れていたとしか思えないな。他に何かありそうか？」

「それが、あまり役に立ちそうなものはないんですよ」古屋が申し訳なさそうに言った。「余計なものは残しておかない……本当に、ただ食べて寝るだけの生活だったみたいです」

「電話は？」

「固定電話はありました」

「携帯はどうだ」

「確認しましたが、契約はありませんでした」

「支援者とはどうやって連絡を取り合ってたんだろう」

「電子メールだと思います。電話の通話記録を調べたんですが、インターネットに接続するためにアクセスポイントにかけていただけですね。だから唯一手がかりになりそうなのは、このパソコンです。連絡用だったのかもしれません」古屋がノートパソコンを指差した。

「ログインできるのか？」

「まだです。詳しい人に頼むしかないですね」

「科捜研に回そう。こいつは情報の宝庫かもしれねえぞ」

「そうですね。しかし、電話ではなくインターネットを使っていたというのも、何か妙な話です」

「今はそういう時代なんだろう」パソコンを押収されない限り、足取りも摑まれにくいのではないだろうか。

「何かピンときませんけどね」

古屋は四十五歳で、海老沢とほぼ同世代だ。パソコンやインターネットが人生の途中から入ってきたことも共通している。同世代の人間は皆、パソコンに慣れるのに苦慮している。海老沢も未だにタッチタイピングはできず、キーボードは苦手だ。岩井は自分たちよりも上の世代だから、もっと大変だったのではないだろうか。とはいえ、極左の連中はパソコンやインターネットへの馴染みが早い。機関紙が中心だった情報発信も、今はネットが主流になってきている。岩井も、そういう流れに乗ったのだろうか……。

「お前の印象では、このパソコンが重要な手がかりということだな」

「他にはピンとくるものがないですからね」

「よし。すぐに科捜研に回してくれ。超特急で頼めよ」

「分かりました……土曜日ですけど」基本的に科捜研は、土日は休みになる。

「裏ルートを使え」海老沢は指示した。「とにかく今日中に、担当者に渡すんだ。週明けまで待てない」

「了解です」

指示を終えて、海老沢は押収したブツをもう一度調べ始めた。とはいえ古屋が言う通りで、パソコン以外には役に立ちそうなものはない。頻繁に引っ越しを繰り返してきたのだから、最低限の持ち物しかないのは当然かもしれないが。最初は、警察に見つからずに無事に逃げ続けるために気を張っていたはずだが、そういう生活を何十年も続けていたら、緊張は緩むのではないだろうか。少しは贅沢もしたくなるだろうし、友人や恋人が欲しくなるのも自然だ。もちろん、人間関係が深くなれば、そこから逃亡生活に綻《ほころ》びが出る可能性が高くなるのだが。支援者とたまに連絡を取るだけで、後は誰とも話さず、ひたすらアパートに籠《こも》っている——どういう人生なのかと想像すると、暗い気分になった。しかも、危ない状況に追いこまれたら、すぐに自ら命を絶てるように毒物を用意していた。もしも警察に発見されないままこんな生活を続けていて、六十歳を過ぎたらどうなっていただろう。支援者も年齢を重ねて、それまでと同じようにヘルプしてもらえるとは限らない。先もない、肝心な時に看取《みと》ってくれる人もいない、一人きりで野垂れ死にすることを想像して、絶望的になるのではないだろうか。しかも警察は決して忘れない。一度指名手配されれば、逮捕されるか死亡が確認されるまで、ずっと有効なのだ。もちろん、警察側では情報を更新していかねばならないが。

　夕飯前に、ふと時間が空いた。そこで海老沢は、謝罪しなければならない相手がいるのを思い出した。トラブル続きですっかり忘れていたが、宮城県警の小木には借りがある。せっかくの彼の手柄——本部長表彰確実だった——を、自分のミスで潰してしまったのだから。

　携帯電話に電話番号を打ちこむ。土曜だが、小木はすぐに応答した。

「警視庁の海老沢です」

「ああ、管理官」小木の声はさすがに暗かった。

「申し訳ない。小木さんには早く謝らないといけなかったんですけど、バタバタしてしまって。せっかくの手柄を潰してしまいました」

「いや、私のことなんかどうでもいいんですけどね」小木が遠慮がちに言った。「もったいないことをしましたね。まさか自殺とは」

「そちらにご迷惑をおかけすることになりまして……」

「こういうこともあるでしょう」小木が逆に慰めるように言った。「十分警戒していたし、手落ちとは言えませんよ」

「正直、どうするべきだったのか、答えは出ません」

「状況は聞いていますよ。どうしようもなかったと思います。誰が担当していても、あの時の対応には困ったでしょう」

「自殺する可能性があることは、念頭に置いておくべきでした」話しているうちに、また自分に対する情けなさがこみ上げてくる。

「三十年も逃げ続けていた人間の行動パターンや精神状態は、我々にも理解できませんよ。とにかく、仕方ないことです」

小木の言葉にも、気分は一向に晴れない。これでは、電話しない方がよかったのではないだろうか。ただし、何とか小木に対する義理は果たしている、というかすかな満足感はあった。

「長く刑事をやっていても、こういうことには出くわすもんですなあ」

「まったくです」

「私の歳だと、こういう経験をしても、後々役に立てる時間もありませんけどね。管理官は、まだまだでしょう」

「私もあと十年ぐらいですから、どうですかね……とにかく、岩井の人生を全て解き明かして、支援者を逮捕して、今回の失点を取り戻しますよ」

「私も微力ながらお手伝いさせてもらいますよ。最後のご奉公になるかもしれませんが」

「そんな……すみません、土曜日に。どうしても謝罪しておきたかったんです」

「管理官が謝罪するようなことではないですよ」

　小木が最後まで低姿勢で対応してくれたのがありがたかった。少しでも責められたら、海老沢の心は折れてしまっていたかもしれない。電話を切ってほっと息を吐き、目を瞑《つぶ》る。

　これまでのところ、大きな手がかりはない。肝心のパソコンにはログインできていない。偽造パスポートは収穫だが、実際にこれを作った人間を割り出すのは不可能だろう。何しろ二十年も前のものなのだ。今、日本のパスポートは世界で一番信用できると言われているが、二十年前だとまだまだ……それを上手く利用した犯行だったはずだ。最近、公安の仕事は過去とのつながりを辿《たど》ることではないかと思うことがある。重大な事件は全て過去にある。現在の極左の動向を確認しても、大規模な陰謀を摘発できるわけでもなく、過去の未解決事件をじわじわと追う地味な捜査が増えているだけだ。

　既に公安の役割は、変わってきている。かつては——六〇年代、七〇年代までは、学生運動には本当に世の中を変えてしまいそうな勢いがあり、公安はそれを抑えこむのに必死だったという。しかし今は違う。極左運動は下火になる一方で、取り締まる側である公安の存在意義も、当然薄れてきているのだ。公安部の中でも極左担当の公安一課は長らく主流部署だったのだが、これからは変わってくるかもしれない。人員削減も、真剣に議論されるようになっているぐらいだ。自分の将来もどうなっていくのか、まったく読めなかった。まさか海老沢が警察にいる間に、公安部が再編されて一課がなくなるようなことはないだろうが。

組織が縮小される、あるいは他の部署に吸収されるのは、長くそこに勤めていた人間にとって、プライドを折られる出来事である。自分がろくに仕事をしないからこうなった、と責任を感じて卑屈になる人もいるだろう。しかし公安の仕事は、そもそも数値化して評価しにくいものだ。起きてしまった事件を捜査するならいいのだが、普段の情報収集に関しては評価・査定が難しい。事前にゲリラ計画などを察知して潰す——実際にはそういうことはほとんどないのだ。そして他の部署からは「何をやっているか分からない得体の知れない部署」と陰口を叩かれている。実際には仕事はさほど忙しくないので、試験を早く突破して出世したければ公安部に行け、というのが、やる気のある若い警察官たちの合言葉になっているぐらいだった。

まさか、岩井の一件をきっかけに、公安の在り方、自分の将来まで考えるようになるとは。

世の中に、永遠に変わらないものなどない。民間の会社は、創業時とまったく違う業態に変化しながら何百年も存続しているところがあるが、警察の場合はそういうわけにもいかないだろう。もちろん捜査一課のように、昔もこれからも同じ仕事を続けていく部署もあるだろうが。人類が存在している限り、殺人事件はなくならないはずだから。

間もなく二十一世紀。二十一世紀の公安——警察はどうなっていくのだろう。

3

週明け、事態は急に動いた。科捜研が岩井のパソコンのロック解除に成功し、内容を全部見られるようになったのだ。すぐにメールの内容が共有されたが……思ったほど衝撃的なものではなかった。というより、必要最低限の情報しかやり取りされていなかった。主に、いつどこで会うかを確認するだけ。それも頻繁ではなく、せいぜい月に一回だった。

とはいえ、規則性はすぐに分かってくる。この二年間は、月の頭、五日までに支援者らしき人間からメールが入っている。本文の内容は、日付、時間、場所のみ。それに対して岩井は「了解」と送るか、別の日時や場所を提案するだけ。個人的な情報は一切送られていない。余計な情報が流れないように警戒していたのだろう。

「このパソコン、二年前のモデルなんですよ」いつの間にかパソコン担当になってしまった古屋が言った。「今の場所に引っ越すと同時に、連絡用にパソコンを導入したんじゃないですかね」

「メール以外にはどうだ？」

「ほとんど使っていなかったようです。ブラウザの閲覧履歴は消されていましたし、ブックマークもありません」

「暇つぶしにどこかのホームページぐらい見るもんじゃねえか？　せっかくのパソコンなんだし」

「だとしても、証拠は残らないようにしてたんじゃないですか。かなり慎重ですよ。他のソフトを使っていた形跡もありません」

「メールのやり取りのためだけにパソコンを導入したのは、ずいぶん贅沢な感じもするな」

「セキュリティ優先なら、こういう手もあるでしょう。電話でやり取りしていたら、相手がすぐに割れてしまう。パソコンなら、本体を押収されない限り、やり取りは分かりません」

「やり取りは分かったが、これだけじゃなあ……相手の正体も分からないんじゃないか？　フリーメールだと、使っていた人間を特定するのは難しいだろう。しかも何人かいる——いや、同じ人間が頻繁にアドレスを変えていたのかもしれねえ」

「そうですね」

「どうだ？　ここから何か見つけられると思うか？」

「パソコン関係に詳しい若手がいますから、そいつに手伝わせますよ。今のところこれが唯一の手がかりですから、何とかします」

「頼む」海老沢はうなずいた。この辺になると自分はちんぷんかんぷんで、詳しい人に任せてしまうしかない。

「パソコンの解析の他に、会っていた場所を確認する手がありますね」古屋が言った。「場所は全て仙台市内です。その都度変わっていますけど、月に一回は会っていますから、店の人が見ているかもしれない」

「金を渡していたんだろうな」銀行振込にしたりすれば、当然証拠が残る。「現金を手渡しが一番安心だ」

「その可能性が高いでしょうね」

「今の情報をすぐにまとめて、仙台にいる連中に送ってやってくれ」

「分かりました」

事態は一歩だけ前に進んだ。しかし非常に小さな一歩……捜査が簡単に動かない状況には慣れているが、やはりジリジリする。

思い切り体を動かしたいな、とふと思った。元々サッカー選手だったので、若い頃は何かあると体を動かせばストレスを発散できた。汗をかけば、大抵の嫌なことは忘れられる……十年ぐらい前までは、時間を作ってジョギングしていたものの、最近はとんとご無沙汰だ。警視庁は皇居のすぐ近くにあるから、そこを一周してこようか、と思った。一周五キロ。ここを二十分ペースで走れば、いい運動になるだろう。しかし今の自分にそんな体力が残っているかどうか。途中で足が攣《つ》って断念してしまうかもしれない。

歳は取りたくないものだ、とつくづく思う。ちょっと前までは、そんなことは考えもしなかったのだが。


その日の夕方、事態は再び大きく動いた。仙台にいる長田《ながた》が、岩井と面会していた人物を割り出した。しかも東京在住。

「どうやったんだ?」あまりにも早いので、海老沢はむしろ訝《いぶか》って長田に訊ねた。

「メールの記録です」電話の向こうで、長田の声は弾んでいる。「二人が面会していた場所をしらみ潰しにしていったんです。同じ場所を二回使ったことがあって、そこで岩井の写真を見せたら確認できました」

「しかし、相手は……」これだけではまだ、どうやって相手を確認したのかが分からない。

「場所は、今月初めに会っていた喫茶店です。そこで、岩井が面会していた人間がクレジットカードを使ったんですよ」

「極左がクレジットカード？」にわかには信じられない。カードの審査に通るとは思えなかったし、どこで何をしていたか、証拠として残りがちなクレジットカードを使うとは考えられない。

「極左とは限りませんよ。シンパなら、普通に仕事をしている人もいるでしょう」

「分かった。その男の名前は？」

「男じゃないです。女性です」

「女性？」どうも今回は常識が外れる。極左というのは基本的に男性優位の世界で、女性は極めて少数派なのだが……。

長田が告げる名前を書き取る。あとはクレジットカード会社に照会すれば、住所や連絡先も割れるだろう。捜査が大きく動き出すきっかけになるはずだ。

悪い一日ではなかった、と海老沢はほっとした。当初の悪い予想は外れ、捜査は急展開する可能性もある。

4

まずいな、と高峰は不安を感じた。週末を跨《また》いで火曜日……安岡殺しの捜査に大きな進展はない。長年の経験から、事件がスムーズに解決できる時とそうでない時は、勘で分かる。今回は——

嫌な予感がする。

しかし夜の捜査会議で、高峰は頼りになる男を見つけてほっとした。後輩刑事の村田《むらた》。彼が本部の捜査一課に上がって来た時、教育係として高峰はコンビを組んで仕事をしていた。その後順調に出世し、今は特捜本部のある目黒中央署の隣・目黒西署刑事課係長である。目黒西署からも応援を借りることになったので、自ら顔を出してくれたのだろう。彼自身が捜査に当たるわけではなくとも、顔を見るだけで安心できる。

気勢が上がらない捜査会議が終わると、村田が高峰のところにやって来た。

「ご無沙汰しまして」村田がひょこりと頭を下げる。百八十四センチの長身で、昔はひょろひょろしていたのだが、今は年齢なりに肉がつき、貫禄も出てきている。

「悪いな、忙しいところ」

「今は、うちはそんなに忙しくないですから」村田が笑みを浮かべてうなずく。

「座ってくれよ」

「失礼します」村田が椅子を引いて来て座った。座っていても、座高が高いので見下ろされる感じがする。

「まったく、みっともない。君にこういう姿は見せたくなかったよ」

「しょうがないんじゃないですか。難しい事件だと思いますよ。うちも強行犯係から三人出しますから、思う存分使ってやって下さい」

「助かる」高峰は思わず頭を下げた。今のところは、刑事の人数が増えてもそれで捜査が進展する保証はないのだが。「年末の忙しい時に申し訳ない」

「高峰さん、どうしたんですか？　今回は弱気ですね」

「それだけ難しい事件だと思ってくれ。それと、僕も歳を取ったってことだよ。弱気にもなるさ」

「自分で動けないから、もどかしいだけじゃないですか？　高峰さん、根っからの刑事ですもんね」

「刑事らしさも、すっかり錆《さび》ついてる感じだけどな。もう、君たちの時代だよ」

「五十にもならないのに、老けこむのは早いですよ」

「君に慰めてもらう日が来るとは思わなかった……それも情けないな」

「仕事が大変な時は、誰だって弱気になるでしょう」

「まあな。とにかく、無事に解決したら、美味い酒を奢るよ」

「楽しみにしてます。でも、無理しないで下さいよ」

「別に無理はしてない」

「あまり顔色がよくないですけどね」

「脅さないでくれよ」高峰は思わず両手で顔を擦った。実際、疲れているのだが……弱音を吐いている場合ではない。

「じゃあ、うちの若い連中をよろしくお願いします」村田が頭を下げる。「使い減りしませんから、ガンガン働かせて下さい」

「ああ」

　村田に会えたのは嬉しかったが、気分は晴れない。捜査会議の静かな雰囲気を思い出すと、落ちこんでくる。捜査が上手く進んでいる時、重大な手がかりが見つかった時は、捜査員も興奮して場が暖まってくるものだ。今日は冷え冷えとしていた……いや、ずっとそうだ。

ブレークスルーが欲しい。それを自分で追うのではなく、部下の報告を待つしかない管理官という立場が恨めしかった。

家に戻り、遅い夕食を食べる。特捜本部では毎晩弁当が用意されるのだが、今日はパスしていた。所轄は頑張ってサポートしてくれているのだが、毎回同じような幕の内弁当では飽きてしまうし、体にも悪い。

予《あらかじ》め家に電話をかけておいたので、淑恵が簡単な夕飯を用意してくれていた。野菜サラダに具沢山の豚汁、握り飯二個——後は寝るだけだからこれで十分だ。昔から淑恵は豚汁が得意で、長年ブラッシュアップしてきた結果、今では店でも出せそうな味になっている。最近はキャベツを加えるのが定番で、野菜をたっぷり食べた実感も得られるのだった。ただし、豚汁より先にサラダを食べるようにと釘を刺される。「生野菜を先に食べれば血糖値は上がらないから」というのが妻の言い分である。健康診断の結果でも、血糖値に特に問題はないのだが、そういうことを気にしなければならない年齢だから、と淑恵は口を酸っぱくして言う。最近は、食事には必ずサラダをつけて、最初にそれを全部食べるように指導されている。

体が冷えた一日、冷たいサラダを食べるのも気が進まない。何とかボウルを空にし、豚汁を一口飲むと、思わず「ああ」と声が漏れた。汁にはコクがあり、味噌だけではなく野菜の甘みも感じられる。豚の脂がまた美味い。年齢的に脂っこいものは避けた方がいいのだろうが、豚肉はやはり脂の多いバラ肉に限ると思う。これにプラスして握り飯二個で満腹になった。ところが淑恵は、冷蔵庫からチョコレートを出してくる。いかにも高級そうな箱に入った、凝った作り。

「これは？」

「今日、佳恵ちゃんが遊びに来て、お土産にもらったの。西麻布《にしあざぶ》のスイーツ店の有名パティシエのチョコレート」

「パティシエ？」

「知らない？」

「いや……どうかな」言葉は聞いたことがあるような記憶があるのだが。

「最近、お菓子職人のことをパティシエって言うでしょう」

「そうなのか？」今は何でもかんでも横文字だ。「パティシエ」はフランス語だろうか？

「たまにはテレビも観ないと、流行に乗り遅れるわよ」からかうように淑恵が言った。

「そう言われてもな」だいたい甘いものは好きではないので、興味の対象外だ。

「食べてみて。そんなに甘くないから」

一番小さいものをつまみ、一口で食べる。確かにさほど甘くない。カカオの苦味が強く感じられ、その奥に柑橘《かんきつ》類の香りが薄く広がった。いかにも大人向けのチョコレートという感じである。

「どう？」

「まあ、美味いけど、積極的に食べなくてもいいかな」渋い緑茶を一口飲んで、甘みを洗い流す。

「佳恵、こんなものばかり食べてるのか？　そう言えば最近、ちょっと太ってきたよな」

「好きなものぐらい、自由に食べてもいいじゃない」

「そういうことができない年齢になってきてるから、君だって僕の食事に気を遣ってくれてるんだろう？」

「メーンの食事には気をつけて、でもちょっとしたお楽しみぐらいはないと」

「分かるけど――」

インタフォンが鳴った。高峰は思わず妻と顔を見合わせた。また記者の夜回りだろう。

「僕が出るよ」

「いつも追い返してるのも悪いから、たまには上がってもらったら？」

「それでこのチョコレートでも出してやるのか？　記者連中に食べさせるのはもったいない」

インタフォンの受話器を取り上げると、聞き覚えのある声が耳に飛びこんできた。

「東日の小池です」

またこいつか……いい加減にしろ、と怒鳴って追い返したいところだが、あくまで丁寧に対応することにする。

小池は今日もだらしない格好で、ネクタイの結び目がおかしな具合になっていた。どうやって締めたらあんな風になるのだろう。

「今日も何もないよ」

「それは分かってます」

「じゃあ、時間を無駄にしないで。僕のところに来ても、何も出ないから」

「こちらでちょっとお話ししたいことがあるんですけどね」

「その手には乗らないよ」この前も同じようなことを言っていたが、一種の誘い水だということは分かっている。ちょっとした情報を取り引き材料にして、こちらから情報を引き出そうとする記者も多いのだ。大抵は、役に立たないのだが。

「そうおっしゃらずに」

「まあまあ、お互い時間を無駄にすることもないでしょう」

「しかしですね……」

「言いたいことがあるなら、今言ったらどうですか」

「長くなりますよ」

「だったら勘弁して下さい」高峰はさっと頭を下げた。

「是非お耳に入れておきたいんですけどね」

「五秒で喋れないことは、重要な情報ではないですよ」これはいつも部下に言っていることだ。

「とにかく、僕のところに来ても無駄だから。お忙しいでしょうし、時間を無駄にするのはもったいないですよ」

「そうですか……」

「さ、お帰り下さい。遅くまでご苦労様」

ドアを閉める。向こうにまだ小池がいる気配が感じられたが、無視することにした。あまり粘らないのは、やはり大した情報を持っていないからだろう。絶対に話を聴きたいと思ったら、もっとしつこく食い下がるはずだ。もしかしたら、単に粘りがないだけかもしれないが。

それにしても、やはり変わった記者だ。ああいう手合いとは、できるだけ関わり合いにならない方がいい。亡き父もよく言っていた。本当に正義のことを考え、刑事と一緒になって真剣に事件について考える記者もいる。そういう記者を見つけたら、事件について一緒に頭を絞るのもいいが、そうでない場合——大抵の記者は単なるサラリーマンだ——はできるだけつき合いは表面上に止めろ。向こうは話を聞くプロだ。こちらは喋ったつもりがなくても、話の端々から情報を組み立てて、適当に記事を書いてしまうことがある。記者の相手は、広報担当者である副署長や課長に任せておけ、と。

まったくその通りだと思う。最近折に触れ、亡くなった父の言葉を思い出すが、どれも心に響くものばかりだ。戦時中から刑事として活躍した父の現役時代は、今やはるか昔——それこそ昭和の時代の刑事の経験談だったのだが、元号が平成に変わっても、人間の基本はそれほど変わらないのかもしれない。自分の子どもたちの世代はどうなっているか。

いや、そんなことを考えるのはずっと先でいい。俺はまだ現役、今は走り続けるしかないのだ。

5

報告に戻って来た部下の話を聞いて、高峰は我が耳を疑った。

「嘘だって？」高峰は思わず声を張り上げた。週が明けてから、安岡が選挙を手伝っていたという代議士・上野にようやく話が聴けたのだが、安岡とは一面識もないという。

「はい」若い刑事が緊張しきった様子で答える。「名前を聞いたこともないそうです」

「ということは、安岡は家族にも嘘をついていたのか？」

「そう判断しました」

「上野が嘘をついている可能性は？」

「それはないと思います」若い刑事が声を尖らせる。

「殺されたような相手とは関わり合いになりたくないと考えてるのかもしれないぞ。代議士はスキャンダルを嫌うだろう」

「いえ、嘘は言っていないと思います」刑事も引かなかった。「その前に事務所のスタッフにも話を聴きました。返事は同じです」

「そうか……」高峰は腕を組んだ。疑い出したらキリがない。ここは一応、部下の聞き込みの成果を信用しよう。ただし、念には念を入れなければならない。「選挙のスタッフを割り出せるだろう？　選対は、地元の地方議員が責任者になっていることが多い。誰が選対の責任者だったか割り出して、その人にも話を聴いてくれ」

「分かりました」少し不満そうだったが、刑事がうなずいた。

「頼むよ。裏取りも大事だから」高峰はフォローした。

　若い刑事が引き下がった後で、高峰は宮下と話をした。

「どう思う？」

「嘘ではないと思いますが……実際に安岡が選挙を手伝っていたのに、一面識もないと言って、後でそれが嘘だとバレたら面倒なことになります」

「全員で口裏合わせをしていたとしたら？」

「まさか、上野の関係者が安岡を殺したとでもお考えなんですか？」

「そうは言わないけどな」確率〇・〇〇一パーセント……決してゼロではないはずだ。まだ容疑者が一人も浮上していない状態では、どんな可能性も捨ててはいけない。

「気になるなら、関係者に一気に集中的に話を聴きますか？　誰かがボロを出すかもしれない」

「――いや」高峰は首を横に振った。「そこに注力しなくてもいいだろう。しばらくは彼に任せよう」

「この件、家族にもう一度当てないといけないですね。安岡は家族にも嘘をついていたわけですから」

「ちょっと自宅へ行ってみよう」高峰は立ち上がり、椅子の背に引っかけていたスーツの上衣に袖を通した。

「管理官、ご自分で行かれるんですか？」

「ずっと座りっぱなしだと、足腰が弱る。それに今、全員出払っていて人手が足りないだろう」

「しかし……」

「三原《みはら》がいるじゃないか」会議室の片隅で手帳に何か書きこんでいる女性刑事・三原友紀《ゆき》に視線を向けた。「彼女には仕事を振ってないだろう？」

「今日は電話番です」

「ちょっと借りる。運転手役を頼むよ」

「分かりました」どこか不満げに宮下が言った。自分が電話番を任されたらたまらないとでも思っているのだろう。

　しかし、一人で聞き込みに行くわけにはいかない。頭の中で宮下に頭を下げながら、高峰は友紀に声をかけにいった。

　管理官と一緒に聞き込みということで、友紀はさすがに緊張していた。係で最年少の二十七歳、所轄の刑事課から上がって来たばかり。女性刑事がパートナーということで、高峰自身も少し緊張している。捜査一課は男所帯——昔から女性は極めて少数派で、たまに配属されてきても、長続きしない。どうしても体力勝負になるし、危険な目に遭うこともあるからだ。昔は、結婚を機に辞める女性が多かったが、最近はむしろ、メンタルにダメージを受けて一課を去る女性刑事が少なくない。とはいえ「捜査一課でも女性スタッフを増やすべし」という声は上がっている。犯罪被害者は女性が多いし、そういう人に上手く対処するためにも、女性がいた方がいいという判断だ。単に男女平等を進めるために女性を増やそうという「数合わせ」的なものではない。とはいえ、捜査一課に女性刑事を増やすのは、二十世紀が終わろうとする今になってもなかなか難しい。

「一課の仕事には慣れたか？」高峰はできるだけ気楽な調子を心がけて話しかけた。

「はい——いえ、これが初めての特捜なので、まだ右も左も分かりません」

「そうか……マニュアルのない仕事だから、先輩のやり方を見て真似てくれ。女性刑事として、前田がいい手本になるだろう」

「何だか効率が悪いですね」

　おっと……意外とはっきり言うタイプなのか。さすが現代っ子という感じだ。

「事件は一つ一つ違うからな。取り調べなんか、それこそ相手によって千差万別のやり方がある。その都度自分の頭で考えて対応しないと、上手くいかないよ」

「そんなものですか？」

「一つだけ、共通したやり方がある」

「何ですか？」

「丁寧に話すことだ。相手が被害者でも参考人でも容疑者でも関係ない。乱暴なやり方はご法度《はっと》だよ」

「容疑者に対しても、ですか？」いかにも意外な様子で訊ねる。

「脅したり、嘘をついたりは絶対駄目だ。昭和の時代にはそういうこともあったけど、今は許されない。理を尽くしてきちんと丁寧に話す――そうしないと、後々トラブルになるからね」

「肝に銘じておきます」

「これから話すのは、被害者の遺族だ。口の利き方には特に気をつけてくれ」

「緊張しますね」

「普通にやればいいんだ。大袈裟にすることはない。普通に、丁寧にだよ」

「分かりました。でも、管理官がご自分で現場に出られるなんて、異例ですよね」

「人手が足りないんだよ。それに、上からもプレッシャーをかけられてる。特捜にいると、たまに一課長が来るだろう？　あれこれ話を聞かれるだけで胃が痛くなる」

「……管理職も大変ですね」

「君も管理職になれば、その大変さを実感できるよ」

「試験とか、あまり興味がないんです」

彼女は女性幹部候補からは外した方がいいかもしれない。昇任の筆記試験に関しては、女性警察官の方が成績がいいというデータもあるのだが、やる気がなければどうしようもない。彼女があくまで現場にこだわって仕事をしていきたいというなら、それはそれで頼もしい限りだが。

葬儀も終わり、安岡の家族はようやく落ち着いたようだった。今日は家に、妻の孝子しかいない。先日事情聴取した際は、高峰は軽く挨拶しただけだったので、改めて名乗り、名刺を渡す。

家は古い一軒家で、狭いリビングルームには生活の匂いが充満していた。そこに混じる線香の香り……高峰はまず、線香を上げた。こういうことには慣れているのだが、その都度緊張する。無事に犯人を逮捕して線香を上げ、家族に報告する時も、必ずしも晴れ晴れした気分にはならないのだ。たとえ犯人が逮捕されても、犠牲者が戻ってくるわけではない。遺族の悲しみが完全に癒やされるわけではないのだ。

「今日は、幸樹君はいないんですか」

「サッカーの練習で出かけています」

もう日常に戻っているのかと驚いたが、遺体が発見されてから五日が経っている。少しでも早く元の生活に戻りたがるのは、不思議ではないだろう。もっとも孝子は、まだ日常を取り戻していないようだったが。

ダイニングテーブルにつくと、孝子がお茶を出してくれた。彼女が向かいに座るのを待って一口啜り、切り出す。

「実は、ご主人の話に矛盾が見つかりまして」

「矛盾、ですか」

「奥さんが知っている話とは違う状況が出てきたんです」

上野の件を話す。孝子はピンとこない様子で、顔には困惑の表情が広がるばかりだった。

「それはつまり……主人が嘘をついていたということでしょうか」

「ご主人は、本当に選挙コンサルタントの仕事をしていたんでしょうか？　奥さんは、仕事の内容をどこまで詳しく聞かれていたんですか」

「そう言われますと……そもそも昔から仕事の話はあまりしていなかったです」

「仕事は家に持ち帰らない、ということですね」

「ええ。昔の人なので」

　自分とさほど年齢が変わらないのに「昔の人」と言われると、苦笑してしまう。少しうつむいて気持ちを落ち着けてから話を続けた。

「ご主人の銀行口座にも、不審な点がありますか」

「どういうことですか？　口座は、私たちも確認できないんです。通帳が見つからなくて……」

　人が亡くなると、保有している銀行口座は凍結される。しかし今回は殺人事件なので、特別に銀行に確認してもらった。

「ご主人は春山事務所を辞めてから、収入がありません。仕事をしていた形跡がないんです。一方で、毎月規則的に二十万円を引き出しています。心当たりはありますか」

「それは……」孝子の顔が蒼褪《あおざ》める。「生活費として毎月現金でもらっていた分だと思います」

「春山事務所にいた頃と同じですか」

「はい。家のローンや光熱費は引き落としで、当時は生活費は私がキャッシュカードで引き出していました。二十万円——そうですね。ずっとそれぐらいでした」

「口座を見た限り、貯金を切り崩していた感じです。入金がありません」

「そんな……どういうことなんでしょう」

「分かりません」高峰は正直に答えた。「何とも言えないんです。少なくとも、収入のある仕事をしていたわけではないようです」

　口座の残額について言うつもりはなかった。残された家族二人が暮らすための遺産としては心もとない——自分の口からそんな事実を告げる気にはとてもなれない。そもそも警察がフォローすべき事案でもないのだし。

「出張が多かったのは間違いないですね」

「仕事をしていなかったとしたら、出張とは言えないんじゃないでしょうか」孝子が指摘した。表情に不安の色が滲んでいる。

「では、どういう目的であちこちに出かけていたんでしょうか」

「それは……」孝子が顔を伏せた。浮気を疑っているのかもしれない。しかしそれも考えられなかった。安岡の口座からは毎月の生活費、それにクレジットカードの引き落としがあったのだが、それほど大きな額ではない。仮に女性との関係があったら、もっと金を使いそうな感じがする。この辺は、カードの使用状況をもう少し精査しないと何とも言えないところだが、カード会社からはまだ明細が届いていなかった。

「夫は、本当は何をしていたんでしょうか」孝子が顔を上げる。目は潤んでいた。

「それはまったく分かりません。奥さん、何か心当たりはありませんか」逆に訊ねる。

「いえ……」

「訪ねる相手がいたとか」

「女性ですか」孝子が急に声を低くして訊ねる。やはり浮気を疑っているのだろう。

「そうとは言いません」しかし安岡が二重生活を送っていた可能性は皆無とは言えない。だいたい、家族が把握している以外に口座を持っていた可能性もある。都市銀行には全て問い合わせ、他に口座がないことは分かっていたが、地方銀行や郵便貯金などはまだ潰し切れていない。隠し口座があったら、二重生活を送っていた証拠になるが……定収入がない人間に、そんなことができただろうか。代議士秘書時代に、何らかの形で裏金を作っていた可能性も否定はできないが。

　結局、孝子の疑念を膨らませるだけの事情聴取になってしまった。申し訳ないことをした……どれだけ経験を重ねても、被害者遺族から話を聴くのは難しい。もっと別の言い方があったのでは、と帰りの車の中でも反省しきりだった。

「僕もまだまだだな」つい弱音を漏らしてしまう。

「誰でも失敗はありますよ」

　思わず笑ってしまった。ハンドルを握ったまま、友紀が不安げにこちらを見る。

「あの……」

「いや、君に慰められるとは思わなかった」

「すみません、生意気言いました」

「君の年齢だったら、僕の娘でもおかしくないんだけどね。そういう人から慰められるのは、情けない限りだよ」

「でも、本当に失敗はありますよ」

「君も失敗だと思ってるんだ」

「いえ、そんな……」急に友紀がしどろもどろになった。

「まあ、いいよ。先輩に対してもちゃんと言えることは大事だ。遠慮していたら仕事はできないから、もしも先輩が間違っていたことを言ったりやったりしたら、ちゃんと忠告してやってくれ」

「生意気だって言われそうですけど」

「そんな風に言われたら、僕に告げ口すればいい。ぶっ飛ばしてやるから」

「管理官、そういうキャラじゃないと思いますけど」

平然と言う娘《こ》だな、と驚く。ひと昔前なら、生意気なことを言う若手は即座に鉄拳制裁を受けていただろう。高峰はそういうこととは縁がなかったが……今は時代も変わった。それでも、タメ口に近い感じで上司や先輩と話す若手がいるのは驚きだった。警察官は、まず警察学校の寮で集団生活を送り、礼儀も叩きこまれるのだが、根源的な人間性はそれほど急に変わるものでもないのだろう。高峰はこういう生意気な若者を「面白い」と思うが、かちんとくるベテランもいるだろう。その辺、注意するように忠告しておかなくては。

特捜本部に戻ると、金の流れの解析が進んでいた。係長の宮下が数枚の紙を手渡す。

「安岡のクレジットカードの利用状況です」

「ありがとう」

ざっと目を通していく。怪しい部分——女の影はないかと注意したが、それらしいものはない。例えば会食したり、プレゼントを送ったりすれば、その記録が残る。クレジットカードで支払っているのは鉄道の代金、そしてホテル代がほとんどだった。それもどうにもおかしい。退職してからも各地に出張していたのは間違いなく、各地のホテルの名前があったが、ばらばらなのだ。上野の選挙応援をしていたら、頻繁に栃木に出入りしているはずだが、栃木のホテルの名前が一切ない。

上野陣営が宿舎を用意していた可能性もあるが。

例えば、直近だと仙台に泊まっている。それが殺された前日——これは家族の証言と合っているが、完全に合致しているわけではない。孝子は、岩手と宮城に行っているはずだと言っていたが、岩手に泊まっていた形跡がないのだ。もちろん、知り合いのところに泊まっていて、記録に残っていない可能性もあるが。

仙台のホテルには二泊している。十二月十一日と十二日。十三日の朝にチェックアウトして、東京へ戻って来て殺されたのだろうか。

「ホテルのチェックは？」

「今やっています——ああ、来た」宮下が、こちらへ向かって来る若い刑事に向かってうなずきかけた。

「確認取れました。安岡さんは十二月十一日の夕方にチェックインして、十三日の朝にチェックアウトしています」

高峰はもう一度クレジットカードの明細に視線を落とした。

「同じホテルに何度か泊まっているな」実際、春山事務所を辞めてから三回、仙台の同名のホテルに宿泊している。こうなると、仙台に女性がいた可能性も否定できない。春山は東京の代議士で、安岡の活動拠点も東京だったのだが、どこでどんな関係ができるかは分からない。

「それと、電車ですが……ＪＲに払っているのは、新幹線の料金です」

移動は新幹線か。安岡が車を持っていないことは確認できており、長距離の移動に新幹線を使っているのは自然である。

「分かった。ありがとう」礼を言うと、若い刑事が直立不動の姿勢からさっと頭を下げた。高峰はそれから、宮下に確認した。「クレジットカードについては、ほぼ足代と宿泊料金だな」

「そうなりますね。その中でも、仙台に何度も行っているのが気になります」

「殺される直前にも仙台に行っていた……向こうでの行動を調べたいな。人を派遣できる余裕はあるか？」

「何とか……二人、必要ですよね」

「もちろん」

宮下がノートパソコンに視線を落とした。彼は個人的に、表計算ソフトで部下の勤怠を管理している。動かせる人間がいるかどうか確認しているのだろう。

「一人は何とか確保できます……あとは三原が空いてますけど、どうしますか」

「構わない。すぐに行かせろ」

「女性ですけど……」

「今時、そういうのは流行らない。ここにいる限りは戦力なんだ」

「分かりました」

宮下が、電話番の仕事に戻った友紀を呼びつけ、すぐに仙台へ向かうように命じた。途端に友紀の目が輝く。

「出張の準備はしてあるな？」宮下が確認する。

「もちろんです。いつでも行けるようにしてあります」

宮下が、出張の狙いを話した。友紀は嬉しそうな表情を崩さないまま、手帳にボールペンを走らせている。

「何とか足取りを見つけてきてくれ」宮下が指示を終えた。

「了解です。お土産はずんだ餅でいいですか？」

「そういうことはいいから」宮下がうんざりした口調で言った。「とにかく仕事をしっかりやってこい」

「誰かと一緒ですか？」

「常田を行かせる。ただしあいつは後発だ。君は先行して出かけてくれ」

「いいんですか？」

「時間は効率的に使うんだ」高峰は口を挟んだ。「向こうで宿を確保して、明日は朝一番から動けるように、君が準備しておいてくれ」

「分かりました」

　友紀がコートを着こみ、大きなトートバッグを担いでそそくさと出かけて行った。普段の仕事で使うには大き過ぎるバッグだが、特捜ができてからは、いつ出張に行くか分からないから、着替えなどを持ち歩いているのだろう。いい心がけだ。

「大丈夫ですかね」宮下は心配そうだった。

「女性だからって言うのはやめよう」

「というより、一番の若手だから心配なんですよ。経験が少ない……」

「仕事させないと、いつまで経っても経験を積めないよ」

「分かりますけど、やりにくいな」宮下が溜息をもらした。「今、うちには女性刑事が二人いるでしょう？　男ばかりの係もあるのに……何かと気を遣いますよ」

「君だから、女性を二人配置したんだけどな」高峰は指摘した。

「俺ですか？」

「君をジェントルマンと見こんで、だよ」

「そういう自覚はないですけどね」宮下が肩をすくめた。「――常田を呼び戻します」

「今日はどこへ行ってるんだ？」

「現場付近の聞き込みをやってます」

「ここへ戻すことはない。そのまま東京駅へ向かわせてくれ。詳しい説明は、三原にさせればいい」

「分かりました」

宮下が自分の携帯電話を取り上げ、常田に連絡を入れ始めた。常田も緊張しがちなタイプだし、友紀と一緒に動いているとどんな化学反応が起きるか分からないが、そんなことは一々気にしていられない。若い刑事はとにかく現場に投入して、あれこれ試行錯誤すべきだ。そうやって体で覚えていく――友紀に言わせれば非効率的なのだろうが、このやり方はやはりマニュアル化しにくい。とにかく二人には靴底をすり減らしてもらおう。

自分がそういうことをやっていた時代は既に過去になった。今はここに座って報告を受け、考え、指示を飛ばす――こういう仕事をする人間が必要だということは、重々承知している。しかし自分が指揮官に相応しい人間かどうかは、未だに分からないのだった。

第三章　奇妙な指示

1

田代杏子《たしろきょうこ》、五十一歳。住所は世田谷《せたがや》区。職業、自営業——実家の商売を継いで、自転車店を経営している。

その名前が割れた時、海老沢は一瞬困惑した。データベースで照会したところ、逮捕歴が判明したのだ。一九七〇年九月、参加していたデモが荒れ、警官に殴りかかったとして公務執行妨害で現行犯逮捕されている。しかし嫌疑不十分で、起訴はされなかった。法的には、有罪判決が出ない限り前科はつかないのだが、警察は逮捕した人間の情報を保管している。今はデータベース化が進んでいるから、情報を引っ張り出すのも簡単だ。

「こいつはどう判断したらいいですかね」係長の水戸が首を捻る。

「そうだな……」海老沢は顎を撫でた。「関係があるような、ないような、だな」

田代杏子は、比較的穏便な方針で活動していたセクト、青協同《せいきょうどう》の元メンバーだった。主な活動はデモや集会、勉強会。他の弱小セクトと同様に離合集散が激しく、公安では七〇年代初頭には実質的に活動を停止したと判断している。田代杏子はその後、青軍に参加していたと言われている。

「青協同と青軍には、全然つながりがねえぞ」海老沢は指摘した。

「そうですね」水戸がうなずく。「組織と組織の関係はありませんでしたね」各セクトは集会やデモなどを合同で開催することはあっても、深い関係にあるとは言えない。何故田代杏子が青軍に参加したかは分からない。

「その二人が会っていた——どうも妙だな」

「どうします？　引きますか？　今日も普通に店を開けているようですが」名前が割れた時点で、既に監視をつけていた。

「そうするか」

「容疑は？」

「あくまで参考人だ。とにかく岩井との関係をじっくり聞き出そう。それは宮代さんに任せようぜ」

「そうですね。では、監視している連中に言って、引きます」

水戸が携帯電話を取り上げた。海老沢は海老沢で、宮代に電話をかけた。基本的に宮代は、容疑者逮捕後は取り調べに専念するのが決まりなのだが、今回は対決すべき相手・岩井が自殺してしまったので、通常の捜査に参加している。

「宮さん、今どこですか」

「張り込み中です。青軍の木村《きむら》とまだ接触できていないので」元青軍の一人、木村光雄《こうゆう》の都内の住所は割れているが、確かにまだ事情聴取ができていなかった。一人暮らしの自宅を離れているようで、行方が分からない。何の仕事をしているか、近所の人も知らないようで、いかにも世間から隠れている感じ――岩井とまだつながりがあるのでは、と疑われている。

「代わりの人間を送りますから、本部へ引き上げて下さい。田代杏子を引きます」

「参考人として、ですか」

「そうです。ただし、厳しくやりたい」

「分かりました。交代要員が来たら引き上げますよ」

　電話を切った後も、宮代の声は耳に残る。低音でよく響き、人の心を落ち着かせるのだ。取り調べには「声」も大事な要素なのだと改めて思い知る。

　ここから捜査は大きな一歩を踏み出す。まだ公安一課長に報告するほどではないが、今日の夜には、少しはいい話ができるのではないだろうか。この事件では、自分はマイナス地点からスタートしていた。多少いいことがあっても、ゼロに戻るだけなのだが。


　田代杏子は地味な感じの女性だった。小柄で、短くカットした髪には白いものが混じっている。ジーンズにトレーナーという軽装なのは、商売柄だろうか。短く切り揃えた爪には油の染みが残っている。しかし……どこの街にも自転車屋はあるが、女性の店主は珍しいのではないだろうか。気難しそうな初老の男性が手を油まみれにしながらパンクを修理したりしているイメージがある。家業だから継いだのだろうが、苦労も多かったのではないだろうか。

　対する宮代は、これも冴えない初老の男だ。小柄で小太り。丸い鼻に大きな目が愛嬌を感じさせる。課長の牧田と違って反ネクタイ派で、よほどのことがない限り、ネクタイを締めることはない。今日も真っ白なワイシャツにグレーの背広というラフな格好だった。

「田代杏子、焦ってるな」外から取調室の中を監視していた海老沢は思わず言った。

「落ち着いてないですね」水戸も同意する。

実際田代杏子は、腿の上で組み合わせた手をしきりに動かしている。助けを求めるように、視線をあちこちに動かしていた。

「逮捕された経験がある人とは思えませんね」と水戸。

「偶発的だったんじゃねえか？　荒れたデモなら、つい警察官に手を出すこともある」

「あるいは挑発を受けたのかもしれませんが」

「まあ、そういうのは歴史時代の話だな」海老沢は話をまとめた。「三十年前……俺もまだ高校生だった」

「俺は中学生でしたよ」

「中学生だったら、学生運動なんか遠い世界の話だっただろう」

「あさま山荘事件の時は、ずっとテレビの前に張りついてましたけどね。あれ、何だったんでしょうか。何も起こらない、まったく動きがないのに、どうしても離れられなかった」

「そういうのは、メディアの連中が分析することだろう。俺らが考えてもしょうがねえ」海老沢自身は、あの静かなテレビ画面に引きずりこまれてはいなかった。ちょうど大学受験シーズンだったので、テレビどころではなかったのである。

宮代がちらりとこちらを見てうなずいた。マジックミラーのこちら側に海老沢たちが待機していることは事前に伝えていたので、「戦闘開始」の合図を送ってきたのだ。

「田代杏子さんですね」宮代が、いつもの低音で話し始めた。「お忙しいところ、申し訳ないですね。ちょっと事情を聴きたいことがあって、こちらに来ていただきました」

「私は何も——」田代杏子が声を張り上げかけたが、すぐに口をつぐんでしまう。余計なことを話すとボロが出る、とでも考えているのではないだろうか。

「今月三日の日曜日、仙台に行ってましたね。覚えておられますか」無反応。宮代はペースを変えずに話を続けた。「日曜日は、店はお休みなんですか」

「……はい」

「そうですか。ご旅行ですか？　十二月の仙台は寒いでしょう」

「自分の行き先まで警察に言わなければいけないんですか」田代杏子が反発する。

「まあまあ」宮代が宥《なだ》める。これが彼のテクニックの一つだった。相手の質問を一切無視して、自分の質問への答えを強制する刑事もいる。つい真面目に応答してしまい、話がおかしな方向へ逸れてしまう刑事もいる。宮代の場合は適当な相槌を打つ——質問を無視しているわけではないが、こちらへの答えが優先だ、と相手に思い知らせるやり方である。それをソフトな口調で言うから、相手も次第に搦《から》め取られる。俺はこういうテクニックを学べなかったな、と海老沢は少し悔しく思った。

「それで、どうですか？　休みでご旅行でも？」

「……ええ」

「一泊ですか？　仙台なら、見るところもいろいろありますよね。休みの日にいいホテルに泊まって、美味いものを食べて、観光名所を巡る——いい趣味だ。でもあなたは、安いビジネスホテルに一泊しただけだ。仕事の出張のような感じですよね」

「旅行です」田代杏子が言い張る。

「それで……知り合いに会われたと」

「会っていません」

「そうですか？」宮代が首を傾げる。「三日の午後五時、仙台市青葉区米ケ袋二丁目にある『キャロル』という喫茶店に入っていますよね。東北大学の近くで、学生アパートがたくさんある場所だ。この喫茶店も、昔ながらの学生街の店、という感じですか」

「覚えてません」

「そうですか。でも、入りましたね」宮代がさらに突っこむ。

「覚えてません」田代杏子が繰り返す。

「そこで食事をして、あなたがカードで代金を支払っています」

途端に田代杏子がすっと背筋を伸ばした。これは決定的なミス――今時クレジットカードを使う人は珍しくもないが、もしも彼女が今でも極左のメンバーなら、もっと用心していて然るべきだった。カードを使えば、その人がいつどこで何をしていたか、すぐに分かってしまう。

「一緒にいたのは、岩井康和という人物ですね？　どういう人か、あなたはよくご存じのはずだ」

「知りません」田代杏子の声は消え入りそうだった。

「先日逮捕され、東京へ移送される途中で自殺しました」

田代杏子は唇を噛んでいる。どう反応していいか分からない様子で、黙秘を決めこむつもりかもしれない、と海老沢は予想した。しかしその予想は外れ、田代杏子は意外なことを言い出した。

「勧誘です」

「勧誘？　岩井を何かに誘っていた？」

「岩井さんと相談していたんです——勧誘の相談を」

「どういうことですか？」丸い宮代の目が一気に細くなる。本気モードに入った証拠だ。「何の勧誘ですか」

「それは……」田代杏子が唇を舐める。

「何の勧誘ですか」宮代が質問を繰り返す。ここまで「青軍」「過激派」「セクト」などキーワードになりそうな言葉は一切発していない。誘導尋問することなく、相手の口から全て話させようという狙いだろう。

「『光の道』」

「何ですか、それは」宮代の顔に、一瞬戸惑いの表情が浮かぶ。

「私たちの宗教です」

「聞いたことがないですね」

「活動を始めたばかりなんです」

「新興宗教ということですか」

　隣に控えた水戸が、ノートパソコンのキーボードを叩き始める。しばらく腕組みをしながら画面を睨《にら》んでいたが、やがて困ったような表情を浮かべて首を横に振った。

「そういう名前の新興宗教はないと思いますよ」

「何でもネットで分かるわけじゃねえだろう」

「新興宗教なんて、信者を集めるためにアピールしなくちゃいけませんから、今時はホームページぐらい持っています」

人生の途中からパソコンやインターネットが入ってきた世代であるにもかかわらず、水戸は海老沢などよりははるかに馴染んで使いこなしている。これからは、水戸のようなタイプの警察官が主流になっていくのだろう。

「もう少し情報を集めたいな」

「宮さんの事情聴取が終わったら、手を回してみます」

うなずき、海老沢は宮代の事情聴取に集中した。宮代は困惑の表情を隠さない。もっとも彼は、鉄面皮で取り調べをするタイプではないのだが。相手の言葉に驚いたら、素直に顔に出す。大抵の相手は、それで会話が成立していると判断して、話を続けるものだ。

「岩井もあなたも、その『光の道』の信者なんですか」

「ええ」

「どういう宗教団体なんですか」

「仏教系の宗教団体です。残念ながら、お師匠様は去年亡くなりましたけど」

「お師匠様？」

「『光の道』を始めた人です」

「申し訳ない、私は一度も聞いたことがない名前なんですが」

「まだ小さい団体なんです。これから信者を増やしていこうとしている段階で」

「あなたと岩井は、信者同士として知り合ったと？」

「そうです」

「信者は全国に広がっているんですか？」

「ええ」

「本部は？」

「そういうのはありません。普通の宗教と違って、教会やお寺のようなものもありません。勉強会のようなものです。今はインターネットを使えますから、それ中心で」

「信者は何人ぐらいいるんですか？」

「数百人でしょうか。私は正確には知りません」

「それで、どうして今回は仙台に行ったんですか」宮代が話を本筋に引き戻した。

「岩井さんに話があったからです」

「その『光の道』の関係で？」

「そうです」田代杏子はいつの間にか強気になっていた。「何か問題ありますか？　信教の自由は憲法でも保障されているでしょう。誰かに文句を言われることはないはずです」

「それは分かりますが、にわかに信じることはできません」

「どうしてですか」

「岩井とは、いつ頃から知り合いなんですか」

「二年……三年ぐらい前だと思います」

「仙台へは何度も行っていますか？　彼に会いに」

「『光の道』の関係で、お話しすることはたくさんありますから」

「彼が指名手配されていたことはご存じですか？　当然知ってますよね」

田代杏子が何か言いかけ、口を閉ざす。下手なことを言ったらまずい状態になる、と一瞬で悟ったのだろう。ここからが宮代の腕の見せ所だ。

「あなたは指名手配犯と二年、あるいは三年ぐらい前から知り合いだった。岩井は三十年前に企業爆破事件を起こして指名手配され、その後ずっと姿を隠していました。海外逃亡していたという情報もありましたが、実際には二十年前に帰国して、それからはほぼ仙台に潜伏していたようです。今は、働いている形跡はありません。しかし金がなければ逃亡生活を続けられませんから、誰かが援助していたのは間違いない。あなたがその支援者だったんじゃないですか？」

「そんなこと、知りません！」田代杏子が声を張り上げる。

「田代杏子さん」宮代が声のトーンを落とした。「あなたは大学時代、一九七〇年九月十日に、デモの最中に警察官に殴りかかって現行犯逮捕されています。起訴猶予になったので犯歴は残っていませんが、警察には記録は残っています。その後は青軍に参加しましたね？　企業爆破事件の際には事情聴取を受けたものの、嫌疑なしと判断された。それをきっかけに学生運動からは離れて、家業を継いだんじゃないですか」

「そんな昔の話、覚えてませんね」田代杏子が突っ張る。

「あなたが覚えていなくても、警察には記録が残っています。あなたが当時殴りかかった若い機動隊員は、まだ警察にいますよ。現在は第一機動隊の隊長です。何だったら、面会してみますか？当時の話をするのも面白いかもしれませんよ」

海老沢は以前、とんでもない話を聞いて驚いたことがある。学生運動に参加して激しいデモを行っていた人間と、機動隊員としてそれを制圧する側だった警察官が、後にたまたまカラオケスナックで同席になり、互いの過去を知って、急に同窓会気分になってデュエットした――海老沢の感覚では冗談にしか思えないのだが、現場で汗を流した機動隊員にすれば、学生たちとの衝突も懐かしい想い出なのだろうか。田代杏子が殴りかかった第一機動隊長も、再会したら笑って話をするかもしれない。

「警察は変わらない」

「何がですか」

「話させるためにはどんな手でも使う」

「もちろんです。岩井は、警察が三十年も追いかけていた相手ですから。しかも死なれてしまった――あなたは、岩井が万が一の時に備えて自殺するかもしれないと知っていたのではないですか」

「知りません」

「あなたが自殺を助けたわけではない？」

「私が殺したとでも言うんですか？」

「殺したというより、自殺の幇助ですね」宮代が淡々と言った。「自殺関与・同意殺人罪ということで、刑法第二〇二条違反です。六ヵ月以上七年以下の懲役または禁錮」

「そんなことは知りません！」

「刑法についてですか？」

「岩井さんがそんな薬を持っていたこと、です」

「薬、ですか」宮代が低い声で言った。「私は自殺と言っただけで、薬とは一言も言ってませんよ」

田代杏子の顔からさっと血の気が引いた。相手のミスを突いたやり方だが、この方法はあまり意味がない……岩井が毒物を呑んで自殺したことは、既に報道されているのだ。ニュースで見たと言えば、何とでも説明ができる。しかし田代杏子は、自分の言葉を失言と捉えたようだった。

「薬の話を知っているということは、彼の逃亡生活の実態も知っているんじゃないですか。あなたは岩井の逃亡を助けていたのでは？」

「当時は関係ありませんでした」

「今はあるんですか？　青軍も青協同も既に実体はなくなっています」

「自分たちが所属した組織がなくなっても、人間関係が完全に消えるわけじゃないです。学生時代の友人もいます」

「そういう人間関係があって、岩井の逃亡を助けるようになったんですか？」

「黙秘します」

今のところ警察が摑んでいる客観的な事実は、田代杏子と岩井が一緒に食事をして、その代金を杏子がクレジットカードで払った、というだけである。これのみで逮捕というのは、あまりにも無理がある。

その辺は折りこみ済みだった。今日一日で、田代杏子が完全自供して逮捕できるとは期待してもいない。これから連日警察に呼んで、取り調べを積み重ねる中で逮捕、という持久戦を予想していたのである。

宮代はさらに一時間ほど、田代杏子を揺さぶり続けた。田代杏子はほぼ黙秘。これ以上続けても無駄だと判断したようで、宮代がマジックミラーの方を向いて両手の人差し指を組み合わせ、バツ印を作って見せた。取り調べ、終了。

　十二時半。宮代は、明日以降のことを何も言わなかった。呼ぶも呼ばないもない……かといって、自分からは聞きにくいことなので、何も分からない——これで田代杏子は不安になるだろう。実際には、明日の店の開店時間を狙って刑事たちが訪れ、また警視庁に連行する予定だ。こういうことを何回か続ければ、杏子の気持ちは確実に折れる。

　取調室から出て来た宮代を、海老沢は一礼して出迎えた。

「お疲れ様でした。どうですか、感触は」

「あれは、落ちますよ」宮代がさらりと言った。「何日かかかりますけど、何とかなるでしょう」

「そいつは心強い」

「ただねえ」宮代が両手で顔を擦った。「あの宗教団体——『光の道』の話、管理官はどう思われます？」

「宗教団体の話を持ち出したのは、感じが悪いですね」

「私もどうもね……オウム以来、宗教アレルギーなんですよ」

「右に同じく、ですな」海老沢はうなずいた。「『光の道』っていうのが、単なる隠れ蓑であることを祈りますよ」

「ただし、極左の隠れ蓑だったら面倒だ。元々極左と宗教は、折り合いが悪いんですけどね」

「中身は似たようなものですがね」海老沢の感覚では、極左の運動は「理念だけの宗教」だ。宗教には、理念や理性では割り切れない神秘的な部分があり、昔の人はそういうところに助けを求めたのだろうが、極左には神秘性はない。中核にあるのは、練りに練られた理論と運動方針だ。ただし、そこに染まった人の非常識な行動は、しばしば宗教のそれと同じように見える。仲間内で固まってしまい、外部の人間に対しては排他的な態度になる。

「まあ、隠れ蓑であってくれることを祈りましょう」宮代がうなずく。「とにかく明日からも事情聴取を続行しますよ。絶対に落とします」

「お願いします。田代杏子をこの件の突破口にしたい」

田代杏子は突破口にならなかった。そして捜査を大きく動かしたのは、仙台で動いている刑事たちだった。

徹底した聞き込みで、岩井の普段の生活を明らかにしていき、接触していた人間を割り出す。その中の一人に事情聴取しようと路上で声をかけたところ、いきなり刑事を突き飛ばして逃走——しかし相手が悪かった。ツインタワーの一人、深山がいたので、あっという間に制圧されたのだ。

公務執行妨害で逮捕されたこの佐川賢治《さがわけんじ》も、田代杏子と同じように六〇年代から七〇年代にかけて学生運動にのめりこんでいた一人である。逮捕歴はなく、東京の大学を卒業後は、故郷の仙台に戻って市役所職員になっていた。よくそんな人間を採用したと思うが、逮捕歴などがない人間の場合、本人が口をつぐんでしまえば、採用する側には過去を知る術がない。特に公務員の採用では筆記試験の結果が重視されるから、その成績がよければあまり詮索されることもなく合格になるのだろう。公務員にも、意外に学生運動の経験者はいるものだ——さすがに警察官にはいないが。警察の場合、身元と過去を厳しく調べる。

佐川は逮捕されていきなり観念してしまったのか、あっさりと話し始めた。そして自分も、ずっと仙台で岩井をサポートしていたと認めたのである。本人は既に極左の組織からは抜けているが、かつての知り合いから頼まれて、金を渡したり、家を探す手伝いをしたりしていたらしい。結局、岩井が日本に戻って来てからの二十年は、ずっと仙台で面倒を見ていたようだ。

佐川の証言によると、メンバーに変更はあったものの、常に五人ほどの人間が連絡を取り合い、岩井の逃亡を助けていた。佐川は、ずっと地元・仙台で中心的な役割を果たしていた。ただし岩井と会うことはほとんどなかったという。直接顔を合わせないことが、発覚しないための用心だったのだ。

問題は、誰が岩井の逃亡を根本的に計画していたか、だ。佐川は、「自分ではない」と強く否定している。しかし「誰の指示か」という質問には、頑《かたく》なに無言を貫いた。それも、長くは続かない……逮捕から三日目には、青軍の元メンバーの一人、曽《そ》我《が》忠《ちゅう》哉《や》からずっと指示を受けていたと自供した。

公安ではずっと青軍の元メンバーを追っていたが、曽我忠哉の行方は分からなかった。佐川によると、定期的——半年に一度ぐらい電話が入り、その都度岩井の状況について報告を求められ、今後のことについて指示を受けていたという。佐川は一度だけ曽我に会った——二十年以上前、岩井が帰国する前のタイミングだ——ものの、その後は一度も顔を合わせていないという。

曽我を指名手配。さらに佐川の証言に基づいて田代杏子も逮捕。それが十二月二十九日で、その後の処理も含めて、海老沢たちは大晦日まで仕事を続けた。

ようやく短い冬休みに入れたのは、十二月三十一日の夕方だった。何とも大変な二十世紀の幕切れだったと呆れてしまう。肉体的・精神的には疲れきっていたが、それでも年明けからはまたすぐにフル回転しなければならない。

自宅に戻ると、娘の珠代は不在……よりによって、渋谷に行っているという。年越し、そして二十一世紀を迎えるために多くの若者がスクランブル交差点に集まっていることは、海老沢も知っていた。念のため、渋谷中央署に加えて機動隊も待機しているはずである。去年は「ミレニアム」ということでやはり多くの若者が集まったが、警察は特に重点的に警戒をしておらず、トラブルも散見されたので、今年はその教訓を活かそうということだった。

「何なんだ、あいつは。あんな混んでる所に行って、何が面白いんだ」ただ危ないだけではないか……二十一歳の娘が、夜中まで騒がしい場所にいると考えただけで胸がざわつく。

「もう子どもじゃないんだから、大丈夫でしょう」妻の美子が淡々と言った。海老沢自身は、仲の良い温かい家庭、などという幻想はとうに捨てていたが、それでも年末年始ぐらいは一緒に、という気持ちはまだある。だいたい、妻と二人きりでは気が詰まるではないか。珠代は能天気な性格だが、いないよりはいた方がいい。

お節を少し食べてビールを飲み、十時には年越し蕎麦。紅白歌合戦を眺めながら、妻と話をすることもなく、蕎麦の後はウィスキーを舐めるように呑んだ。捜査は進んだとはいえ、核心部分に入るまでにはまだかなりの時間がかかるだろう。とても安心して酔っ払う気にはなれなかった。

紅白には、シドニーオリンピックで金メダルを獲得したマラソンの高橋尚子らも登場し、それなりに盛り上がった。そうか、今年はオリンピックだったんだとぼんやりと思う。シドニーは日本とほとんど時差がないから、中継も昼間が中心で、生では観ていなかった。日本シリーズで勝ったジャイアンツの長嶋監督が出てきた時には、さすがに興奮した。王対長嶋という夢の対決は、サッカーばかりしていた海老沢もやはり興味を惹かれるものだった。自分が若い頃は、スポーツといえば圧倒的に野球で、王・長嶋は別格の存在だった。本番のトリは紅組が天童よしみ、白組は五木ひろし……ぼんやり観ていて、時間を無駄にしたという感覚しかない。まあ、たまには何も考えないで酒を呑む時間も必要だろう。緊張と弛緩は、仕事をしていく上で——いや、生きていく上で大事なことだ。

結局娘は帰って来ないまま、日付が変わってしまった。待っているのも馬鹿馬鹿しくなって、さっさと自室に入る。このマンションに引っ越してから夫婦の寝室は別になっており、それから海老沢は比較的安眠できるようになっていた。海老沢は神経質ではないのだが、妻は寝つきが悪い。隣で何度も寝返りを打っている間に、こちらも眠れなくなってしまうので、寝室を分けたのだった。寝室を別にするのは、離婚への第一歩とも言うが……。

ベッドに潜りこんでも、なかなか眠れなかった。大晦日まで仕事をするのは珍しくない——二〇〇〇年問題が話題になった去年も、念のためにと本部に泊まりこんでいた——のだが、今年は疲労度が違う。

岩井を死なせてしまった責任については、その後具体的に問われたことは一度もない。捜査が進んでいる間は余計なプレッシャーをかけたくないという心算かもしれないが、捜査が一段落すれば、自分に対する厳しい査問が始まるだろう。それを回避する手段はない。

警察官人生で最大の失敗——それを考え始めると、寝ている場合ではないと思えてくるのだった。

元旦、海老沢は午前八時前に起き出した。これでも普段に比べれば大変な寝坊である。腹は減っているが、元旦に家族揃って雑煮を食べる習慣だけは今もキープしているので、妻と娘を待たねばならない。

八時半に妻が起きてきた。寝不足な様子で、目がぼんやりしている。

「珠代、何時に帰って来たんだ？」

「一時半頃？」

「そんな時間まで……」自然に渋い顔になってしまう。

「一年に一回のことだから、あまりうるさく言わないで」妻が鬱陶《うっとう》しそうに言った。

「もうすぐ就職なのに、のんびりし過ぎじゃないか」

「のんびりできるのは、今が最後かもしれないから」

珠代は起きてこない。一時半に帰って来たなら、そう簡単には目を覚まさないだろうが……妻が作る雑煮の穏やかな匂いが鼻を刺激して、腹が減って来た。

「そろそろ起こした方がいいんじゃないか」

「寝かせておいてあげたら？　お腹減ってるなら、先に食べればいいじゃない」

「そうもいかないだろう、正月ぐらい……」

その時電話が鳴った。何かあったのかとびくりとしたが、すぐに違うと判断する。最近は、仕事の連絡は家の電話ではなく携帯にかかってくるのが普通なのだ。

黙って立ち上がり、受話器を取る。母だった。

「ああ、おめでとう」

「あまりおめでたくもないわね」母は元旦から不機嫌だった。

「父さん、具合が悪いのか？」

「一進一退で年越ししたわ。あなた、最近、全然病院に顔を出してないけど、忙しいの？」

「ああ。昨日まで仕事してたんだ」母には、自分の仕事の内容を話したことが一度もない。それは父も同じだったはずだ。公安は何かと秘密が多い。どんな仕事をしているか、家族にも言わないのが普通である。

「病院へ行く時間、ある？」

「ちょっと難しいかな」今は手が離せない。

「お父さん、何か話したいことがあるみたいだけど……」

「だったら、母さんが聞いてくれたらいいじゃないか」

「言わないのよ。仕事のことみたいだけど」

「仕事って……」

「病室でも新聞を読んでるし、テレビも観てるから、何か引っかかってるんじゃない？　世間のことなんか、気にしてる場合じゃないのに」母が溜息をついた。

「俺の仕事のことかな」

「そうじゃない？　どうせ私が聞いても何も言わないけど」

「——分かった。何とか時間を作るよ」

　参ったな……母は毎日、病院に顔を出して父の面倒を見ている。本人もそんなに体が丈夫な方ではないから、きつい日々だろう。自分に何ができるわけではないが、話をしたいというなら、顔ぐらい出そう。

今日、明日は仕事は休みになっており、三日から本格的に再開することになっている。だったら明日だな……正月二日から病院に行くと考えると、気勢が上がらないが。

先月見舞った時より、父は元気そうだった。少なくとも寝たままではない。ベッドを斜めに起こして、小さなテレビを観ていた。一月二日では、クソ真面目な父が好みそうな番組はないだろうが。

「元気そうじゃないか」

海老沢は声をかけた。父は無言でうなずくだけ……椅子を引いて腰を下ろすと、ようやく掠れる声で話し出す。

「岩井に死なれたな」

嫌なことを言う。しかし事実は事実なので、海老沢は無言で首肯《しゅこう》した。

「二十年も前から日本に戻って来ていたそうじゃないか」

「ああ。それを見抜けなかったのは俺たちのミスだ」

「後始末は上手くいってるのか」

「支援者のグループを割り出しつつある。全容はいずれ分かるだろう」

「岩井は重要人物じゃないかもしれん」

「まさか」思わず否定してしまう。「青軍の最高幹部じゃないか」

「青軍には、組織と言えるほどの組織はなかった。極左の連中は肩書きが大好きだが、青軍は寄せ集め部隊だからな。他のセクトで活動できなくなった連中が集まって、自棄《やけ》になって爆破事件を起こしただけだ」

「しかし、最高幹部として指名手配したのは父さんたちじゃないか」その頃父はもう五十歳を過ぎていたか……公安部の幹部として、決断を下す立場だったはずだ。

「それはそうだ。しかし、当時詰めきれなかった感じはある」

「それは、どういう……」

「岩井はダミーだったかもしれない」

「ダミー？」

「例の爆破事件を主導した本当の犯人は別にいて、岩井が身代わりになった」

「身代わりで自首したなら分かるけど、そういうわけじゃなかったぜ」

「ああ」父がうなずく。しかし自分の頭の重さを支え切れないようで、顔を元の位置に戻すのに、大変な力が必要な感じだった。「ただ、極左の連中も馬鹿じゃない。岩井に疑いが向くように工作して、本当のトップはどこかで普通に暮らしている可能性もある」

　その可能性を考えてみた。セクトの特定の人間を「実行犯トップだ」と判断して指名手配すれば、そこで捜査は実質的に終わってしまう。革連協のように大きなセクトの場合、組織もちゃんとしているので、公安では名簿のかなりの部分を摑んでいる。だから何か事件が起きた時、どういう指揮命令系統で動いたかもある程度は分かるのだ。しかし青軍は烏合の衆……実質的な活動はあの爆破事件だけなのだ。本当に発案して仕切っていたのが誰か、少人数で口裏を合わせてしまえば、警察の疑いが別の人間に向くように仕向けるのも可能だろう。

「そこまでして隠さなければならない人間がいたのか？　青軍には、そんな大物はいなかったはずだ」

「ああ。そして俺たちは、岩井をすぐに捕まえられると思っていた。逮捕して叩けば、それで組織の全体、犯行計画の全体が分かると判断していたんだが……結局岩井も捕まらずに、彼が本当の黒幕だったかどうかも分からずじまいだった」

「父さんはどう思うんだ？　岩井はダミーで、本当の黒幕は別にいたと思ってる？」

「その疑いは否定できない」父の言い方は微妙だった。

「確証があるわけじゃないんだ」

「岩井を逮捕できれば……とにかく、今となっては何とも言えない」

「岩井の逃亡を助けていた人間を叩けば、何か分かるかもしれない。今は、青軍の曽我忠哉が仕切っていたみたいだけど、まだ見つかっていない。あと、木村光雄も所在不明だ」

「曽我に木村か」溜息をつくように父が言った。

「知ってる？」

「ああ。二人とも、青軍に入る前から目をつけていた連中だ。ただし曽我も木村も、岩井の逃亡を助けた中心人物ではないと思う。あいつらは、青軍に対する忠誠心も少ないはずだ」

「しかし、三十年も岩井の逃亡を助けていたのは間違いないんだぜ？　どうしてだろう。岩井が捕まると、本当のトップが分かると思っていたから？」

「その線だな……他の、青軍の元メンバーはどうだ？」

「基本的に活動からは離れている。曽我と木村だけが所在不明で、まだ話を聴けていないんだ」

「そうか……俺が口出しできることじゃないけど、岩井のことが分かったからといって、当時の犯行が全て明らかになるとは思うなよ。岩井がダミーだったら――」

「本当のトップを捕まえないと、犯行の全容は分からない」海老沢は言葉を継いだ。

「そういうことだ。ずっと気になっていたんだが、こっちからは連絡が取れなかったからな」

「早く母さんに言えばよかったじゃないか」

「母さんに言ってもしょうがない。仕事のことだ」

「忘れないようにしておく。事件は簡単には片づかない――そういうことだね」

「どんな事件でも同じだが」

　しかしこの事件は特別だ。父も、目の前で容疑者に死なれた経験はないだろう。その意味では、父の方がはるかに幸せな警察官人生を送ったのではないかと思う。

2

「君ね、いい加減にしたらどうだ。だいたい今日は休刊日じゃないか」一月二日――新聞は配達されない日だ。

「今日は配達の休刊日で、編集の休刊日は昨日ですよ」東日の小池が指摘する。

「ああ……」とはいえ、一月二日に人の家を訪ねて来るのは、あまりにも非常識ではないだろうか。特捜本部でさえ基本的に、十二月三十日から一月三日までは当直体制になっている。犯人を逮捕していれば、取り調べのために休みもなくなってしまうのだが、今のところ捜査はそこまで進んでいない。半分は出て半分は休み——それが二十世紀終わりから二十一世紀の始まりにかけての高峰の年末年始だった。

一月二日は休みで、一日家にいるつもりだった。普段大阪にいる長男が冬休みで帰って来ているので、せめて家族で過ごそうとも思っていたのだ。ところが二日の午後、箱根《はこね》駅伝の往路がゴール間近というタイミングで、小池が訪ねて来たのだった。

「すみませんねえ」小池が頭を下げる。「しかし、正月なら確実に会えると思いまして」

「それはそうだけど、日本人としての常識があるでしょう」

「警察は普通に仕事してるじゃないですか」

「それが警察の常識なんでね」

しかし……正月まで仕事をしている熱心さは認めざるを得ない。このまま無碍《むげ》に追い返すのもどうかと思い直した。

「ちょっと出ようか」

昼間、新聞記者と二人で街を歩いていると危ない。誰に見られるか分かったものではないからだ。しかし今日は一月二日。普段に比べればずっと人出は少ないから、そういう心配もしなくていいだろう。だいたい久しぶりに家族が揃っているのだから、家に異分子は入れたくない。

「少し待っていてくれ」

高峰はコートを取りに一度寝室に戻った。気づいた妻の淑恵が、心配そうな表情を浮かべて寝室に入って来る。

「大丈夫？」

「うるさい記者が来てるから、外でちょっと話してくる。少し話せば、向こうも納得するだろう」

「寒いから、気をつけてね」

「昨日よりは暖かいよ。晴れてるし……駅伝、どうなった」

「中央が往路優勝。でも、二位の順天堂大と八秒差だって」

「すごい接戦だな。今年は中央、勝つかもな」確か、この前中央が総合優勝したのは一九九六年だったはずだ。

「そうね……すぐ戻る？」

「ああ。新聞記者の相手は、そんなに長くできないよ」

外へ出ると、確かに昨日よりも暖かい。この気温だと、箱根駅伝は大変だったのではないかと思う。気温が少しでも上がると、ランナーは苦労するはずだ。長距離走はやはり、真冬の競技だと思う。

　高峰の家の近くには小さな公園がある。ビルとビルに挟まれた隙間のようなもので、一月二日のこの時間には、人気はない。話をするにはいい場所だったが、ビル風が強く吹き抜けるのには困った。普通のコートではなくダウンジャケットを着てくるべきだったと悔いる。

「それで？　特捜の件に関しては、特に話すことはないよ」

「そうじゃないんです。私の方でお話しすることが」

「前もそんなことを言ってたけど、それを誘い水にしても何も出ないよ」相変わらず回りくどいことを言っている。

「話に入る前に、一ついいですか」

結局面倒なことを言い出すわけだ、と呆れてしまう。これだから、新聞記者は信用できない。

「小嶋《こじま》学《まなぶ》さんをご存じですか」

その名前は……すぐには出てこない。どこかで聞いたことがあるような気もするのだが。

「高峰さんのお父さんも、警視庁の刑事でしたよね？　捜査一課では伝説の名刑事として知られている」

「そんなに大層なものじゃないよ」思わず苦笑してしまう。実際、そういう風に言われていたことは知っているが、息子の立場としては何とも言えない。「もう亡くなってるし」

「存じてます」

小池はやけに丁寧な男なのだ、と認識を改めた。変わり者と言われているのだが、しつこい以外はむしろ常識的だと思う。

「小嶋学さんは、管理官のお父様の友人だった方です。幼馴染み、親友だったと言っていい。現役時代は東日ウィークリーの編集長でした」

「ということは、あなたの先輩でもある？」

「そうですね。同じ会社の先輩ではあるんですが、東日の本体と東日ウィークリーでは採用も違うので、直接の先輩とは言えないと思います」

「それで、その人が？」

「私の大叔父なんです」

「つまり――」

「私の祖母の弟が、小嶋学さんでした。お父上に聞いていただければ、すぐに分かったと思います」

「それが——」高峰は言葉を切った。「確かに、小嶋学という人の話は聞いたことがある。だけど、そう言われても何とも言えない。あなたが本当に、その小嶋という人の親戚筋かどうかも分からないし」

話しているうちにいきなり思い出したのだった。小学生の頃、小嶋という人間が家に遊びに来たことがある。昔は家に人を招くのは普通だったが、父はあまりそういうことをしない人だったので、かえって印象に残っていた。

「それを知れば、少しはいい感じで話してくれると思ってたんですけど」小池は不満そうだった。

「いきなりそんなことを言われても、何も言えないよ」高峰は苦笑してしまった。

「そうですか……それで、本題です」

小池が急に真顔になった。どこまでも自分のペースで勝手に話す人なのだと、高峰は内心呆れた。

「殺された安岡さんですが、極左です」

「極左?」思いもよらぬ情報に、高峰の声のトーンはつい高くなってしまった。「そういう情報はない」

「警察は、極左のメンバーを全員把握しているんでしょうか」

「どうかな。そもそもそれは、公安が担当することで、刑事部は関係ない」

「公安とすり合わせしてみたらどうですか? オウム事件であれだけ共闘したのに、まだ一課と公安は仲が悪いんですか?」

「そもそも仲は悪くない。それは君たち新聞記者の勝手な想像だ」外に対しては「険悪だ」などと言えるわけがない。実際には、それは事実である。

「そうですか……ちょっとしたところからこの情報を摑んだんですけど、気になりませんか？」

「この前から、この件を僕に言おうとしてたのか？」

「そうです。だけど高峰さん、全然聞く耳持たないから」

思わず黙りこんでしまう。それはその通り……まったく知らない情報だったので驚いたが、本気で耳を傾ける価値があるかどうかまでは分からない。海老沢だったら食いつくかもしれないが……極左に参加していた人間が殺されたら、内ゲバではないかと疑ってしまう。本当に内ゲバだったら、公安部が捜査する案件だ。しかしここまで捜査一課が調べてきた事件を公安一課に引き継ぐのは、現実的とは思えない。

「安岡さんのことは取材してますけど、経歴が怪しいですよね？　長野の高校を卒業してから民主連合の職員になるまでの六年間、どこで何をしていたかが分からない」

「その間に、極左のメンバーとして活動していたと？」

「ええ」

「民主連合は、まともな政党だ。そんなところが、セクトのメンバーを採用するとは思えない」

「ただ、七〇年代半ばの話でしょう？　その頃の民主連合はかなり左寄り——というか、国会に議席を持っている政党としては、共産党並みに左寄りでしたよ」

「つまり、極左の元メンバーを採用してもおかしくないということか……」

「どうですかねえ」探るように小池が訊ねる。「その頃のことが、今の事件に関係している可能性はないですか」

「それは何とも言えない。何しろ三十年以上前の話だ。安岡さんには逮捕歴はないし、仮に極左のメンバーだったとしても、幹部だったとは思えない」

「そうですか……何か参考になるかもしれないと思って。それだけです」

「見返りは出ないよ」

「別に取り引きするつもりはありません」小池が真顔で宣言した。「とにかくこの件はお渡ししました。どう使うかは、高峰さんの裁量です」

これで一つ、捜査一課に「貸し」を作ったつもりかもしれないが、実際に「貸し」かどうかは分からない。事件につながらないような、どうでもいいような情報に過ぎないかもしれないのだから。

「まあ、情報に関してはお礼を言います」高峰は頭を下げた。「ちなみにどこのセクト？」

「それが、青軍らしいんです」

先にそれを言ってくれ、と高峰は一瞬怒りを覚えた。青軍と言えば、今海老沢が失敗を取り戻そうと必死になっているはずの事件に関連している——移送途中で自殺したのは、かつての青軍の幹部だ。

「ちょっと怪しい感じがしませんか？　岩井の事件と……」

「そこを無理に結びつけると、誤報になるかもしれないよ」高峰は忠告した。「だけどそこまで情報を摑んでいるなら、僕に言わないで書いてしまえばいいのに。だいたい、こんな情報、どこで摑んできたんだ？」警察内部からではないだろう。それなら高峰の耳にもとうに入っているはずだ。

「ネタ元は言えませんね」

「それはそうだろうね」

「――と言いたいところですが、実は社内なんです」

「東日の？」

「ええ」小池がうなずく。「うちの警視庁クラブも、昔は公安が主流だった時期があるんですよ」

「それは三十年も前の話でしょう」今や各社の事件担当の中でも、公安は肩身の狭い思いをしているはずだ。何しろ、取材すべき事件が少なくなっているのだから。

「そうなんですけど、当時警視庁クラブで公安を担当していた記者が、まだ現役でいるんですよね」

　新聞各社の警視庁クラブの記者は、だいたい三十歳前後だ。地方支局、都内の警察署を担当する警察《サツ》回りで経験を積み、特に事件に強い者が選ばれて、警視庁クラブに配属される。昔はそれこそ社会部のエリートコースだったというが、どこの社も事件取材を重視しなくなった今は、労多くして益少なしの不人気ポジションになっているそうだ。

「その人が、安岡さんのことを知っていた？」

「ええ。昔、取材したことがあるそうです」

　それは不思議でも何でもない。新聞記者も、極左や暴力団に直接取材することはあるのだ。向こうにすれば、警察は困るが、記者なら喋っていいこともある、という感じかもしれない。

「古い話を思い出してくれた人がいるわけだ」

「ええ。でもこれが本筋なのかどうか、まだ判断できないんです」

「それで警察に調べさせよう、ということか」

「まあ、そういうことですね」小池があっさり認めた。

「それはさすがに図々しくないか」高峰は苦笑した。

「真相が分かれば、過程なんかどうでもいいじゃないですか」

「君も本当に図々しい」

「警察の方が、こういう調査については得意でしょう。とにかく、最終的な狙いは新聞も警察も同じなんですから」

「まあ……そうだね」

図々しいというか生意気だ。そしてこういう申し出をしてきて平然としている小池のことが、今ひとつ理解できない。世代の違いかもしれない。

「一つ、聞かせてくれないか」

「何でしょうか」

「君の大叔父が小嶋さん……東日ウィークリーの編集長としては有名な人だよな」

ここに来て完全に思い出した。小嶋は、息子が事件に巻きこまれて亡くなっているのだ。その事件の捜査には父も絡んでいたはずである。父は昔手がけた事件について、上手くいったものに関してはよく話していた。しかし未解決のもの、解決しても禍根を残したものについては口が重かった。それが父の、刑事としてのプライドだったのかもしれない。

「歴代編集長の中では……そうですね、有名人と言っていいと思います」

「君はその影響を受けて、記者になったのか？」

「影響を受けたら、新聞じゃなくて週刊誌の記者になってますよ。東日ウィークリーは、今でもいい雑誌ですから」

特に事件に強いことには定評がある。事件報道に関しては、週刊誌では東日ウィークリーと週刊ジャパンが双璧だ。

「まあ、何となく週刊誌は肌に合わないかなと思っただけで……これ、受け取って下さい」

小池が名刺を差し出した。高峰は首を横に振った。

「君の名刺なら、もう持ってる。どこかの現場で強引に押しつけていった」

「それ、古い名刺じゃないですかね。携帯の番号が入った新しい名刺ですから、どうぞ」

記者の名刺はもらいたくない――しかし断るのは人間として間違っている。仕方なく、高峰は名刺を受け取った。

「何か分かればここに電話しろ、か」

「是非、お願いします――それでは」小池がさっと頭を下げた。「貴重な正月休みにお時間をいただいて、申し訳ないです」

やはり礼儀正しいが、しつこく、自分の要求は徹底して押し通す――扱いにくいのは間違いない。

しかし、父の知り合いの血筋というのは少し気になる。後で調べてみるか。名編集長として鳴らした人間の血筋……しかし今は、それを追っている暇がない。

まず、すぐに話さなければならない相手がいる。

海老沢。

「新年の挨拶か？」海老沢がいきなり疲れた口調で言った。

「僕は年賀状を出さないから、まあ、そういうことだ」高峰は警察官になってしばらくしてから、年賀状を書かなくなった。社会人の礼儀として年賀状は必須だろうと思っていたのだが、特に捜査一課に来てからは勤務が不規則になり、年賀状を書いている時間すらなくなった。それならいっそ、不義理だと思われても年賀状は出さないようにしよう——後で海老沢も同じだと聞いて驚いた。

警察同期、そして父親同士も子どもの頃からの親友で同じ警察官だったという事情はあるものの、海老沢とのつき合いはそれほど濃くはなかった。父親同士も友人だったと分かってからは特に、できるだけベタベタしないように気をつけている。何となく気恥ずかしいのだ。

「新年早々申し訳ないんだけど」

「構わねえよ」海老沢は不機嫌だった。「今日も動いてたからな」

「二日から？　やっぱりあの件、大変なのか」

「仕事以外でもいろいろある」海老沢が溜息をついた。「とにかく上手くやらないと、とんでもねえことになりそうだ」

「でも、支援者を逮捕したじゃないか」

「全容解明はまだまだ先だ」

「その忙しい時に申し訳ないんだけど、ちょっと情報がある」

「お前から情報？」海老沢が驚いたような声を出した。「うちの事件に関してか？」

「いや、そもそもうちの事件に関してだ」

「例の、元代議士秘書が殺された件か？」

「ああ」

「ちょっと待ってくれ」

ガサガサと音がした。海老沢はどこにいるのだろう……リビングルームで電話を受けてしまい、家族に聞かれないように寝室にでも移動したのか。

「悪いな」海老沢が電話に戻ってきた。

「いや」

「で、どういう事情だ？」

高峰は要点をかいつまんで話した。話しているうちに、自分の中で情報が整理されていく。

「安岡孝雄か……」

「青軍の人間か？」

「いや、俺の記憶にはない」

小池の——彼の先輩記者の勘違いかもしれないとがっくりくる。しかし海老沢は食いついてきた。

「当時の公安も、青軍の全容を摑んでいたわけじゃない。革連協なんかと違って、組織がしっかりしていたわけじゃねえからな。個人がゲリラ遂行のために集まった、という感じなんだ」

「そちらで確認は取れるだろうか」

「逮捕歴があれば分かる」

「逮捕歴はない」高峰はすぐに断言した。「あればこっちでも分かってる。真っ先に調べることだから」

「そうか……」

「どう思う？　ガセだろうか」

「断定はできねえな」海老沢が言った。「しかし調べてみる価値はある。ちょっと時間をくれ」

「いいか？　そっちの仕事には関係ないかもしれないけど」

「時間はかかるぜ。最優先でやることじゃねえからな」

「分かった。もしも分かったら――」

「その時はすぐに情報を流すよ」

「頼む」

　電話を切り、リビングルームに戻る。久々に訪ねて来た叔母の和子《かずこ》が、孫たちと談笑していた。叔母も今年八十歳になるのだが、まだまだ元気である。元は、戦後すぐに採用が始まった時に婦人警官になったのだが、父親――高峰の祖父が亡くなった後、三十一歳で見合い結婚して、夫の勤務先である新潟に引っこんでしまった。高峰の子どもたちが小さい頃は、毎年冬休みにスキー旅行でお世話になったものの、近年は途絶えている。和子がこの家に足を踏み入れるのは、両親の葬儀の時に夫婦揃って上京してくれた時以来である。

「ちょっと、あなた」

　和子が急に真顔になって呼びかけた。まずいな……この叔母は、自分も警察官だったせいか、何かと高峰の仕事に口を出してくる。交通整理の仕事ばかりしていて、捜査の経験などまったくないのに。それでも仕方なく、高峰は叔母の向かいのソファに腰を下ろした。

「駄目じゃない、年を越しちゃ。十二月にはきちんと仕事をまとめて、新年は新たな気持ちで迎えるのが警察官の基本よ」

「いやあ、なかなかそう上手くはいかないよ」

「あなたも、現場の刑事の頃はよかったけど、指揮官には向いていないんじゃない？」叔母はずけずけと指摘する。「優し過ぎるのよ。部下の尻を叩いて頑張らせるなんて、できないでしょう」

「そもそも今はそういう時代じゃないよ」さすがに苦笑してしまう。「もう平成も十三年なんだから」

「刑事の基本なんて、どんなに時代が変わっても同じなんじゃない？　兄さんもよくそう言ってたわよ」

　それを指摘されると耳が痛い。父は戦前から警視庁の刑事として活躍し、敗戦、そして警察の組織が複雑に変わっていく中で、変わらず仕事を続けていた。そういう人が言うことには、やはり説得力がある。

「いろいろ難しい事件なんだ」高峰はつい言い訳した。

「簡単な事件なんて一つもないでしょう」

「まあ……ミスがないようにやるだけだよ」

　高峰は早々に退散した。この叔母のことは、微妙に苦手だ。子どもの頃にスキーの手解きをしてくれたのだが、ゲレンデではとにかくスパルタだった。元々運動神経がよくない高峰にとっては苦痛でしかなく、苦手意識はその頃に植えつけられた。ただし自分の子どもたちは慕っているのだが。

風呂につかりながらじっくりと考える。今日手に入ったこのネタは、どこへ転がっていくだろう。そもそも信用できるかどうか。明日以降、特捜本部の中で揉むことになるだろうが、海老沢の調査も気になる。ただし、向こうも難しい事件を抱えているわけで、そう簡単に結論が出てくるとは思えない。

二十一世紀は、ややこしい事態で始まった。そう言えば元号が昭和から平成に変わった時も、殺人事件の捜査をしていたと思い出す。あれがもう、十数年前か……あの時は、ラグビー好きの村田が、高校ラグビーの決勝戦が中止になって両校優勝になった、と嘆いていた。今回はもちろんそういうことはなく、無事に年が明けて、新しい百年が始まったわけだが、あの頃と比べて社会がよくなっているかどうかは分からない。

今思うと、平成が始まったあの頃は、バブル経済の最盛期だった。不動産価格は右肩上がりで、それまで株に縁がなかった人が手を出すようになって大損したという話もよく聞いた。しかし狂騒は数年で速やかに萎《しぼ》み、その後は何となく世の中全体が息をひそめているような感じがしている。

阪神淡路大震災、そしてオウム真理教の事件も大きかったと思う。阪神淡路大震災は、日本が地震大国だということを改めて国民全体に思い知らせ——直下型なのに東京でも揺れを感じたほどだった——オウム真理教事件は、不安に揺れる若者が、些細なきっかけで極端な犯罪に走ってしまうことを証明した。

オウム真理教事件……高峰も捜査に参加したのだが、今でも自分の中では全てを消化できていない。あれは、国家の根幹を揺さぶろうとしたという意味では、極左の事件とよく似ている。しかし極左の事件で、一般人が犠牲になったのは連続企業爆破事件ぐらいだ。しかもあの事件は影響が限定的だったのに対し、オウム真理教事件は無差別に広く犠牲者が出てしまう恐れがある毒物が使われたことで、はるかに悪質だった。

お湯を顔に叩きつけ、もやもやした思いを消し去ろうとした。新世紀が始まったのだ。昔の事件を思い出して悶々とするよりも、今の事件に集中すべきではないだろうか。

3

「青軍？」捜査一課長の大田原が目を細めた。「間違いないのか？」

「今、裏から手を回して確認しています」

「裏というのは？」大田原が疑わし気に訊ねる。

「公安に知り合いがいます。信頼できる人間です」

「公安ねえ」大田原が馬鹿にしたように言った。オウム真理教事件の時、大田原は捜査一課の理事官として公安との連絡係もこなしていたはずだが、それでも公安アレルギーは抜けていないのだろうか。

「そこで調べてもらうのが一番早いです」

「まあ、お前の責任で、ということだな」

「正式ルートで公安に頼んでも、まともに調べてくれるとは限りません。もちろん、責任は私が取ります」

「分かった。この情報、共有しておいてくれ。正式な捜査会議は明日からだが、今日中には全員が知っているように、な」

「了解です」

高峰は、係長の宮下を摑まえた。事情を話すと、大田原と同じように渋い表情を浮かべる。

「極左にいた人が、まともな政党の職員になれますかね」

「昔の民主連合は、相当左寄りだったじゃないか。青軍から政友党の職員はさすがに考えられないけど、民主連合ならあり得たんじゃないかな」

「極左の連中の争いも厄介ですよ」宮下が指摘した。「細かい理論の違いで、殺し合うほど対立するんだから」

「まあな」

日本の左翼運動は、戦前に共産党が設立されたところから本格的に始まっている。戦前の弾圧を経て、戦後に共産党は大きな勢力を持つようになったのだが、理論面での闘争などで分裂・結集が繰り返され、左翼勢力はばらばらになってしまった。そして、自分たちと違う理論を持った相手は徹底して憎む——内ゲバは、まさにそういうことが原因で起きるのだ。高峰の感覚では、極左の闘争方針の違いなど瑣末《さまつ》で、どこがどう違うのか分からないのだが。

「民主連合と青軍、何かでつながってたんですかね」宮下が首を捻る。

「どうだろう。三十年も前のことだからよく分からないけど、安岡に空白の六年があるのが気になるんだ。青軍は、七〇年代の初頭には既に活動停止している。安岡が民主連合の職員になったのは一九七五年——その間に、どこかに身を潜めてほとぼりを冷ましていたんじゃないかな」

「マネーロンダリングするみたいに、ですか?」

「警察の正式な捜査対象になっていなかったら、少し頭を下げておけば逃げられるんじゃないだろうか」

「うーん、どうですかね」宮下が腕を組んだ。「俺の感覚では――」

「ちょっと待った」スーツのポケットの中で携帯電話が鳴っている。急いで引っ張り出して確認すると、海老沢だった。

「今日は仕事してるのか」海老沢がいきなり切り出してきた。

「ああ、特捜本部に出てる」

「じゃあ、普通に仕事できるな? 森村《もりむら》英介《えいすけ》という人と会ってくれ。もう話は通してあるから、電話をかければアポが取れるはずだ」

「その人は?」

「俺の先輩だ。七〇年頃に、青軍の担当をやっていた」

「普通に話が聴けるのか?」三十年も前の担当者ということは、今は既にOBか……警察官は、引退すると急に衰えると言われている。現役時代が激務だったので肉体的・精神的にダメージを受け、そのせいで病気がちになることも多いという。実際、引退して数年で急逝、という先輩が何人もいた。

「聴けるよ。喋り過ぎるぐらいだ」

「君の名前を出していいんだね」高峰は念押しした。

「ああ。よろしく言っておいてくれ」

海老沢は相手の住所と電話番号を教えてくれた。老人ホーム……よろよろになって話もできない老人の姿を想像したが、どんなものだろう。

「君は話を聴いたんだよな？」

「ああ」

「だったら、君が教えてくれてもいいんじゃないか」

「面倒臭えよ」本当に面倒臭そうに海老沢が言った。「お前が自分で聴いた方が早い。じゃあな」

海老沢はあっさり電話を切ってしまった。何か都合の悪いことがあるのか……もしかしたら海老沢にとっては苦手な先輩かもしれない。あの男は口が悪いから、敵を作りがちなのだ。

「宮下、久しぶりに聞き込みをやってみないか？」

「今日は、人は……動かせるほどいないですね」宮下が周囲を見回す。「でも、一月三日に聞き込みですか？　大丈夫なんですか」

「もう話は通ってる。急いだ方がいい」

「分かりました。場所は？」

「東《ひがし》久留米《くるめ》」

「東久留米？」宮下が目を細める。「えらく遠いですね。東久留米って、駅が一個もない市じゃなかったでしたっけ？」

「それは武蔵村山《むさしむらやま》だ……車にしよう。電車だとかなり遠い」

「じゃあ、久々に運転手をやりますよ」

「場所は老人ホームだ」

「老人ホーム？」宮下の顔が奇妙に歪んだ。「老人ホームに入っている人に話を聴きに行くんですか？　大丈夫ですかね」

「もう話した人がいる。大丈夫だろう」

　とはいえ高峰も、実際に相手の声を聞くまでは不安で仕方なかったが。

　仕事で多摩《たま》地区に来ることはよくあるが、毎回少し気分が緩んでしまう。二十三区内で生まれ育った高峰の感覚では、多摩地区は東京に残る偉大な田舎だ。地方の人が「東京」と聞いて思い浮かべるのは東京タワーや浅草寺、銀座の街並みや新宿の高層ビル街などで、多摩地区をイメージする人はほとんどいないはずだ。しかし住むには便利なのにほどよく田舎っぽい雰囲気が残る多摩地区は、東京が誇れる地域だと思う。とはいえ高峰自身は、多摩地区に住もうと思ったことは一度もないが。

「老人ホームは、ちょっとですね……」宮下はまだ愚図愚図言っていた。

「何か嫌なことでもあったのか？」

「十年ぐらい前に聞き込みに行ったことがあるんですけど、電話で話した時は普通だったのに、実際会ってみるとまったく要領を得なくて。結局無駄足になりました」

「それは、老人ホームじゃなくてもあり得る話じゃないか」

「そうなんですけど、ホームの人も事前に言ってくれればよかったんですよ。あんな風に話がぐるぐる回りして……すぐにおかしいと気づいたんです。もしかしたらそのうち普通に話ができるようになるかもしれないと思ってたんですけど、結局駄目でした。合わせて話をしているだけで、こっちも訳が分からなくなりましたよ」

「認知症？」

「でしょうね」

「七十歳を過ぎると、十人に一人が認知症になるって言うよ」

「残る九人に入れるように、気をつけないといけないですけどね」

気が合う部下と一緒だと気分も楽だ。思えば宮下とは、もう十年近くも一緒に仕事をしている。捜査方針をめぐってギスギスしたこともあるが、全体にはいい関係だったと言っていいだろう。こうやって二人で覆面パトカーに乗っていると、まだ管理職になる前の時代を思い出す。

老人ホームへ捜査に来たことがあったかどうか……たぶんない。三が日のせいか、入居者へ会いに来る家族で結構賑わっている。入ってすぐのところが広いロビーになっていて、ここが面会場所のようだが、施設の方では個室を用意してくれていた。小さな会議室のような場所で、高峰と宮下が落ち着いた直後にドアがノックされる。

「はい」と返事してまた立ち上がると、すぐにドアが開いて車椅子が入って来た——七十歳ぐらいの白髪の男が、自分で車椅子を動かしている。器用に操作して、テーブルを挟んで高峰たちと向かい合った。

「森村さんですね？　正月早々申し訳ないです」高峰は頭を下げ、名刺を差し出した。森村は高峰と宮下の名刺をきちんと揃えてテーブルに置くと「鬼の捜査一課さんね」と軽い口調で言った。それから、ほとんど白くなった眉をくっと上げて、高峰の顔を見やる。

「あんた、高峰理事官の息子さんかい？」

「ええ」父を知っているのか……これが話のきっかけになるかもしれない。

「お元気かい？」

「三年前に亡くなりました」

「そうか……残念だ」本当に残念そうに言ってうなずく。

「父をご存じなんですか」

「高峰理事官は捜査一課の枠にとどまらない有名人だからな。伝説の刑事だ」

「本人は、そういう風に言われるのを嫌がっていました」

「そうか」真顔で森村がうなずく。「それで……青軍のことだって？」

「そうなんです。公安一課の海老沢が紹介してくれました」

「正確なことは言えない……昔の手帳は家に残してあるんだけど、取りに行ってくれる人もいないんでね」

「ご家族は？」

「女房は五年前に亡くなった。俺もだんだん膝が悪くなってきて、今やこの始末だよ」森村が車椅子を叩く。「さすがに一人暮らしは難しくなって、ここへ入ったんだ」

「お子さんたちは？」余計なことかもしれないと思いながらつい訊ねた。警察官は、ＯＢも含めて同族意識が強く、プライベートな話も結構明け透けに話したりする。

「二人いるけど、長男は大阪で就職して向こうに家を買っちまったし、長女は子沢山で、俺の面倒を見ている余裕なんかねえんだよ。だいたい、子どもの世話になるなんて、恥ずかしくてしょうがねえ。まあ、こういうところも悪くはないよ。飯の心配はしなくていいし、気は楽だ」

「そうですか……それで、三十年以上前の話で申し訳ないんですが、青軍の関係です」

「海老沢から聞いた」森村がうなずく。「確かに、俺は青軍の担当だった」

「厄介というか、面倒臭い団体だったんですね」

「団体とも言えなかった。他のセクトから弾き出された連中が、たまたま集まっただけだからな。それであんな事件を起こしやがって……捜査は難渋したよ」

「でも、主犯として岩井を指名手配したじゃないですか」

「だけど三十年後に死なれちまう……何やってるんだか」森村が吐き捨てる。これは珍しい——警察官、特に引退した警察官は、現役の仕事については批判しないのが普通だ。それこそ「警察一家」の身内意識なのだが、今回はよほど腹に据えかねているのだろう。「海老沢にも言ってやったんだよ。容疑者に自殺されるなんて、警察官としては一番恥だってね」

「仕方がない面もあったと思います」

「まあ……今のはジジイの繰言《くりごと》だよ。忘れてくれ。今回は岩井の話じゃねえよな？」

「はい」高峰はうなずいた。「安岡という男のことです」

「そいつは、当時のメンバーとして認識されていなかった。他のメンバーの口からその名前が出たこともない。しかし俺は、メンバーの一人だと睨んでいた」

「証明はできなかったんですね」

「ああ。滅多に姿を見せない男でね。極左では、そういうことがよくあるんだ。長年最高幹部の座についているのに、メンバーも会ったことがない、なんていう話がね」

「十年以上前の事件がそうでした」たまたま海老沢と共同のような形で捜査した事件が、まさにそのパターンだった。ずっと姿を見せていなかった革連協の最高幹部・宮永《みやなが》に絡んだ一件。高峰にとっては理解不能な事件だったが、海老沢の心には確実にダメージを残したはずだ。

「ああ……革連協の宮永だろう？　俺はあの頃、もう定年になってたから詳しく知らないけど、極左っていうのはそういう風に得体が知れないものなんだ。安岡もそういう存在じゃないかと主張してたんだけど、俺の話に賛成する人間はほとんどいなかった」

「その後――一九七五年に、安岡は民主連合の職員になってます」

「知ってる」森村が悔しそうな表情を浮かべた。「民主連合はかなり左寄りの政党だった。しかし、いくら何でも極左の活動家を受け入れることはしないよな？　だから俺の見立ても外れたと思ったんだけど……」

「調べなかったんですか？」

「その頃俺は所轄に出ていた。本部にいる後輩たちに調べてみろって言ったんだけど、誰も話を聞かなかったね。要するに、俺も人望がなかったということだろう」森村が自虐的に言った。「とにかくその件は、立ち消えになってしまった」

「安岡と直接対決したことはあったんですか？」

「残念ながら、ない。本人と直接話ができるほど、情報が集まっていなかったからな」

「森村さんの感覚ではどうですか？　安岡は本当に青軍の幹部だった？」

「ああ」自信たっぷりに森村が認めた。「間違いないね。もっと詰めて捜査しておくべきだった。俺の警察官人生最大の失敗だったな。しかし安岡、殺されたんだろう？　どういうことなんだ？」

「それを今調べていますが、難しい事件なんです」

「確かに、安岡が絡むと難しくなるのかもしれねえな。しかし、ちゃんと解決したら俺にも教えてくれよ。気になってしょうがねえ」

「もちろんです」

森村に対する義理を果たせるかどうか、高峰には自信がなかった。

4

一月三日。まだ三が日だが、今日から捜査はフル回転に戻る。仙台へ出張していた刑事たちも一時戻って来て、関係している全員が揃っての捜査会議が開かれた。極めて異例だが、今回は公安部長まで参加している。捜査は何とかまとまりつつあるが……これまでの総括、そして今後の捜査の指示が細かく行われ、捜査会議は一時間に及んだ。終わった途端、公安部長の滝本に呼ばれる。

「何とか捜査はまとまりそうだな」

「まだ関与していた人間全員を逮捕できていませんから、これからですね」

「しかし、筋道はついた」滝本が煙草を取り出した。もっとも、この会議室は海老沢が禁煙と定めたのを知っているのか、火は点けない。

「ちょっと内密の話がある。この後、部長室に来てくれ」

言い残して、さっさと出て行く。何事だ、と不安になった。捜査の行く末が見えたので、いよいよ自分に対する処分が決まったのだろうか。いや、それなら公安一課長の牧田も同席するはずだ。

水戸に「ちょっと外す」と言い残して公安部長の跡を追う。既に話は通っていたようで、すぐに部長室に通された。自席で煙草を吸っていた滝本は、海老沢が部屋に入ると、ソファに座るように促した。部長室は会議もできるぐらい広く、公安部の全課長が座れるだけのソファがある。部長の席は、デスクに一番近い一人がけと決まっているので、海老沢はその斜め前に腰かけた。すぐに滝本が座り、煙草を一吸いしてから分厚いガラス製の灰皿に押しつけた。

「さっきも言ったが、捜査は何とかまとまりそうだな」

「もう少し時間はかかりますが。所在の分からない曽我忠哉を捜すのがポイントになると思います。今回の一件の黒幕かもしれません」

「筋道はついた――君はここで、指揮から外れてくれないか」

「それは、どういう――」海老沢は言葉を失った。いよいよ処分が決まり、謹慎処分を受けるのだろうか。捜査は最後までやらせてくれるという話だったが……いや、あれはあくまで口約束か。

「謹慎ではない」海老沢の気持ちを読んだように、滝本が柔らかい口調で言った。「実は、まったく別の仕事を頼みたい。特命だ」

　それはそれでややこしいことになる。公安では昔から、通常の捜査ルートとは外れた仕事を振られることがある。一番面倒なのは組織への潜入捜査なのだが、今はそういう捜査は主流ではないし、そもそも管理官の自分にはそんな仕事は回されないだろう。

「通常の捜査ですか」

「いや、内部監査のようなものだ」

「相手は誰ですか」

「七係の室屋《むろや》係長だ」

「室屋が何かしたんですか」七係は、海老沢の指揮下にはない。室屋とも個人的に親しいわけではなかった。

「それは分からない。分からないが、動きがおかしいから、君に調べて欲しいんだ。今回、特別に公安総務課から人をつける」滝本が立ち上がり、立ったままデスクの電話を取り上げた。一言二言話すと、またソファに腰を下ろす。その瞬間、ドアをノックする音が響いた。滝本が「どうぞ」と声を張り上げると、すぐにドアが開いて「失礼します」と女性の声が聞こえた。振り向いて確認した瞬間、嫌な予感に囚われる。公安総務課の女性刑事、香川葉子《かがわようこ》。ソファの前で立ち止まると一礼し、海老沢から少し離れたところに座った。

「総務課の香川君だ。知ってるか?」

「顔と名前は一致します」海老沢は言った。いろいろ聞いているが、それをここで口に出すわけにはいかない。ハニートラップが得意な女性刑事、という噂があるのだ。

「今回は極秘任務だ。二人で組んでやってくれ。その間、二人とも通常業務からは外れてもらう」

「室屋係長に対する疑惑は何なんですか」本来、警察官が問題を起こしている場合は監察官室が調べるのが筋だ。しかしそうなると、必ず話が大ごとになってしまう。監察官室に知られずに実態を調査し、公安部の中で上手く収めてしまおう、とでも考えているのかもしれない。

「情報漏洩の恐れがある」

「セクトに対してですか?」

「ああ。しかも七係ではなく、他の係の人間ともつるんで動いているという情報がある。その中の一人が、君の管轄下にいる五係の石上《いしがみ》だ」

「石上刑事は、今回の件でも普通に捜査に参加していますよ。特に怪しいことはありません」少なくとも海老沢はそういう話は聞いていなかった。

「私の耳には、室屋係長が係に関係なく人を集めて、何かやっているという情報が入っている。石上もそれに参加しているようだ」

「そうですか」曖昧な話で、どうにも判断しにくい。「もしも本気で監視をするなら、二人では無理です。もっと人が必要になります」

「そう判断したら、私に言ってくれ、スタッフを増強する」

「私の方で、信頼できる人間を集めることもできますが」

「人選は私が担当する」滝本は譲らなかった。「この件は私の直轄とする」

「分かりました」余計な疑念は挟まず命令を受け入れるのが、警察官の基本ルールだ。

それにしても訳が分からない。何かと噂がある葉子と組んで仕事をするのも、不安だった。それでも命令ならば、きちんとこなさねばならない。そういう習性が身に染みついているのが恨めしくもあった。


こういう極秘任務だと、警視庁の中で話はできない。海老沢は外へ出て、日比谷《ひびや》公園へ向かった。祝田門近くのアーク灯の前で待つ。葉子は後から来ることになっていた。

五分ほど待っていると、葉子がやって来た。今日はぐっと冷えこむ——最低気温二・七度の寒い日のせいか、葉子は分厚いウールのコートを着こんできていた。まじまじと顔を見るのは初めてだったが、ハニートラップという言葉から連想されるような色気はまったく感じられない。中肉中背、顔立ちはどちらかというと地味だし、化粧っ気もほとんどない。もっとも、地味に見える女性が、実は妙な色気の持ち主であることもあるのだが。

「よろしくお願いします、管理官」

「よく分からない話だが、君はちゃんと聞いてるのか？」

「管理官より前に話は伺いましたが、内容は同じようなものだと思います」葉子が封筒を差し出した。

「これは？」

「室屋係長と石上巡査部長の個人データです」

「君が揃えてきた？」封筒から二枚の紙を引っ張り出しながら海老沢は訊ねた。

「はい」

「普通の人事シートじゃないな」

「今朝指示されて、いろいろなデータを集めてまとめました」

　室屋と石上の個人情報がほぼ明らかになった。出身地、学歴、家族構成、警察での異動の記録と賞罰——自分の部下でもある石上が五人兄弟の末っ子だということを初めて知った。終戦の年に生まれ、海老沢が来る前から公安で仕事をしているベテランなのだが、自分のことはあまり喋らないのだ。今回の指示を受けて思い返してみると、係の他のスタッフともあまり親しくしていない。敢えて交わろうとしないような感じさえする。

「室屋係長は、人脈豊富な感じですね」

「それは間違いねえな」

　室屋は今年四十五歳。公安一課が長いが、所轄にも何度か出ているし、公安部の筆頭部署で各課を統括する公安総務課や、労働争議を調べる公安二課にも在籍していた。逆に考えれば、過激派捜査のスペシャリストとは言えないわけだ。四十五歳で係長——警部というのは出世が遅いわけではないが、この先がどうなるかは分からない。いずれにせよ海老沢の管轄外の係長で、一緒に仕事をしたこともないから、どんな人間かはよく分からない。公安一課も四百人の大所帯で、全員が顔見知りというわけではないのだ。

「君は個人的に知り合いか？」

「いえ」

「分かった。今夜から調査開始だな。まず本部を出たところから尾行してみよう」

「分かりました。どちらが監視でどちらが尾行ですか？」

　やり方が分かっている、と思って海老沢はニヤリとした。同じ部署で働く人間を尾行する場合、まず帰宅するために席を立つのを誰かが監視していなくてはならない。もう一人は正面出入り口で待ち構えていて、外へ出たら尾行を開始する。

「俺は顔がバレてるから、監視は君に頼みたいな。公安一課に紛れこんで、バレないようにできるか？」

「大丈夫です。退庁時間ぎりぎりに、知り合いと話をしにいくことにします」

「だったら俺は、正面出入り口で待機している。作戦開始は午後五時でいいだろう」

「公安一課の大部屋を出たタイミングで、私も尾行します」

「少し遅れて来てくれ。携帯で連絡を取り合おう」

「分かりました」

携帯の番号を交換する。こういうのは久しぶり――最近は人に指示することが仕事になっていて、自分の足を使った捜査をしていない。足腰が弱る年齢ではないが、この尾行は時間がかかるので心配だ。室屋の自宅は取手《とりで》である。

「それと……管理官」

「ああ？」

「私についていろいろ噂を聞いているかもしれませんが、一切信じない方がいいです」

「そうなのか？」

「色仕掛けでネタを取ってくるとか、そんな噂が流れてるでしょう」

「ああ、まあ……聞いたことはある」思っていたことを言い当てられ、途端に居心地が悪くなった。

「極左相手に、そんな手段が通用すると思いますか？」

「あいつらだって男だぜ」

「年収一億円もらっても、あんな連中相手に体で情報を取るのはごめんです」妙ににこやかな表情できついことを言う。

「だったらどうして、そんな噂が立つのかね」

「誤解でしょう」ときっぱり断定した後、「別に否定はしませんけど」とさらりとつけ加える。

「どうして」

「そういう怪しい人間だと思われている方が、何かと便利なんです」

「俺に対しては否定したな」

「特別な任務ですから……誤解されたままでは、いろいろ齟齬《そご》が生じる恐れもあります」

「俺も、綺麗な仕事ばかりやってきたわけじゃねえぞ。君がどんなやり方でネタを取ってきても、俺には何も言えねえ。違法行為だったら問題かもしれないが」

「違法行為は一切ありません。今は私たちが、違法行為を調べる番じゃないですか」

「違法行為がないことを祈るがね」

　葉子は自分の意見を開陳せず、さっと頭を下げただけで立ち去った。どうも扱いにくい人間だ……底が見えないように立ち振る舞う人間は、往々にして誤解を生む。彼女はそういうイメージを利用できると思っているようだが、警察という固い組織の中では、孤立につながるだけではないだろうか。

　こういうことに立ち入るべきかどうか、判断が難しい。個人の事情については詮索しないのが最近の風潮だが、警察官は基本的にお節介だし、仲間意識も強い。とはいえ今は、余計なことを詮索している暇はない。まずはこの特命捜査を上手く進めていかないと。

　信頼できる部下の水戸にも事情は話せない。ただ「今日から捜査を外れる」とだけ告げた。水戸は怪訝《けげん》そうな表情を浮かべ、「それはどういう――」と言いかけたが、海老沢の真剣な表情を見て黙りこんだ。表に出してはいけない事情があると、すぐに悟ったのだろう。公安では、こういう得体の知れない仕事は時々あるものだ。

「一応、捜査は上手く筋に乗ってるから、後は頼むぜ」海老沢は頭を下げた。

「分かりました。それで管理官は、いつまで？」

「分からねえな。俺がのろのろ仕事をしなければすぐに終わるかもしれねえが、まだ見当がつかない」

「ありがとよ」

「お気をつけて」

午後五時、海老沢は警視庁の正面出入り口にいた。一月三日だが人の出入りはあり、立っていても目立たない。ただし尾行は難しくなるだろう。自分の顔は、当然室屋にも知られている。監視役を自分が、最初の尾行を葉子が担当した方がよかったのではないだろうか。明日以降も同じように尾行をするなら、役割を交代しようと決めた。

五時十分、携帯が鳴る。登録したばかりの葉子の携帯からだった。

「今、出ました」

「分かった。こちらからの連絡を待ってくれ」

「了解」の言葉もなく、葉子は電話を切ってしまった。室屋に気づかれないように、上手く立ち回れるだろうか……いずれにせよ、他にも信頼できるスタッフが必要だと痛感する。尾行や監視では、人を次々に替えることで相手に気づかれないようにするのが基本だ。室屋はベテランの捜査員……ということは、尾行や監視に対しては敏感なはずで、こちらも知恵を絞らねばならない。

五分ほどして、室屋が姿を現した。小柄な男で、グレイのコートに身を包み、小さな縦長のバッグを肩から提げている。こちらに気づいた様子はない……一安心して尾行を開始した。

家に帰るなら、千代田線の霞ケ関駅に向かうだろう。常磐線直通で取手まで……しかし室屋はそちらへは向かわず、警視庁に一番近い有楽町《ゆうらくちょう》線の桜田門《さくらだもん》駅へ向かう。地下に入ったら携帯が通じないかもしれない——不安になって、すぐに葉子に電話を入れた。

「有楽町線だ」

「どっち方面ですか？」

「分からない。電話はかけにくいから、これからはショートメールを送る」

「分かりました」

ホームに降りた室屋は、池袋方面行きの方に立ち、電車を待つ人の列に加わった。立ち止まると携帯を取り出し、画面を眺める。誰かとショートメールのやり取りをしているようだ。

こちらも葉子にメールを送らなければならないが、残念ながら携帯電話の小さなボタンは、海老沢の太い指を拒否する。それでも、と急いでメッセージを打ち始めたところで、「管理官」と小声で声をかけられた。いつの間にか葉子がすぐ脇に立っている。

「ちょうどよかった」

「池袋方面ですか——家とは関係ないですね」

「どこかへ呑みに行くだけかもしれない」警視庁の職員がよく呑みに行くのは新橋《しんばし》や日比谷のガード下である。とはいえ、池袋までは有楽町線で一本で行けるから、あの辺を根城にしている職員も珍しくない。ただしそれは、家がそちら方面にある人間だ。取手に自宅がある室屋が、池袋に用事があるとは思えない。あるいは飯田橋《いいだばし》で降りて、神楽坂《かぐらざか》で一杯とか。

電車が来て、室屋が乗りこんだ。海老沢は近い位置で監視するよう葉子に指示し、自分は同じ車両の少し離れた場所に立った。ここは葉子を信じて待つしかないだろう。しかし、室屋が降りるのを待ってメールを送ってきたら、間に合わないのではないか。

葉子からは連絡がないまま、池袋に着いてしまった。電車がホームに滑りこんだタイミングで携帯が鳴る。「降ります」とメッセージが一言。事前にメッセージを用意しておいて、それをすかさず送ったのだろうか。だとしたら彼女も、なかなか抜け目がない。

池袋では、乗車人数が一気に半分になってしまうぐらい、人が降りる。ホームの人混みに巻きこまれて、室屋の姿はまったく見えないが、辛うじて葉子の背中を確認することはできた。しかも彼女は一瞬だけ振り返り、海老沢に向かってうなずきかける。きちんと仕事を果たしてくれているようだとほっとしながら、海老沢は葉子の背中を目印に室屋の尾行を始めた。

地下道を少し歩き、室屋は池袋駅の東口に出た。少し歩調を早めて、何とか葉子の背中を見逃さないようにした。明治通りを渡ると、ビルに挟まれた細い路地に入って行く。やはり呑み会か、と少しだけ気が抜けた。警察官は酒を呑むのも酔っ払うのも早いから、それほど長く待たないだろうが、人が酒を呑んでいる間ずっと待機しているのは嫌なものだ。特に真冬の池袋で、路地に立ったまま時間を潰すのはきつい。しかも鼻や胃袋にもよくない……焼き鳥のいい香りが漂ってきて、空きっ腹を刺激するのだ。

明治通りを渡ってから三分ほど歩き、一階に居酒屋が入っているビルの前に出る。その辺りまで来ると人も少なくなっている。葉子の背中は見えていたが、歩調を緩めて少し距離を置くことにした。しかしすぐに、立ち止まってビルを見上げている葉子に追いついてしまう。葉子が海老沢に気づき、また歩き出しながら、海老沢に小声で告げる。

「このビルの上階に入りました」

「何階建てだ？」

「五階です」

公安は都内各地に極秘に部屋を借りている。監視などの秘密活動のためだが、その存在を全て把握しているのは管理官以上の管理職だけだ。公安一課では、この辺には部屋を借りていないのは分かっている——他の課のことまでは分からないが。

二人はビルの前を通り過ぎた。十分距離を取ったと確信できたところで立ち止まり、ビルを監視したまま話し始める。

「ビルの上の方、どうなってるんだろう？　ここは飲食店ビルじゃねえな」

「そうですね。看板がありません」

飲食店が多く入っているビルなら、派手さを競うように看板がかかっている。しかしこのビルには看板がなく、飲食店は一階の居酒屋だけのようだった。普通の会社が入ったビルでもあるまい。それでもやはり、社名が入った看板がかかるものだ。

「雑居ビル、ということか」

「そんな感じですね。ちょっと偵察に行きますか？」

「少し時間をおこう」

「分かりました」

それから二十分ほど、二人はほとんど会話を交わさず、ビルを監視し続けた。居酒屋には客が入っていく。この陽気だから冷たい生ビールには食指が動かないが、熱燗で体を内側から温めたいとは思った。飲食店を見張る時の最大の問題点がこれだ。相手が中でどんな料理を食べているかを想像して、ひたすら空腹に耐えるしかない。もっとも、室屋は飲食店に入っているわけではないだろうが。

「そろそろ行きますか?」

「そうだな……一人で大丈夫か?」

「管理官は顔が割れていますよ」

「そうだった。じゃあ、任せるよ」

葉子が歩き出した途端、ビルに近づく人影に気づく。一階の居酒屋の灯りで顔が照らし出された。

「ちょっと待て」海老沢は鋭い声を飛ばした。葉子が振り返り、怪訝そうな表情を浮かべる。「石上が来た」

葉子がバックステップして、海老沢の横に並んだ。

「間違いないですね」小声でつぶやく。

石上は一瞬周囲を見回し、すぐに居酒屋の横にある階段に消えていった。間違いない。室屋と落ち合ったのだ。

「ここで秘密の部屋を借りているのかもしれねえな」

「あり得ますね」葉子が同意した。

「調べられるか?」

「この時間では無理だと思いますが」葉子が左手を持ち上げて腕時計を見た。「明日なら何とか」

「そいつは任せる。ここが室屋たちのアジトかもしれねえ」

「何のためですかね」

「それをこれから調べないといけねえんだ」海老沢はうなずいた。

調査は難しくなった。二人以外にも、ここに集まっている可能性がある。そしてこちらは二人。全員を尾行するのは不可能だから、どうしてももっと人数が必要だ。今日のところは仕方がない。室屋と石上、二人に絞って、それぞれバラバラに尾行するしかない。

それからさらに三十分。六時半を過ぎたところで、室屋が出てきた。もう一人、海老沢が知らない人間を伴っている。スーツにコート姿だし、公安の人間だと思うが……。

「君は、石上が出てきたら尾行してくれ」

「分かりました」

「室屋と一緒にいる人間、見覚えはあるか？」

「……ないですね」一瞬考えた後、葉子が否定する。

「分かった。連絡はショートメールで取り合おう」

「了解です」

海老沢は尾行を開始した。携帯の導入で、捜査も新しい時代を迎えたな、としみじみ思う。海老沢たちはずっと、ポケベルに縛られていた。呼び出す方は、用事があればいつでも鳴らせる。連絡を取るために右往左往しながら公衆電話を探したのも、今では懐かしい想い出だ。携帯でいつでも連絡が取れるようになったし、今はショートメールでやり取りできるから、電話をかける必要すらない。これから、現場に散っている刑事たちとの連絡方法も、大きく変わっていくだろう。そういうことは若い刑事の方が圧倒的に得意だから、こちらは遅れないようについていくだけだ。

室屋ともう一人の男は、山手《やまのて》線に乗った。上野方向……予想していた通り、日暮里《にっぽり》で常磐線に乗り換える。二人はしきりに話をしていて、海老沢の存在には気づいていないようだった。しかし気は抜かないように警戒しておかないと。

ちらちら見える限りでは、もう一人の男は若かった。二十代――三十代の初めだろうか。公安一課の人間ではない、との確信はある。ただし警察官らしい雰囲気はあり、所轄の若手かもしれないと海老沢は想像した。

若い男は北千住《きたせんじゅ》で降りた。そこで席に空きができ、室屋が腰かける。海老沢は適切な距離を置いて監視を続けた。取手まではかなり長い……柏《かしわ》を過ぎると急に車内が空いたので、ばれないようにするのにかなり気をつかった。

終点の取手で室屋が降りる。この街には馴染みがないので、尾行にも気を遣う。途中でショートメールの着信を告げる音が鳴ったが、確認している暇もない。

駅を出て、国道六号線を渡って十分ほど歩く。建物もまばらだが、この辺も住宅街だろう。歩いている人はほとんどおらず、通り過ぎるのは車だけ。尾行にはますます気を遣うようになったが、長くは続かなかった。室屋が一軒の家に入って行く。ほっとして少し待機してから、家の前を通り過ぎた。間違いなく室屋の表札がある。夕方からの会合を終えて家に帰りついたのは午後八時過ぎ。いったい何の話し合いをしていたのだろう。何人集まっていたのだろう。

駅へ向かって引き返し始めながら、携帯を確認した。やはり葉子からのメッセージだった。

石上さんは革連協の白田英治《しろたえいじ》と一緒でした

短いメッセージに仰天して、思わず立ち止まってしまう。白田と言えば、革連協の副議長、幹部ではないか。革連協は九〇年代半ば以降、かなり大幅に組織を変更し、ゲリラなどの実行部隊を縮小した。代わりにメンバーをオルグする組織局、共産主義革命の理論を現代風にアップデートする学習局を大幅に拡大した。もちろん最高会議が全てを束ねる構図に変化はない。そこの副議長となると、組織の序列では四番手、五番手ということになる。

海老沢は最近、革連協の監視から外れていたので、どの程度スパイを飼っているかは知らない。ただし、副議長を抱きこんでいたら大変な手柄だ。しかし最近の革連協の動きを見ていると、スパイを飼っている意味があるのかどうか。二十年、いや、十年後には、革連協を極左とは見做《みな》せなくなってしまうかもしれないのに。極左自体が消滅している可能性もある。

海老沢はメッセージに返信し、今電話で話せるかどうかを確認した。すぐに葉子から電話がかかってくる。

「どういうことだ」海老沢はすぐに訊ねた。詰問口調になってしまっているのは意識していたが、丁寧に話している余裕はない。

「白田の自宅まで同行しました」

「間違いないか？」

「白田の自宅は把握しています」葉子が感情を感じさせない口調で言った。「すぐに別れましたが、護衛していった感じもありますね」

「二人でいるところを見られると、白田の方がピンチなんだが」

「そうですが……どういうことでしょうか」

「白田をスパイとして飼っているとしか考えられないが、こんな風に大胆に接触することは過去にはなかった」

「はい」葉子が素直に認める。「常識ではあり得ません」

「そもそも石上は、革連協を担当していない。今はうちの事件で手一杯のはずだ」つまり、職務怠慢に当たる可能性もある。「人手が必要だな。監視を厳しくしないといけない」

「それは管理官が……」

「もちろんだ。とにかく明日の朝、もう一度打ち合わせしよう。君は今、どこにいる」

「大森《おおもり》駅の近くです。ここが石上さんの自宅で、白田と別れた後、尾行してきました」

「ご苦労さん」彼女は近場にいるから楽だ……こっちはこれから、常磐線に乗って都内に戻らなければならない。そんなに遠いわけでもないのだが、今は面倒でしかなかった。

「明日の朝、九時に公安総務課に顔を出す」

「話し合いなら、外の方がいいんじゃないでしょうか」

「……そうだな。だったら九時に、今日と同じ日比谷公園のアーク灯前で」そんなことも思いつかなかったのかと嫌になる。どうもこの特命は、自分の調子を狂わせているようだ。

第四章　仙台

1

高峰は特捜本部へ戻り、先ほどの事情聴取の内容を宮下と再確認した。

「どう思った？」まず、宮下に意見を求める。

「ちょっと厳しいんじゃないですか」宮下は懐疑的だった。「公安が正式に青軍のメンバーと認定していたならともかく、あくまで一人の刑事の個人的な印象でしょう？　それも、他のスタッフからは認められなかった。弱いと思います」

「しかし、刑事の勘は馬鹿にできないよ」

「それは分かりますけど、公安の場合はどうもねえ」宮下が首を捻った。「ためにする情報も多いじゃないですか。俺は森村さんの話を全面的には信じられないですね」

「君は人を疑い過ぎる」

「管理官は本気で信じてるんですか？　他のことならともかく、公安マターですよ」宮下は譲らなかった。

「公安だって、適当なことばかり言ってるわけじゃない」

「そんなこと言ってると、そのうち痛い目に遭いますよ」

「君は、公安にそんなに嫌な目に遭わされたのか？」

「別に、そういうわけでは……」宮下が口籠《くちごも》る。捜査一課の中に、公安と衝突して嫌な思いをした人間がいるのは確かだ。実際、高峰の父親も公安とぶつかって、親友だった海老沢の父親と仲違《なかたが》いし、十年以上も口をきかなかったことがあるという。その後和解したらしいのだが……一度でもそういう経験をした捜査一課の刑事は、後輩たちに公安の悪口を増幅して言いまくる。それが伝説となって伝えられ、捜査一課と公安は犬猿の仲になってしまったのだ。ただし宮下個人は、そういう衝突は経験していないはずだ。先輩たちから話を聞かされて「そういうものだ」と思いこんでいるに過ぎない。

「ちょっと課長に報告してくる」

「報告するまでの内容はないと思いますが」

「嫌なこと言うなよ」

言い残して、一人本部へ向かう。捜査一課長は、警視庁の中でも一番忙しい課長と言われている。各地に設置された特捜本部を督励《とくれい》に回り、本部にいれば会議や打ち合わせに追われる。記者会見が入ることもあるし、家に帰っても毎晩記者の夜回りの相手をしなければならない——記者の取材に応じなければならないと考えただけでも、自分は捜査一課長にはなりたくない、と高峰はいつも思っていた。五十歳前に本部の管理官となると、一課長の目も出てくるのだが、そういうのは人に譲っていい。

今日は珍しく、一課長は自室にいた。忙しなく口を動かしているのが何だか妙だ……高峰は一秒だけ長く、課長の顔を見てしまったかもしれない。

「煙草の代わりに飴《あめ》だ」言い訳するように、大田原が急いで言った。

「いよいよ禁煙ですか？」

「三十年以上吸ってきて、とうとうお別れだよ」

「何かきっかけでもあったんですか」

「どうせまた値上げするだろうから、その前にやめようと思ってる。値上げしたらやめるって言う人間は、だいたいやめられないんだ。それで挫折した人間を何人も見てる」

大田原がマイルドセブンの箱を弄《もてあそ》んだ。どうやら一気に禁煙とはいかないらしい。高峰はだいぶ前にやめてしまったが……マイルドセブンは、最近は確か一九九七年、九八年と二年続けて値上げしたのではないだろうか。警察官の給料は公務員の中では高い方だとはいえ、やはり徐々に懐《ふところ》に響いてくるのだろう。

「安岡の関係で、話を聴いてきました」

「座れよ」

ソファに浅く腰を下ろして、森村から聞いてきた話を繰り返す。話しているうちに、自分でも自信がなくなってきた。宮下の疑問ももっともではないだろうか。大田原も不満そうだった。

「もう少し突っこめなかったのか」

「それは公安のテリトリーになります」

「個人的に何とかならないか」

「それは……」海老沢の顔を思い浮かべる。岩井の事件捜査は、どこまで進んでいるのだろう。支援者が次々に逮捕されてはいるが、岩井の逃亡生活の全てを浮き彫りにすることができるかどうか。この件はドーナツのようなものだ。周りをいくら飾り立てても、中央には大きな穴が空いており、結局本質は分からないのではないか。いずれにせよ、岩井が発見された時のようにばたついているわけではあるまい。「ちょっと手を回してみます」

「そもそもこの一件自体が、公安マターになるかもしれないな」大田原がマイルドセブンの箱をいじった。「もしも安岡殺しの原因が、青軍にあるとすれば……」

「内ゲバですか」

「ただし、三十年も前に何かあっても、それが今になって噴き出すとは考えにくい」

「同感です」

「いずれにせよ、情報不足だ」

「申し訳ありません」高峰は頭を下げた。「捜査の遅滞に関しては私の責任です」

「今は、責任云々を言っても仕方がない。このまま進めてくれ。公安の方からも、上手く情報を取るようにな」

「分かりました……課長、無理なさらない方が」

「ああ?」

「煙草です。一気に禁煙できないなら、少しずつ減らすのがいいんじゃないですか」

「そうやって甘やかす人間がいるから、禁煙は上手くいかないんだ」

そう言って、大田原が煙草の箱をじっと見詰めた。この煙草を「念のために」と持っていること自体、禁煙に対する彼の本気度が疑わしい証拠だが。

海老沢とは連絡が取れなかった。携帯に電話したのだが出ない。固定電話——公安一課の彼の席に電話しようとしたものの、「捜査一課からだ」と名乗るのが不安だ。偽名を使おうかとも考えたが、それも馬鹿馬鹿しい。結局もう一度携帯にかけて、留守番電話にメッセージを残した。かけ直してくるかどうかは分からなかったが。

夜の捜査会議で、新たな方針が示された。これは去年のうちに分かっていたことだが、大田原は仙台を注視し始めたのである。

「死亡する直前に、被害者が仙台にいたことは分かっている。それ以外にも……」大田原が手元の手帳に視線を落とした。「春山事務所を辞めてから半年で三回仙台に行っているのは、少し多い気がする。栃木には一度も行った形跡がないし、上野の選挙を応援していた話は嘘だと分かっているが、仙台で何をしていたかが分からない。明日、仙台に四人ほど人を送って、動きを調べてくれ。高峰管理官、その割り振りを頼む」

「分かりました」

実際には宮下が手元のパソコンを操作し、人の手配を決めてくれた。それを発表し、捜査会議はひとまず終了になる。これで新しい動きが出てくるとも思えなかったが。

「仙台なら、俺が行きたいぐらいですよ」宮下が突然言い出した。

「ああ、田舎が仙台だったな」

「田舎と言われると抵抗がありますが」宮下が困ったように笑った。「うちは仙台の中心部ですよ。東京並みに都会です」

「それは分かってる。里帰りついでに、君が行くか？　実家に泊まらせてもらえば、宿泊費が浮く」

「狭い２ＤＫのマンションですよ」

「実家なのに？」

「二年前に、両親が実家を処分して仙台駅に近いマンションに引っ越したんです。実家は古い家で、メンテナンスも大変だったんです。夫婦二人なら、小さいマンションで十分なんです」

「最近、そういう話も聞くな」歳を取ったら、できるだけ都心部――駅に近い、こぢんまりとした家に引っ越す。その方が生活に便利だから、というわけだ。そういう波は、地方都市にも及んでいるということか。

　捜査会議が終わっても、すぐには引き上げられない。個別に打ち合わせをしている刑事たちが、あれこれ相談してくることもあるからだ。結果的に、高峰が特捜本部の大部屋を引き上げるのは、いつも最後になる。しかもその後で本部へ行って、書類仕事をこなさなければならないこともあった。

　部下たちが引き上げるまでの時間、各紙の夕刊に目を通して過ごす。どんなに忙しくても、ニュースはチェックしておかないと……自分たちが手がけている事件がどんな風に報じられているかを把握しておくのも大事なことだ。とはいえ、安岡殺しの続報が載っているわけではない。父がよく言っていたが、昔は殺人事件は社会面の花形だった。新聞各紙も事件報道には力を入れ、警視庁クラブの捜査一課担当には、将来が期待される若手記者が配置されたものだ――今は各社とも事件の扱いに対する熱意を失い、高峰としては寂しい限りだ。とはいえ、なかなか難しいところである。捜査の秘密を記事ですっぱ抜かれれば「誰が漏らした」と憤ることになる一方、自分たちが捜査する事件の扱いが小さいと「もっと大きくしてくれ」と思う。勝手なものかもしれないが……。

今年は、正月早々行政の大きな動きがある。一月六日には、一府二十二省庁から、一府十二省庁へと中央省庁の再編統合が行われる。中央官庁の代表たる「大蔵省」が「財務省」に変わるほか、厚生省と労働省が一緒になって「厚生労働省」に、運輸省、建設省、国土庁、北海道開発庁が「国土交通省」に統合されるなど、しばらくは名称と管轄で混乱しそうだ。警察庁を管理する国家公安委員会はそのままだから、高峰たちには直接影響はないのだが。行政の効率化が目的とはいえ、封筒や名刺の変更だけでも、とんでもない予算がかかるのではないだろうか。

「そう言えば」コーヒーカップを手にした宮下が声をかけてきた。「仙台って言えば、公安の方も大変でしたね。あの件、容疑者が自殺してそのままになってるんでしたっけ？」

「支援者を何人か逮捕してるだろう。一人で三十年も逃げられるわけじゃないし、支援者がいたのは当然だよな」

「ですね……何か、嫌な感じだな」

「地元では噂になってるのか？」

「ええ。まさかそんな人が、みたいな話ですよ。殺しが起きると、『あんな大人しい人が犯人だとは思わなかった』ってよく言われるでしょう？　そんな感じです」

「しかし、岩井っていう人間は、隠遁生活を送っていたみたいだよ。近所づき合いもほとんどなかったそうだし」

「そういう意味では、仙台っていうのは隠れるのにいい場所かもしれませんね。ほどほど都会で、ほどほど田舎で」

「確かに」高峰はうなずいた。「僕が逃げて隠れるにしても、仙台や札幌、福岡辺りを選ぶよ。実際は、東京が一番安全だと思うけど、さすがにお膝元は……」

「ですね」宮下がうなずく。「親父が文句を言ってましたよ。家にまで、新聞記者が取材に来たそうで」

「岩井のアジトの近くなのか？」

「直線距離で百メートル、というところですかね」

「仙台だったら、百メートル離れた場所は……人は大勢住んでるだろう。何もそこまで聞き込みの範囲を広げなくてもいいと思うけどな」

「ですよねえ」真剣な表情で宮下がうなずく。「仙台の記者は真面目なのかどうか。もちろん親父は何も知らなくて、質問にも答えられなかったそうですけどね」

　刑事と記者の仕事の内容はほとんど変わらない。重大事件で容疑者が逮捕されれば、その人となりや行動パターンを知るために、近所の聞き込みをする。しかしこの作業は、刑事がやる方が楽だろう。やはり警察手帳の威力は絶大で、警察に話を聴かれたと意識すると、人は自然に話してしまう。しかし記者の取材に対しては拒絶反応を示す人もいるようで、スタートラインからして違うのだ。実際には、刑事と新聞記者で情報を聞き出す能力に差があるとは思えないが。

「やっぱり田舎ですから、変な事件が起きるといろいろと噂も立つみたいですよ。無責任な噂でしょうけどね」

「何だか仙台に縁があるな。うちも人を出すわけだし」

「そうですね」

「それと……」高峰は夕刊を畳んだ。「もう一度、春山事務所の人に話を聴いてみないか？　安岡の経歴に新たな情報が出てきたんだから、そこを確認する手はあると思う」

「分からないんじゃないですか」宮下が冷たく言った。「古い資料をひっくり返してもらっても分からなかったんですから、今更、という感じもしますよ」

「そうかもしれないけど、何度も聴いているうちに思い出す可能性もあるだろう」

「そうかもしれませんが……」

　宮下は乗り気にならなかったが、高峰は管理官の権限で押すことにした。捜査は停滞したままである。ここは強く出て、少しでも手がかりを見つけないと。

「明日の朝、春山事務所に連絡を取ってくれ。事務長の角さんと話がしたい。彼は協力的だったからな」

「管理官、自分で事情聴取されますか？」

「人手が足りないからな。僕がやってもいい」

「そう言われるなら……分かりました」結局宮下が引いた。強権を使ってしまったと悔いるが、座して報告を待っているだけというのは、やはり自分の性に合わない。

　翌朝、宮下が春山事務所の角に連絡を取ってくれた。面会はＯＫ。ただし板橋の事務所から目黒の特捜本部まで行く時間がないというので、こちらまで来てくれれば……という話である。問題はない。ついでに板橋中央署の特捜本部にも顔を出しておこう。向こうの捜査は順調に進んでいるので、しばらく放置しておいたのだが、やはり直接捜査担当者と会って話しておかないと。

　先日春山事務所に行った時に同行してくれた常田が手空きだったので、今日も運転手役を任せた。常田を無駄に緊張させないように、今日も後部座席ではなく助手席に座る――上司と部下ではなく、相棒として。それでも常田は緊張していた。

「そう固くなるなって」こちらが振った話に「はい」か「いいえ」でしか答えないので、会話がすぐに途切れてしまう。「この前も、一言も話さなかったじゃないか」

「代議士といきなり話すなんて、無理ですよ。管理官はさすがです」

「僕だって、代議士と話したことなんかほとんどない。でも刑事は、ある意味平等でなくちゃいけないんだ。どんな人間からでも話を聴くんだから……ホームレスから総理大臣まで」

「そんなに極端ですか？」

「総理大臣が殺人事件の容疑者にならないとも限らない」

「まさか」

「世の中にまさかはないんだ」何だか説教じみているなと思いながら、高峰は言った。机上の空論であり、実際にはそんなことはあり得ないだろうが。「気になることがあったら、どんどん口を挟んでもらっていいから」

「いやあ……どうですかね」常田はすっかり遠慮してしまっている。これが彼の弱点だな、と思った。真面目は真面目なのだが、遠慮してしまうことがある。もう少し積極的に前に出るようにしないと、いい刑事にはなれない。「いい刑事」の条件は様々だが、「図々しい」というのもその一つである。相手が嫌がろうが抵抗しようが、どんどん踏みこんで話を聴く。それが刑事の基礎の基礎だ。

「春山事務所の事情聴取が終わったら、君は目黒中央署へ戻ってくれ」

「管理官はどうされるんですか」

「僕は板橋中央署へ行く」

「お送りしますが……」

「大丈夫だ。歩いて行ける距離だよ」春山事務所も板橋中央署も区役所のすぐ近くにある。

「管理官をお一人で行かせるわけには……」

「何言ってるんだ」高峰は笑った。「管理官になってから、歩く距離が減って運動不足なんだよ。歩ける時に歩いておかないと」

　そして帰りは地下鉄を乗り継ぐか……公共交通機関での移動用には、ＪＲのイオカード、私鉄・地下鉄用のパスネット――こちらは去年の秋から使えるようになった――が支給されている。これで精算がずいぶん楽になったものだ。ＪＲは、さらに進んだカード決済システムを研究しているという話もある。二十一世紀は、金の使い方が大きく変わる百年になるかもしれない。既に、支払いを現金からクレジットカードにシフトしている人もいる。一昨年だっただろうか、アメリカで使用上限などがとんでもなく高い「ブラックカード」が登場したというニュースを聞いたことがあった。通常の申し込みができず、使用頻度が高い人にカード会社から招待状が届く方式で、いかにも金持ち向けという感じなのだが……まあ、高峰のような公務員には関係のない世界だ。クレジットカードは持ってはいるが、今でも現金決済が主で、カードを使うことは滅多にない。年会費を取られているのが馬鹿馬鹿しくなるほどだ。

　角はすぐに面会を了承してくれたものの、実際に会うと、戸惑いを見せた。

「お話しするようなことはないと思いますが……」第一声でそう切り出す。

「こちらに新しく情報が入ってきまして、確認できないかと思ったんです」高峰は下手に出て言った。

「こちらで確認できることでしたら、お話ししますが」

「安岡さんなんですが、こちらに来る前に、極左の青軍のメンバーだったという話があります」

「青軍というと、あの四方事件の？」角の表情が一気に曇った。「いや、まさか……」

「あくまで情報です。実際にメンバーかどうかは、まだ確定できていません。そちらには、そういう情報は入っていないんですか？」

「聞いていませんね。本当にメンバーだったんですか？」

「それが難しいところなんです」高峰は打ち明けた。「警察としては、安岡さんを青軍の正式なメンバーだったと認定はしていません。あくまでそういう情報があったというだけで……青軍は組織がきちんとしていたわけではないので、誰がメンバーで誰がそうでなかったか、特定するのが難しいようです」

「しかし……それはにわかには信じられないな」

「私も確証が持てないので、何かお話を聴かせていただけるのではないかと思ったんですが」

「いや、私の方からは何も――そんな話は初耳です」

「そうですか」高峰は淡々とした声で言った。そもそも期待してはいなかった――そんなに簡単に糸がつながるとは思っていなかったのだ。しかし高峰は粘った。「以前、安岡さんの古い資料をひっくり返していただきました。政友党の古参の職員の方——民主連合時代からいる方を紹介してもらえませんか？　記録が残っていなくても、記憶で何か分かるかもしれません」

「それはできると思いますが……」角が居心地悪そうに体を揺らした。「しかし、過激派がうちに？　本当ですかね」

「もちろん、過激派のメンバーだったからといって、社会から爪弾きにされることはないと思います。ゲリラ事件などを起こしていたら問題にはなりますが、罪を償えば社会復帰するのは当然のことです。実際、事件を起こしても、その後普通に生きている人はいくらでもいます」

ただし、社会のメーンストリームにいるわけではない。服役した後田舎に戻り、家業を継げればましな方だろう。もちろんただの「シンパ」なら、普通に就職している人間はいくらでもいる。高峰の大学時代の友人にも、何度もデモに参加して過激な言動をしていた人間が何人もいたが、全員が卒業を機に学生運動と縁を切り、就職していた。当時——七〇年代の企業の考え方は「それぐらい元気がある学生の方がいい」だったかもしれない。

「そうですか……それにしても、もしも青軍のメンバーだったとしても、三十年も前のことでしょう？　どうなんでしょうね」

「それは私にも分かりません。しかし、何でも調べてみるのが刑事の基本なんです」

「では、誰かご紹介できるかどうか調べてみますが……高峰さんにご連絡すればいいですか？」

「ええ。是非お願いします」

結局収穫はなし……「糸」を切らさなかったのが唯一の救いという感じか。

「しかし、亡霊のようなものですな」角が不安そうに言った。

「亡霊？」

「年末に、青軍の元メンバーが自殺したじゃないですか」

「ええ」

「あの頃——六〇年代後半から七〇年代にかけては、いろいろなことが起きましたよね？　本当に革命が起きるんじゃないかと思ったこともありました。でも、今になって考えると、幻みたいだった」

「その感覚は分かります」高峰はうなずいた。

「それが、三十年もしてから、また表に出てくるというのは、亡霊みたいなものじゃないですか」

「確かにそうかもしれません。しかし警察は、決して事件を忘れないんです」

「それも恐ろしい話ですな」

「警察は基本的に、恐ろしい組織ですから」

角の顔が引き攣った。


事務所を出ると、ふと思いついて常田に訊ねた。

「君、安岡の実家で事情聴取したよな？」

「ええ。長野へ行きました」

「どうだった？　ニュアンスということだけど」結果は聞いていたのだが、家族の態度までは耳に入っていない。

「困ってました。もう長年連絡を取っていないし、春山事務所を辞めたことも知らなかったそうです。高校を出て以来、ほとんど実家にも帰ってこなかったみたいですしね」

「絶縁か？」息子もそんな風に言っていた。

「そういうわけでもないようですけど、家族であっても、自然に関係が薄れることはあると思います」

「もう一度長野に行ってくれないか？　今の情報を家族にぶつけてくれ」

「分かりますかね……」常田は少し腰が引けていた。

「電話じゃなくて、実際に会って話をしてみれば、何か情報が出てくるかもしれない。現場へ足を運ぶことをサボったら駄目なんだ」

「分かりました」常田がうなずく。

「このまま特捜へ戻って、すぐ出発してくれ。僕は板橋中央署に向かう」

「了解です」

常田の覆面パトカーを見送り、歩きながら携帯を取り出し、宮下に指示を出した。「安岡＝青軍説」に積極的になれない宮下は乗り気ではなかったが、そこは管理官の権限で押す。しかし、自分が正しい道を歩いているという自信はまったくなかった。

「ちょうどいいタイミングでした、管理官」板橋中央署の特捜を仕切る係長の村《むら》井《い》梨花《りか》が、輝くような表情を浮かべた。捜査一課で唯一の女性係長。この座を勝ち取ったのは、「女性登用」の流れのせいではなく、本人の実力である。結婚もしないで、とにかく仕事に打ちこんできた。そして警察一家の三代目——祖父も父も警察官だったというバックグラウンドのせいもある。ちなみに五歳年下の弟も刑事で、盗犯専門の捜査三課で主軸になっている。

「何か動きが？」

「ご連絡しようと思っていたんですが、いけます。矢上真一《やがみしんいち》に対する逮捕状を請求しようと思います」

「何があった？」

「借金を返したんです。消費者金融に今日、二百万円を一気に返しています」

「つまり——ほとぼりが冷めたと思って盗んだ金を使ったのか？」

「その可能性が高いですね」

　矢上真一はギャンブルなどで借金を作り、首が回らなくなっていた。金を借りるために、資産家の叔父に何度も頭を下げに行って、その都度冷たく追い返されていたのだが……奪った一千万円を結局返済に使ったわけか。

「しかし、金に印はついていないぞ」高峰は指摘した。

「とはいえ、他に金策をしていた形跡はありません」

「これまで、事情聴取に対しては完全否認だったんだよな」

「ええ」

「ちょっと厳しいかな……逮捕状の請求の準備だけしておいて、取り敢えず呼んだらどうだ？　今の話だけでは、逮捕状は出ないと思うよ」

「そうですかね……」梨花が唇を尖らせる。そうすると、若さの面影が蘇ってくる——彼女は四十五歳なのだが。

「君は、少し強引過ぎるところがある。僕も矢上がやったのは間違いないと思うが、もう少し慎重に行こう。呼んで叩く。それで自供が取れたら逮捕状請求、という流れでいい。逃亡する様子はないんだろう？」

「ええ……分かりました」不満そうだったが、梨花が折れた。

　自分は慎重過ぎると思うこともある。他の刑事たちが勢いよく前に飛び出そうとしている時に、引き止めることも多かった。気勢を削いでしまうのを申し訳なくは思うが、これも父からの教えだ。戦前から刑事をやってきた父は、かなり強引な手法で捜査をしていた時期がある。特に戦後の一時期……警察の組織は変わり、しかも社会情勢は不安定だった。そんな中で事件が起きれば、とにかく一刻も早く解決しなければならないという焦りが警察にあったのは事実である。そういう状況で、間違った人物をターゲットにしてしまったこともあった。致命的な誤認逮捕こそなかったが、警察の焦りは冤罪《えんざい》に結びついてしまうから、できるだけ慎重に——警察官になると決めてから、父は自分の経験をたっぷり話してくれたのだが、その一つ一つが今も胸に刻まれている。伝説の刑事が語る事実は重いのだ。ただし高峰が捜査一課の刑事になってからは、事件のことを話す機会はほとんどなくなっていたが。「捜査一課の刑事になれば一人前」「わざわざアドバイスすることもない」というのが父の感覚だったのだろう。実際「お前に言うことはもうない」とはっきり宣言されたことすらあった。

「とにかく、焦るな。矢上はこっちの手中にある。僕もここで待機しているから、じっくり攻めてくれ」

「……分かりました」

結果的には、梨花の方針で正しかったのかもしれない。警察に呼ばれた矢上は、消費者金融に金を返したことを指摘すると、すぐに「自分がやった」と認めたのである。それまで完全否認していたのが嘘のような変わりようだった。消費者金融の話が引き金になり、自分が徹底して監視されていたことを悟って諦めたのだろう。

その取り調べを外から見ていた梨花が、勝ち誇ったように言った。

「これなら、逮捕状を請求してからでもよかったですね」

「僕が裁判官だったら、あの段階で逮捕状は出さなかったけどね」

少しむきになって反論すると、梨花が口を開きかけた。しかしその時、高峰の携帯が鳴る。右手を上げて彼女の再反論を封じてから、高峰は電話に出た。角。今日はひどく忙しい一日になる。

誰か応援をもらうことも考えたが——刑事は二人一組で動くのが基本だ——すぐに動ける人間もいない。結局高峰は一人で、平河町《ひらかわちょう》にある政友党本部に向かった。

角が紹介してくれたのは、ベテラン——超ベテランの党職員、秦野《はたの》という男だった。六十二歳。民主連合時代から党を支えてきて、既に職員としては定年になっているのだが、「シニアスタッフ」として特別に残っているのだという。念のために調べると、なかなか面白い——興味深い人物だと分かる。

中学校の先生のようだ、と第一印象を抱く。小柄、白髪、ワイシャツの上にエンジ色のウールのベストを着て、足元はサンダル。こういう教師が、自分の若い頃にもいたな、とふと思う。

「ずいぶん古い話をお調べのようで」嗄《しゃが》れた声で秦野が切り出した。

「ええ。三十年前です」

「これは……」秦野が、年季の入ったシステム手帳を取り出した。「前に、春山先生の事務所から照会があった件ですよね？　その続きということでよろしいですか」

「その通りです。安岡孝雄さんの過去を調べています」

「前にお答えした通りで、何ぶん古い話ですから……」

「記録に残っていないにしても、記憶にはあるんじゃないですか？　そもそも、安岡さんを採用した理由は何なんですか？　政党の職員というと、大卒のようなイメージがありますが」

「それは単なる偏見ですな」分厚い眼鏡の奥で、秦野の目つきが鋭くなった。「高卒の職員は何人もいますよ。政治の仕事に学歴は関係ありません」

「失礼しました……しかし、高校を卒業してから、大学へ行ったわけでもなく、アルバイトで食いつないでいたような人を採用するというのは、かなり大胆だったと思いますが」

「政治に関しては、誰でも最初は素人です。二世政治家は違うかもしれませんが、そうでない人はゼロから学ぶ――他の仕事でも同じでしょう」

　微妙に論点がずらされている感じがする。自分の質問が悪いのかと、高峰はペースを変えた。

「安岡さんの空白の六年については、面接などではっきり聞かなかったんですか」

「この前問い合わせがあって思い出したんですが、安岡は試験の成績が抜群だったんですよ。一般常識、小論文、どちらもほぼ満点の成績だった。本人は元々優秀で、大学へ行きたがっていたんです。しかし兄弟が多く、家も貧乏でそれは叶わなかった――あの頃には、そういう話がよくあったでしょう」

今や大学への進学率は四割近い。しかし高峰が高校生だった七〇年代初頭には、進学率はそこまで高くなかった。自分より少し年上の安岡にしても事情は同じだろう。ただし自分は東京出身、安岡は地方出身だから、環境はまったく違っていたとは思うが。

「試験の成績がよかったから採用した、ということですね？」

「優秀な人材でしたから。働くようになっても、彼はよく勉強していた」

「高卒でも優秀だった、社会的意識も高かったということですね」

「ええ。頭がいいだけではなく、仕事もできました。頭がよくても仕事ができない人はいくらでもいるのに」秦野が皮肉っぽく言った。

「では、彼の経歴については誰も気にしていなかった」

「まあ……そうですね」ふいに、秦野の口調が歯切れ悪くなった。

「何か気になることでもあったんですか」

「角から聞いたのですが……」

「青軍のことですか？」

「噂はあったんですよ」唐突に秦野が認めた。「安岡が昔、青軍で活動していたという噂が」

「本当ですか？」

「あくまで噂です。本人に直接確認したことはありません」

「何で確認しなかったんですか？」当時の民主連合がかなり左寄りで、青軍のような極左に対しても拒否反応がなかったから？

「わざわざ確認するような話ではないでしょう。そもそも彼が民主連合の職員になった七〇年代半ばには、青軍は完全に消滅していたはずだ」

「それはそうですが、過去は消せませんよ」

「あなたたちは、逮捕歴がない人間の過去まで詮索するんですか？」秦野がむきになってきた。

「安岡やあなたの年代だったら、若い頃に学生運動にはまるのも、ごく普通だったのでは？」

「私には縁がありませんでしたが」何だか秦野の話に苛ついてきた。

「ノンポリですか」

「父親も警察官でした。警察官の息子が学生運動をやっていたら、洒落になりません」

「——失礼」秦野が咳払いしたが、本当に反省している感じではなかった。

「秦野さんのように、共学連で活動して逮捕された人でも、政友党の重鎮になれるわけですしね」

これが彼の「面白い」経歴だった。

「私のことを調べたのか」秦野が高峰を睨みつけた。

「大昔の話じゃないですか」高峰は害のない——自分ではそう思っている笑みを浮かべた。「しかもすぐに釈放されています。荒れたデモではよくあることですよね」

「私が学生だった一九六〇年頃は——七〇年安保の時代の人たちとは精神性が違う」

そういう話を、昔の人から聴くことがよくある。六〇年安保世代は高峰たちよりも十歳ほど年上だが、何故か七〇年安保世代よりも悲壮感を漂わせている。国会に突入したデモ隊と警察隊の衝突で死者が出たせいもあるだろう。もちろん、当時の多くの学生活動家は大学卒業と同時に運動から離れたが、一部は過激化し、七〇年安保に際して雨後の筍のように林立した極左グループのルーツとなっている。

「その辺は、私には何とも言えません」高峰は素直に認めた。「あなたが逮捕されたことに関しても、論評するつもりはありません。ただ一つ言えることは、民主連合はかなり懐が深い政党だった、ということです」逮捕者も受け入れる。

　秦野がふっと笑う。自分の緊張を解《ほぐ》そうとするような笑みだった。

「まあ、その辺はあなたのご指摘通りです」秦野がうなずく。

「昔の民主連合は、かなり過激な左寄りの政党でした。それこそ共産党と肩を並べるぐらいの」

「共産党は、極めて官僚的、かつエリート意識を持った人たちの集まりなんですよ。数々のセクトのルーツは結局共産党にあるわけですが、そういうものを許さず、激しく批判する」

「一種の宗教みたいなものですね」

「戦前に散々弾圧された経験が、悪い方に向かってしまったんじゃないですかね。しかし民主連合は共産党とは違って、あくまで通常の労働運動の中から生まれた政党だ。そこまで官僚的でも排他的でもない」

「逆に言えば、役に立つなら極左の人間でも雇う、と」

「もちろん、かつての所属セクトとは完全に縁を切っていることが前提です。大学卒業と同時に学生運動と縁を切って就職する――あの頃はそういうのは普通だったでしょう？　完全に切れていれば問題はない、という判断ですよ。それで多くの人が、立派な一流企業に就職しているわけですから」

「それで、安岡さんは？」高峰は、一般論に流れかけた話を元に引き戻した。「実際には、安岡さんが青軍の人間だったことは確認されているんじゃないですか」

「個人的にですが」秦野が声をひそめた。「調べました。安岡は間違いなく青軍に関係していた。あの爆破事件に関わっていたかどうかは分かりません――そもそも青軍自体、きちんとした組織とも言えなかったわけですが」

「メンバーの名簿があったわけではない、ということですね」

「しかし安岡が、青軍のメンバーとつき合いがあったのは間違いないです」

「つまり空白の六年間に、安岡さんは極左の活動に参加していたわけですか？」

「学生運動」と言われるぐらいで、六〇年安保も七〇年安保も、その中心は大学生だったが、参加者には若い労働者も高校生もいた。高卒でバイト生活を送っていた安岡が参加していても、何らおかしくはないわけだ。勉強会に参加して必死に情報を吸収し、理論を学べば、中心メンバーになっていくことも可能だっただろう。

「青軍の活動期間は短かったのでは？」秦野が指摘する。「極左の各セクトからはみ出した人間同士が集まって爆破事件を起こしたものの、すぐに大部分が逮捕されて実質的に解散――その間、一年もなかったのではないですか」

「そんなものだったと思います」

「高校を卒業してからの六年間、彼が何をやっていたかは完全には分からない。しかし青軍と関係していた時期があったのは間違いないと、私は確信していますよ」

「確信していても、本人を追及したわけではないんですね？」

「その疑いが出てきた時には、安岡は民主連合にとっては欠かせない存在になっていた」

「過去の問題よりも、現在を取ったわけですね」高峰は指摘した。

「青軍に関係していたからといって、犯罪に加担していたとは限らない」

「そう、ですか」

「あなたはどう思います？　そんな昔のことが、現代の犯罪にかかわっていると？」

ありうる。人の恨みは強く深く、何十年も続くことがある。復讐心を抱き続け、相手が忘れていた頃にとうとう復讐を果たした、ということも不思議ではない。

想像以上のことが起きるのが事件であり、捜査というものなのだ。

2

海老沢は夕方遅くに携帯を見て、高峰から着信があったことに気づいた。昨日も電話があった……疲れていて話す気にはなれなかったが、放っておくわけにもいかない。

「飯でも食わないか」高峰が切り出してきた。

「いいけど、そんな余裕、あるのか」

「今日、抱えていた特捜の一つが、容疑者を逮捕した」

「そうか」捜査一課は常に忙しい。特に複数の係を束ねる管理官は、幾つもの特捜本部の面倒を見ているのが普通だ。常に緊張を強いられる状況で、高峰も精神的に擦り減っているだろう。今は、多少は解放された気分になっているはずだ。打ち上げはまだ先だとしても、個人的に少し気を緩めたいと思っているのかもしれない。それなら、つき合ってやってもいいか……。

「今、平河町にいる」

「平河町？」何でそんなところに？　日本の政治の中枢ではないか。

「その件は、会った時に話す」

平河町は、桜田門からは近い。歩いても二十分ぐらいなのだが、問題は中間地点に食事ができるような店がないことだ。しかし……「会った時に話す」ということは、単なる気分転換ではなさそうだ。

「僕がそっち方面へ行く。日比谷にしないか？」高峰が提案した。

「俺はいいけど……」

「タクシーを飛ばしていくよ。あの、ガード下にあるドイツのビヤホールみたいな店、名前、なんだっけ？」

「ファルケ」

「ああ、何度行っても覚えられないんだ。あそこ、個室があったよな？」

「俺が予約しておくよ。三十分後で大丈夫か？」

「二十分で」

平河町ですぐにタクシーが摑まるだろうか。しかし高峰は妙に焦っている様子だから、余計なことを言って怒らせる必要はないだろう。

「だったら二十分後に」電話を切り、海老沢は公安一課の自席を離れた。高峰から話を聞いたら、ここへ戻って来ないといけないだろう。今朝、葉子と相談して、監視の人員を増やすべきだという結論に至り、公安部長に談判して新たに三人を振り分けてもらったのだ。今は葉子を含めて四人が白田と室屋の監視に入っている。後で報告があるはずだが、それを受ける時にビヤホールにいるのはまずい。

まあ、いい。どうせ夕飯は食べなくてはいけないのだから、高峰に奢らせよう。一食分浮くと考えると、気楽になった。

高峰は自分より店から遠い平河町にいたのに、先着して個室に入っている。個室というか窪みのような場所で、ドアはないものの、他の客の目には触れないので内密の話もしやすい。二人でここに来る時には、この場所を使うことが多かった。今日は木曜日……金曜になるとだいたい満員で、個室が取れないことも多いのだが。

「取り敢えず、ビールを頼もう。ただし、生じゃなくて瓶だ」高峰がせかせかした口調で切り出した。

「せっかくこの店に来たのに？」ドイツのビヤホールを再現しているというのが売りの店で、生ビールが美味いのに。

「酔っ払いたくないんだ」

「まあ……俺もまだ仕事があるから、いいけど」本当は、生ビールをぐっとやりたかった。冷えこむ一月とはいえ、店内は暖房が強く効いており、喉を凍らせる生ビールの感触を思い出すと嬉しくなるのだが……結局二人とも、オランダのアムステルを瓶で頼んだ。生ビールが売りの店なのに、世界各地の瓶ビールも取り揃えており、二人であれこれ試した結果、これが一番美味いという結論に達していた。グラスはついてこないので、瓶から直に呑むのも豪快でいい。

一口呑むと、すっと緊張が抜けていく。

「特捜が一件解決したからって、俺と祝杯をあげる必要はねえだろう。仲間内でやればいいじゃねえか」

「それは後だ……今日は別の用事なんだ」

「まだ何かあるのか」先日も高峰に頼まれ、人を紹介したばかりである。友だちだからいいが、「捜査一課の人間に頼まれた」と考えると、少し嫌な気分になる。

「そっちにも関係してくることだ。この前話した安岡の件だけど」

「ああ、森村さんに話を聴いたか？　面倒なおっさんだっただろう」

「そんなこともない――森村さんの話では、安岡が青軍の人間だったかどうか、はっきりしない。森村さんは確信していたそうだけど、当時の公安一課の人間は賛同しなかったそうだね」

「よくある話だよ」

海老沢はぐっとビールを呑んだ。塩気のあるつまみが欲しいな、と思っていたところへ、ソーセージの盛り合わせとフライドポテトが到着する。高峰は腹が減っていたのか、ソーセージをガツガツと食べ始めた。

「若者じゃないんだから」海老沢は思わず笑ってしまった。

「今日は忙しかったんだ」

高峰にソーセージを全部食べられてしまいそうだったので、海老沢も慌ててフォークを突き刺した。ここはビールだけでなく料理も美味い。特にソーセージは絶品だ。ランチはソーセージの盛り合わせにザワークラウトとマッシュポテト、それにライスがついてくるだけなのだが、肉をたっぷり食ったと実感できる組み合わせだ。

「後でシュニッツェルも頼んでいいか？」ソーセージを飲み下して高峰が言った。

「いいけど、肉ばかり食べ過ぎじゃないのか」

「これが夕飯だから、ちゃんと食べておきたいんだ」

　ソーセージの後に子牛肉のカツレツはかなりヘビーだが……高峰の飯だ。自分の胃に入るわけではないからいいだろう。

「それより、早く用件を話せよ」

「政友党の重鎮に会ってきた」

「政治家か？」

「いや、職員だ。でも政友党がまだ民主連合だった頃からずっと勤めている人で、安岡のこともよく知っている。その人が、安岡は青軍の人間だったと証言した」

「本当か？」海老沢は思わず座り直した。

「その人も、六〇年安保の時に逮捕されている筋金入りなんだよ。当然昔は、極左の連中ともつながりがあったはずだ。安岡について、青軍のメンバーじゃないかっていう噂があったんで、個人的に調べて確信したそうだ」

「その事実を呑みこんで、今まで普通に仕事していたのか？　けしからん話だな」

「しかし、公安一課は安岡を青軍だと認定していなかった。指名手配されていたわけでもない。つまり、警察的には『白』だろう？」

「まあな……」

「しかし、警察が完全に事情を解き明かせるとは限らない。極左捜査なんて、そんなものじゃないか？」

「知ったようなこと言うなよ」いかに高峰とは言え、捜査一課の人間に馬鹿にされるとむっとする。「公安の捜査がお前に分かるわけねえだろう」

「暴力団の捜査だって同じようなものじゃないか。団員かそうじゃないか、協力者なのかどうか……監視の網から逃れる人間もいるだろうし、認定が難しいケースもある」

「そりゃそうだが」

「警察よりも、政党関係者の方が、そういうことを調べられるかもしれない。警察に対しては用心して口を開かない人も、政党関係者には喋る可能性もある」

「その重鎮とやらも、実はまだ極左に関わってたりしてな。七〇年安保はある意味ファッションだったけど、六〇年安保で逮捕された経験がある人は、間違いなく筋金入りだろう。民主連合にいたってことも、その証拠じゃねえか？　昔の民主連合には、極左崩れの人間がよく流れこんでたそうだ」

「分かるよ。その人を捜査すべきだとは言わないけど、安岡が青軍だったとすると、その件は気にならないか？」

「まあな……」情報としては重大な感じもするが、まだ海老沢の中では消化しきれない——ピンとこない。

「公安としてはどう思う？　ちょうど今、青軍の事件をやってるじゃないか」

「その中でも、安岡なんて名前は出てこねえんだよ」

「そうか……」

「仮に安岡が青軍のメンバーだったとしてよ」海老沢はもう一口ビールを呑んだ。「それが今回の事件に関係していると思うか？」

「三十年前、青軍は大事件を起こしている。内輪でもいろいろ問題があったんじゃないか？　その時の軋轢《あつれき》が、三十年経って噴出したとか」高峰が食い下がる。

「いや、さすがにそれはどうかな」海老沢はやんわりと否定した。「内部でトラブルがあったとは考えにくい」

「何が起きるか分からないのが事件なんだが」

「それは捜査一課的な考えじゃねえのか」海老沢はやんわりと否定した。「当時の極左の連中の大部分も、本気で革命が起きるなんて考えてもいなかったんだよ。さっきも言ったけど、学生運動なんて一種のファッション、サークル活動だ。だからほとんどの人間が、さっさと髪の毛を切ってスーツを着て、就職した。よほどやばいことをしてねえ限りは、昔のことなんてさっさと忘れるよ」

「何だか気に食わない」

高峰がフライドポテトにべったりとマヨネーズをつけて口に運ぶ。マヨネーズで食べるのがドイツ流かどうかは知らないが、あれはあれで確かに美味い。しかし高峰のように自棄食いしていては、味など分からないだろう。高峰が乱暴にビールを呑んで、挑みかかるような口調で言った。

「学生運動なんかやっていたら、人に恨みを買うこともあるだろう。裏切ったとか、裏切られたとか……そういう中で、消せない恨みを抱くこともあるんじゃないかな」

「今は何とも言えねえな」

「調べる気はないか？」

「捜査一課の手伝いをするつもりはねえよ」

「青軍の実態を把握する役に立つんじゃないか」

「どうかね」海老沢は首を捻った。三十年前も、青軍のメンバー全員を把握できていたわけではない。実態を掌握する前にあの事件が起き、何人ものメンバーが逮捕されて、組織は崩壊した。そうなってしまったら、メンバーの名簿を作る意味などなくなってしまうのだ。

「青軍の実態調査は、意味はないわけか」

「そうは言わねえが、安岡という人間が重要人物かどうかは分からねえ」

「それを調べるのも公安一課の仕事じゃないか」

「そうかもしれねえが、それを捜査一課に指図されるのは気に食わねえんだよ」

「気に食わないとか気に入るとか、そういう問題じゃないだろう」高峰の目が鋭くなる。「必要な捜査ならやる、というだけの話じゃないのか」

「必要かどうかの判断もできねえってことだよ。お前が言ってる情報は、不確かだ。そんな情報をベースに、人手を割いて調べるわけにはいかねえ」

「公安っていうのは、本当に教条主義だな」高峰が鼻を鳴らす。

「こういうのは、教条主義って言わねえんじゃねえか？　俺たちは合理的に捜査してるだけだ」実際は人手の問題もある。捜査一課と違って、公安一課は「疑わしいから」「何かあるかもしれないから」という理由だけでは動けなくなってしまっている。ましてや今は、岩井の件で「本筋」の捜査が忙しい。

「要するに、ちょっと手を貸してくれる余裕もないわけだ」

「こっちにも仕事はあるんでね」

「公安の仕事にかかわってくるかもしれない情報なんだぞ」

「今のところ、俺にはそうは思えねえ」

「分かった。だったらこっちで勝手にやる」高峰が叩きつけるようにビール瓶をテーブルに置き、立ち上がった。

「おい――」

「公安が何かしてくれると期待した僕が間違っていた」憤然と言って、高峰が海老沢を見下ろす。

「よせよ。子どもじゃねえんだから」海老沢は苦笑したが、それがまた高峰の神経に障ったようだ。

「後はこっちで勝手にやらせてもらう。安岡と青軍の関係がはっきりしても、君には情報を提供しない」

高峰はさっさと店を出て行ってしまった。おいおい――一食浮くかと思ったら、こっちが払うことになっちまったか……高峰はあまりにも感情的になり過ぎている。あいつはあくまで捜査一課の人間で、公安的な考え方ができるわけもない。仮に安岡が青軍のメンバーだったとしても、そこから殺人事件に結びつけて考えるのは無理がある。公安としては、ある人間を極左ではないかと疑った場合、徹底して行動を監視し、まずその情報を確定する。しかしその後は、何かが起きるまでじっと待つのだ。ただ極左のメンバーだというだけで、逮捕するわけにはいかない。上手くリクルートして、公安のスパイとして使うこともできるわけだし……しかし高峰は、極左のメンバー、イコール問題人物だと見なしている。それはあまりにも極端な思い込みだ。

とはいえ、妙に気になる。高峰の刑事としての勘は確かだ。

真面目に調べるとすれば、やはり公安の仕事だ。そして今、青軍の元メンバーが何人も、公安の手中にある。


本部へ戻り、海老沢は会議室へ顔を出した。水戸は電話中――海老沢に気づくと、さっと手を上げて「待ってください」と無言で合図した。ビールを呑んだことがばれなければいいのだが、と掌に息を吐きかけて匂いを嗅いだが、自分の息の匂いは自分では分かりにくい。

水戸が電話を終えたので、椅子を引いて彼の前に座る。酒臭いかもしれないと心配になって少し距離を置いたが、彼はまったく気にしていないようだった。

「元メンバーの取り調べの方はどうだ？」

「もちろん、一筋縄ではいきませんよ。基本的に全員黙秘ですけど、田代杏子だけは喋る可能性がありますね」

「可能性があるなら、重点的に攻めろ。家族構成はどうなってるんだっけ？」

「一緒に商売をやってる旦那と、子どもが二人。子どもは二人とも独立して、もう家を出てます」

「旦那は、極左と関係あるのか？」

「今のところの調べでは、ないですね」水戸が手帳を広げる。「養子なんですけど、元々競輪選手だったらしいですよ」

「競輪選手？　そいつは珍しい」

「怪我で若い頃に引退して、その後に結婚したそうです」

「旦那をきつく揺さぶってみろ。何か証言が出てくれば、それをぶつければいい」

「もう、揺さぶり始めてます……それより管理官、いいんですか？　何か別件では……」

「その件で、ちょいと話があるんだ」

「何ですか」水戸が身構えた。

「実は、安岡孝雄という人間の名前が上がってる」

「それって、先月殺された元代議士秘書じゃないですか」水戸の眉毛がくっと上がる。

「お、さすがだな」海老沢がニヤリと笑うと、水戸の硬い表情も少しだけ崩れた。

「代議士秘書の経験者が殺される――珍しいケースだから覚えていただけですよ」

「こいつが、青軍のメンバーだったという情報があるんだ」

「極左が代議士秘書に？　そんなこと、あるんですかね」水戸が疑わし気に訊ねる。

　海老沢は高峰の名前を出さないように気をつけながら、分かっている情報を話した。水戸は途中から、手帳にメモを取り始める。海老沢の説明が途切れると顔を上げ、素早くうなずいた。

「政党内部の人間が調べて『黒』の判断が出てるとなったら、かなり怪しいですね」

「逮捕した連中にぶつけてみろ。それで何か反応が出てきたら、当たりかもしれねえ」

「だからと言って、こっちにメリットはないかもしれませんよ」水戸が厳しく指摘する。「何しろ安岡は死んでるわけだし。当時の爆破事件に関与していると分かっても、責任は問えません」

「それはそうだけど、気になるだろう？」

「……一応、調べさせますけど、管理官、もしかしたらこれが特命なんですか」

「いや、違う」

「だったら――」

「言えねえこともある。そいつは分かってくれ」

　海老沢は返事を待たずに立ち上がった。単に高峰を利するだけになるのだろうか？　いや……何かが引っかかっている。それが何なのかは分からないが。

　公安一課の自席に戻った瞬間、葉子から電話が入った。

「白田ですが、今日も石上さんと会っています」低い声で葉子が告げる。背後で、車が行き来する音が聞こえた。

「場所は？」

「白田の自宅近くです。石上さんは、今日は室屋さんたちとは会っていません。今のところは、ですが」

「会合の内容は……そこまでは分からねえか」

「重要ではないと思います。公園で二十分ほど立ち話をしただけですから」

「君は今、石上の自宅近くにいるんだな？」

「はい」

「分かった――ご苦労様。取り敢えず今日は引き上げてくれ。それで明日は、朝八時に別室に集合だ」公安一課が密かに借りている新橋の部屋を、当面の作戦本部にすることになった。

「了解です」

電話を切り、もう一組の尾行グループからの報告を待つ。それをまとめて公安部長に伝えたら、今日の仕事は終わりだ。

しかし……区切りのない仕事だ。原因の一つは、白田という人間に対する引っかかりである。白田は革連協副議長という要職にあるが、元々の立ち上げメンバーだったわけではない。様々なセクトを渡り歩いて、七〇年代半ばに革連協に参加していた。問題はそれ以前……青軍に関係があると噂されていたことがある。正式なデータではなく、公安の中にそういう「見方」があったということだが、今回、三十年ぶりに青軍と白田の関係が浮上してきたことになる。岩井、白田、そして殺された安岡。安岡に関しては確証がまったくなかったし、白田も正式なメンバーでなく「シンパ」という見方だったが、それでも気になる。

この辺は、詰めていかねばならないだろう。しかしどうやって？　極左の人間関係は複雑に入り組んでおり、簡単に解き明かすことはできそうにない。しかも今回の件の根っこは、三十年も昔に遡《さかのぼ》るのだ。

自分が刑事になる前に起きた事件——実感するのは極めて難しい。

3

翌日、海老沢は、新橋に借りている公安別室に入った。今日からここが、今回の特命の捜査本部になる。しばらく使われておらず、冷えこんでしんとしていた。エアコンを入れて部屋を暖める。海老沢は公安刑事としてのキャリアの中で、こういう部屋で何度も仕事をしてきた。監視用に、アジトに近い部屋を借りて二十四時間交代で詰めていたこともあるし、本部の中で他の係に動きを知られたくないために別室を利用していたこともある。かつてはあちこちにそういう部屋があったのだが、今はどんどん契約を打ち切っている。予算縮小のためだが、それはそのまま公安警察の衰退を象徴するようなものだった。

　ほどなく、今回の特命捜査に参加する四人の刑事がやって来た。一番若い西森《にしもり》という刑事が、慌ててお茶の用意を始める。とはいえ、この部屋もしばらく使っていなかったから、冷蔵庫に保管してある茶葉もすっかり湿気《しけ》ているのではないだろうか。

「私はいいから」葉子が淡々と言った。見ると、スターバックスのカップを持ってきている。ここ数年、街中でスターバックスのカップを持って歩いている人が目立つようになった。しばらく前、久々に娘の珠代と街を歩いた時に、ねだられて店に入ったことがあるのだが、どうにも落ち着かなかった。店内はいかにも若者向けの洒落たインテリアで、実際に客は若者ばかりで居心地が悪かった。注文のシステムもよく分からなかったので珠代に任せてしまった……店内に座れず持ち帰りにしたのだが、歩きながら飲むのにどうにも馴染めなかった。味は悪くない――深みがあって美味いコーヒーだったが、どうにも楽しめない。元々海老沢は、立ち食い・歩き食いが苦手なのだ。その原因は、マクドナルドである。高校のサッカー部の仲間と一緒に、銀座《ぎんざ》に開店したばかりのマクドナルドの日本第一号店を訪れ、ぎゅう詰めの客に混じってハンバーガーを買った。人が密集した歩行者天国でハンバーガーを食べながら歩くのは一苦労……結局海老沢は、他の歩行者とぶつかってハンバーガーを落としてしまい、三分の一も食べられなかった。大袈裟かもしれないが、あれがトラウマになって歩き食いが苦手になったのだ。

全員にお茶——葉子はコーヒー——が行き渡ったところで、海老沢は情報のすり合わせを始めた。今のところ監視対象になっているのは係長の室屋と石上、白田の三人。石上の動きはいかにも怪しいが、白田とどういう関係なのか探り出すのは、相当難しいだろう。仮に石上に話を聴いても、「通常の捜査」と言い切るはずだ。ただしそこには、重大な職務違反がある。石上の担当は革連協ではなく、しかも現在は岩井事件の捜査に当たっているのだから。そこから勝手に外れて白田と接触していたら大問題になる。ただしそこでも、石上には逃げ道がある。「岩井事件の捜査を進める中で、たまたま白田に行き当たって事情聴取をしていた」と言い抜けようとするだろう。もちろん実際には、そういうことはあり得ない。白田は、室屋たちが借りている部屋に入っていったのだから。通常のスパイだったら、公安の秘密の部屋に入ったりはしない。刑事と会う時には、細心の注意を払うものだ。

「香川、例の部屋の方は？」海老沢は葉子に話を振った。

「室屋係長が個人名で借りています」

「金の出どころは……機密費だろうな」係単位で自由に使える機密費も用意されている。ただし、係の自由裁量の範囲は限られているから、池袋のビルに入っている部屋を何ヵ月も借りられるわけがない。「いつから借りてる？」

「先月です」

「かなり金がかかってるな？」

「そうだと思われます」葉子の声には揺れがなく、淡々としていた。「もう少し詳しく調べますか？」

「今はどの程度分かってるんだ？」

「部屋の情報はある程度……二十三平米で、家賃は月八万円です」

「池袋のあの辺に、そんなに安い貸物件があるのか？」海老沢は目を見開いた。

「建物が築四十年なんです。相当ボロボロになっているのは、管理官もご覧になったと思いますが」

「それは間違いねえな」海老沢はうなずいた。月額家賃八万円なら、係の機密費でしばらくは借りておけるだろう。いったい何をやろうとしているのかは分からないが。

「厳密に監視するなら、もっと人手が必要ですが」葉子が指摘した。

「今のところ、それは必要ねえ」

「だったら……白田にアプローチしますか？　少し時間をいただければ、何か探り出せると思います」

　彼女は否定していたが、本当はハニートラップを使うのだろうか？　しかしそれには、かなりの時間がかかるだろう。公安部長からは「それほど時間はない」と厳しく言い渡されている。

「今のところ、そいつはやめておこう。取り敢えず今日は、池袋のアジトの監視を始める。二組交代で、夜まで続けてくれ」

　四人が無言でうなずく。この静けさは公安独特だと思う。捜査一課の場合、上の人間が指示を飛ばした途端に、試合前のスポーツ選手のように「おう」と声が揃うというのだが……捜査一課は体育会系、公安一課は文化系という感じかもしれない。

　海老沢は監視の割り振りを指示した。昼間の監視を命じられた二人がすぐに出て行く。残った葉子と西森には、白田の身辺調査を命じた。

「白田って奴は、青軍の周辺にいたという情報があるんだ。一種のシンパとして」

「聞いてます」葉子がうなずく。

「その辺、調べられねえかな」水戸に指示を飛ばし、逮捕した青軍の元メンバーに話を聴く手もある。しかし今回の件はあくまで特命でやっているので、あまり水戸に秘密を明かすわけにもいかない。

「そうですね……」葉子が顎に手を当てた。「青軍の元メンバーの居場所は把握しているんですか」

「分かる範囲でな」居場所が判明している人間の調べは進み、そのうち三人を既に逮捕している。他の元メンバーも戦々恐々ではないだろうか。かつての仲間が逮捕されれば、自分にも手が伸びる——と悪い想像をしているに違いない。「会えそうな奴に会ってみるか？　東京近郊に三人ぐらいいるんだ」

「そうですね」葉子がうなずく。

　海老沢は手帳を広げて、情報を確認した。都内、それに神奈川県と埼玉県に一人ずつ、青軍の元メンバーがいる。

「都内に、今野《こんの》民生《たみお》という人間がいる。こいつは爆破事件では逮捕されていない。事件の直前に抜けて、今は弁護士をやってる。ただし今も、極左のシンパではある。革連協の連中が逮捕された時に、よく弁護を引き受けているよ」説明しているうちに、嫌な気分になってきた。平成元年に起きた事件で、海老沢は長年Sとして使ってきた弁護士——大学時代からの友人でもあった——の罪を問うた。単なるSだったら心も痛まないのだが、友人を逮捕したことが割り切れず、今でも複雑な気分である。

「はい」

「そいつに当たってくれ。相手は弁護士だから面倒かもしれねえが、そこは上手くやってくれよ」

「分かりました」

「俺はちょいと埼玉まで行ってくる。爆破事件で逮捕された人間が一人、いるんだ」

「では……」

「もう一人、神奈川にいる人間の情報も伝えておく。弁護士の方の事情聴取が早く終わるか、あるいは拒絶されたらそっちに回ってくれ」

二人に必要なデータを伝え、朝の打ち合わせは終了。海老沢は早速埼玉へ向かった。上福岡——山手線で池袋まで出て東武《とうぶ》東上《とうじょう》線に乗り換え。結構時間がかかる。

上福岡駅に着くと、西口に出て、看板になっている地図で行き先を確認する。上福岡も、駅前はいかにも小綺麗な私鉄沿線の街という感じなのだが、海老沢が目指しているのは駅からかなり離れた田園地帯である。歩いたら三十分ぐらいかかりそうなので、タクシーを使う。

ふと、別の看板に気づく。「合併促進　ふじみ野市誕生へ」。そうか、ここでも市町村合併の動きがあるのか……九〇年代半ばから地方自治体合併の動きが盛んになり、去年には与党三党によって「合併後の自治体数を全国で千を目標にする」との方針が示された。東京でもその動きはあり、今月には田無《たなし》市と保谷《ほうや》市が合併して「西東京市」が誕生する予定である。こういうのもどうかな、と少しばかり侘しく思う。長年馴染んだ自治体の名が消えてしまうことに嫌悪感を抱く人もいるだろうし、海老沢たちにも影響は出そうだ。警察官の仕事の九割は書類を作ることと言われており、その中でも地名の表記は必ず出てくる。事件現場、関係者の住所——しばらくは「ここはどこなんだ?」と調べる日々が続くかもしれない。

タクシーに行き先を指示してから、長い歳月を思う。三十年は長い。生まれたばかりの子どもが就職・結婚して子どもを持つようになるぐらいなのだ。多くのことは風化して、人々の記憶から抜け落ちてしまうだろう。しかし公安の情報収集は徹底しており、一度マークした人間に関しては、新しく情報が分かればかならずつけ加える。青軍に関しては、公安の事件史上に残る爆破事件を起こしたセクトということで、逮捕・服役した者に限らず、追跡調査をしていた。相手が五十歳を過ぎてまでそんなことをする意味があるとは思えなかったが……それは多くの公安の刑事が抱いている疑念だと思うが、慣例として行われているのだ。最近はそれが「仕事を減らさないための方便」ではないかと海老沢は考え始めている。上の人間はいろいろと心配しなければならないことが多いが、その中でも「予算と人をどう確保するか」が一番大きな問題だ。役人というのは、去年より予算が減らされることを極端に恐れているし、人員が削減されるのはとんでもない恥だと思っている。「お前のところの部署はいらない」と言われているようなものだからだ。とはいえ、公安は予算も人も確実に減らされている。戦後の警察業務の中核を担ってきた公安一課の最後の大仕事がオウム真理教事件になるかもしれないと思うと、海老沢は複雑な気分になる。しかもあれは極左ではなく、反社会的宗教団体だった。勝手が違う捜査に、毎日悩まされたのを思い出す。

目指す場所まで、車で十分ほどかかった。少し走るとすぐに田園風景が広がり、ここが東京のすぐ近くなのだということが信じられなくなってくる。タクシーが停まった。目の前には立派な和風の住宅、そして「いけざわ農園」の看板。家は長年の風雪に耐えてきた貫禄があるが、看板そのものは新しく、字体もポップで何となく浮いて見える。

　家を訪ねる。インタフォンを鳴らしても返事がない……この時間だと、家族は畑に出ているのだろうか。「いけざわ農園」はたぶん、この家の裏手に広がっているはずだから、そちらに行って探してみようかと思った瞬間、インタフォンから「はい」と慌てた声の返事があった。海老沢は「池澤」という表札を見ながら声をかけた。

「池澤《いけざわ》孝治《こうじ》さんのお宅ですね？」

「そうですが」急に警戒するような声になる。

「警視庁の海老沢と申します」

　沈黙。彼はかつて、こういう形――予想外で警察の訪問を受けたはずだ。東京・早稲田《わせだ》の風呂なしの小さなアパートで……そこから彼の人生は暗転した。

「池澤さん、ちょっと話を聴かせて下さい」インタフォンの前で屈みこんだまま、海老沢は頼みこんだ。「あなた個人のことではありません。ちょっとした昔話です。時間はかかりません」

「……ちょっと待って下さい」

　しばらくしてドアが開く。隙間から見た限り、その先が土間になっていることが分かった。東京ではほとんど見ることができない、昔ながらの農家である。池澤は、実年齢――五十二歳よりもずっと老けて見えた。よく陽に焼けていて顔には皺が刻まれ、髪はまばらになっている。長年太陽の下で体を酷使し続けてきたせいだろう。ジャージの上下という、いかにも作業途中のスタイルで、首にはタオルをかけていた。

「ええと……外でいいかな」池澤は遠慮がちに言った。家の中には家族がいるのだろう。当然、やり取りは聞かれたくないに違いない。

「どこでも構いませんよ」

「だったらこっちへ」

池澤が外へ出て、静かに玄関の引き戸を閉めた。そのまま庭を歩いて、家の裏手に回って行く。すぐ裏は土の道路で、その向こうにはビニールハウスが並んでいた。あの中で作業をするならジャージ一枚――いや、Tシャツでも十分だろう。

中に入ると、甘い香りが鼻をくすぐった。

「イチゴですか」海老沢は思わず訊ねた。

「いろいろと」池澤はまだ警戒心を解いていない。

「今日は、あなたのことではありません」海老沢は繰り返した。「あなたに関しては、警察は何も言うことはないです。刑期を務め終えて、社会復帰しているんだから」

「しかし俺の住所は把握していた。マークされてるんでしょう？」

海老沢は何も言わなかった。彼が指摘する通りなのだが、ここで公安の方針や手の内を明かす必要はない。海老沢の顔を眺めていた池澤が、溜息を漏らした。

「警察がいつまでも諦めてないのは知ってますよ。ただし、俺なんか追いかけていて、何になるんだか。こういうの、いつまで続けるんですか」

「あなたには何の嫌疑もかかっていない。あなた個人の情報を聴くつもりもありません。教えて欲しいのは、白田という人間についてです。白田英治」

その名前を聞いて、池澤がびくりと身を震わせた。覚えている、と確信する。

「白田英治という人は、今でも革連協で活動しています」

「そんな、過激派の話をされても困る。今の俺には何の関係もない」

「それは分かっています」今は先祖代々の土地を継いで、地元に根ざした農家として真面目に働いているのだ。極左と完全に縁が切れていることは分かっている。そういう意味では、もう監視網からは外してもいいのだが……。「白田英治という人は、三十年前――あの事件の前後に、青軍にいませんでしたか」

「いない」池澤が即座に断言した。「白田はメンバーではなかった」

「しかしあなたは――あなたたちは顔見知りだ」

「顔は知っていた」池澤が認めた。否定し続けてボロが出るよりは……と考えたのだろう。「話をしたこともある」

「シンパ、ということでしょうか」

「白田は運が悪い男だった。あちこちのセクトに参加していたんだが、組織が解散したり、意見が合わずに追い出されたりして、あの頃はどこの組織にも所属していなかったはずだ。しかし学生運動は続けたい――居場所を探していたんだろう」

「それで青軍に？」

「何度か勉強会に来たことはある」

　勉強会と言えるようなものではなかったはず――青軍は、極左が最も大事にする理論闘争をしていなかった。ただ、集まった連中が自棄になって爆破事件に走った。いや、爆破事件を起こすために集まった連中が青軍を名乗るようになっただけの話である。池澤も当然そんなことは分かっているはずだが、海老沢は敢えて訂正しなかった。これまでのところは話してくれているから、ペースを乱す必要はない。

「しかし、正式なメンバーにはならなかったんですね？　当時、もう爆破事件の計画は出ていたのでは？」

池澤が海老沢を睨んだ。結局またそこへ話がいくのか、と疑っているのだろう。

「単なる確認です。白田は、その計画には噛んでいなかったんですね」

「ああ。それはあんたたちの方がよく知っているでしょう」

「簡単に逃したんですね」

「逃した、とは？」

「一度中に入ってきた者は確実に取りこもうとするのが、あなたたちのやり方だ」

「当時は、出入りは激しかったよ。学生運動に積極的に関わろうとする人間は多かったから、人手は十分だった。今は人がいなくて大変だろうが――いや、それは新聞で読んだ話だけど」言い訳するように池澤が言った。

「分かってます。今のあなたは、昔の仲間とも今の極左の連中とも関係ない」

「我々はヤクザでも新興宗教でもなかった。一度や二度、勉強会に参加しただけの人間を強制的に加入させるようなことはしなかった。全て自由意志です」

「白田はその後、革連協に参加して、今や幹部――副議長です」

「居場所を見つけたわけか」池澤が皮肉っぽく言った。「その居場所が正しいかどうかは分からないが」

「あなたのように真っ当に働いている人に比べれば、厳しい人生を送っているでしょうね……白田というのは、どんな人物でしたか？」

「古い話だ。よく覚えてないね」

「そう仰らずに」海老沢は下手に出た。

池澤が煙草をくわえ、火を点けた。ビニールハウスの中で煙草を吸って大丈夫なのだろうかと心配になったが、池澤は平然とした様子で煙草を吸い続ける。何とか気持ちが落ち着いたようで、静かな声で話し出した。

「あの頃にはよくいたタイプだよ。自分たちの力で社会を変えられると信じていた。でもその自信は揺らぎつつあった——連合赤軍のせいだけどな」

連合赤軍は、一九七一年から七二年にかけて山岳ベース事件、あさま山荘事件などを起こし、仲間内の壮絶なリンチ殺人事件で世間を震撼させた。六〇年代、学生運動に対しては同情的な見方をする知識人もいたし、世間の風潮も「学生が頑張っている」という感じが少なからずあった。しかしあまりにも残虐な連合赤軍の事件で、そういう感覚は一気に消え失せ、極左＝危ない団体という認識が世間には染みついた。青軍による企業爆破事件はその直前だが、実際には学生の方は六〇年代末には燃え尽きていたとも言われている。実際、東大の安田講堂事件での挫折で、多くの学生が運動から離れた。あれだけ必死になっても、結局は権力を揺るがすことはできなかった——という諦めからと言われている。

「それでも、何とか革命を起こせると信じていた連中は少なくなかった。白田もその一人でしょう」

「しかし青軍には参加しなかった」

「白田はあくまで、大衆行動で何かを変えられると信じていた。でもそれは、青軍の方針とは合わなかった——もういいかな？　困るんだよ。俺にも仕事も世間体もあるんでね」

「ご迷惑をおかけしているのは申し訳ないんですが……白田とは、その後まったく接触していないんですか？」

「俺は、な」池澤が皮肉っぽく言った。「逮捕されたから、会えるわけがなかった」

「岩井についてはどう思います？」

「俺は何も関係ないよ。岩井を逃したのは、逮捕を免れた連中だろう。俺らは留置場の中にいたから、何もできなかった。その後も何も聞いてない」

「自分たちは逮捕されて、岩井は逃亡した——複雑な気持ちじゃなかったですか？」

「昔の話だよ。終わったことだ」

「青軍は、革命の成就を信じていて、メンバーが逮捕された後も、中心人物だった岩井を逃した——ほとぼりが醒めた頃に岩井が帰ってくれば、また革命運動を始めることができる。当時は、そう供述した人もいましたね」

「俺は岩井の逃亡にはかかわっていないから、何とも言えない。もう関係ないんだ」

「岩井が、二十年も前に日本に戻って来ていたことは知っていたんですか？」海老沢は食い下がった。

「まさか。二十年前は、俺はまだ刑務所の中だった」

「今、どう思います？　逃げていた岩井、そしてそれを助けていた他の仲間——」

「何とも思わない」池澤が断じた。「俺にはもう関係ない世界なんだ。昔の仲間と会うこともないし、畑の面倒を見るだけで精一杯なものでね。あんたはどう見てるか知らんけど、農業ってのは気が抜けない仕事なんだ」

「それは分かりますよ。生き物が相手ですからね」

「それにもう、俺も老後を考えないといけない年齢だ」

「それにはまだ早いと思いますが」

話が愚痴に流れてきた。結局手がかりなしか——しかしそこで海老沢は、ふと父に言われたことを思い出した。

「岩井は本当に、青軍のリーダーだったんですか？」

「計画を立てて実行したのはあいつだよ」

「本当は別のリーダーがいたんじゃないですか？　その人を逃すために、岩井はダミーになったという説があります」

池澤の口から煙草がぽとりと落ちた。しばらくはそれに気づきもしない様子だったが、足元から煙が立ち上がっているのを見て、ことさらゆっくり煙草を踏み潰す。

「あんた……何言ってるんだ」池澤の声は掠れていた。

「岩井が、本当のリーダーを隠すためのダミーだったという説は、当時からあったようです。実際、岩井をリーダー扱いにして、しかも逃亡させてしまえば、青軍の実態は分からなくなる。本当のリーダーが、青軍立て直しのために陰で動いていたとは考えられませんか」

「まさか、それが白田だというのか？　白田は革連協に合流したんだろう？　青軍とはまったく関係なくなったはずだ」

「しかし、青軍のメンバーとつながりはあったはずです。逮捕されなかった人とは接触できたでしょう」

「俺は逮捕されていた時期だ。何があったかは分からない」

「では、安岡という人物はどうですか？　安岡孝雄」

池澤がぽかりと口を開けた。まさか……これが当たりなのか？　だとしたら事件の様相は一変する。そもそも捜査一課が調べている一件を、公安一課が引き取ることになるのではないか？

それはまあ、今考えても仕方がない。どちらが担当するかには政治的な判断もあり、海老沢レベルの人間が口出しできることではないのだ。

「安岡孝雄。知ってますね」海老沢はさらに追いこんだ。無言になってしまったのを見て、知っているという前提で話を進める。「安岡孝雄さんは、政友党の春山代議士の秘書を長年務めていた人です。去年辞めて、選挙コンサルタントとして独立しましたが、先月、自宅近くで遺体で発見されました。殺されたんです」

池澤は依然として無言だった。しかし唇が震え始めており、今の情報に衝撃を受けていることが分かる。

「この事件、ご存じですか」

「――ああ」池澤が認めた。

「この安岡さんも、青軍と関係があったという情報があります」政治家――政党関係者の情報収集能力をみくびってはいけない。「このところ、青軍の関係者が二人も亡くなっているんですよ。一人は自殺。一人は殺された――何か関係あると思いませんか？」

「今何が起きているか、俺は知らない」

「では、昔の話ならどうです？」海老沢はさらに迫った。「三十年前、青軍の中はどうなっていたんですか？　私はそれを知りたい」

「そんなこと、今更知ってどうするんですか」

「青軍の物語は、まだ終わっていないんですよ」少し詩的な表現になってしまったと恥ずかしくなったが、海老沢はさらに続けた。「三十年経とうが、まだ謎は残っているんです。我々は、その謎を解かねばならない」

「俺の口からは言えない」

「あなたは事件の責任を取った。今は立派に一市民として生活されている。そしてあなたが払った税金で給料をもらっている以上、我々には謎を解く義務があるんです」

　正確にはそういうわけでもない。警察は都道府県単位で予算が組まれており、その予算は、当該都道府県の住民が納める税金で賄われているのだ。埼玉県民の池澤がどれだけ税金を納めようが、警視庁で仕事をする海老沢の給料には一切関係ない。

　しかし今の話は、池澤の気持ちを動かしたようだ。新しい煙草に火を点け、ゆっくりと吸いながらじっくり考えこむ。

　その後池澤の口から出てきた言葉は「真実」ではなかった。あくまで「推測」である。しかし当事者の口から出た推測は、時に真実よりも重くなることがある。

葉子は今野民生に会えたが、ほとんど話ができず散々だったという。それでも、池澤の証言は重い。新橋の別室で打ち合わせて、海老沢はこの情報を追及していくことにした。

「人間関係が複雑ですね」葉子が手帳にしきりにボールペンを走らせながら言った。「しかも話が古い」

「確かに三十年は大昔だけど、当事者にしてみればそんなに時間が流れた感覚はねえんだよ」海老沢も最近、ふとそういうことを考える。三十年前——自分は高校生だったが、当時のことははっきり覚えているのだ。主にサッカーの試合中の場面だが。「実際、今でも事態は動いている可能性が高い。叩きがいがあるぜ」

「分かりました」葉子がうなずく。「これから本番ということですね」

「ああ」話がどこへ転がっていくか分からないことだけが心配であった。

4

連休明け、高峰は仙台に入った刑事たちから報告を受けた。四人の刑事が週末を潰して必死に動き回った結果、安岡の足取りが少しずつ分かってきたのである。

安岡は、仙台のホテルの従業員と何度か会話を交わしていた。主に店の場所について……誰かと待ち合わせをしていたらしく、そこへの行き方を確認していたようだ。居酒屋が二回、喫茶店が一回。刑事たちはそれらの店でも聞き込みを行い、目撃証言を得た。安岡が誰かと話しこんでいたのを、店員たちが見ていたのである。特に十二月——先月は、同年輩の女性と喫茶店で長時間話しこんでいた。互いにコーヒーを二回お代わりするほど長居していたということで、店員の印象にも残っていたようである。

「話の内容は？」

「そこまでは……ただ、その女性とはかなり深刻な様子で話しこんでいたそうです」

「女性の身元が分かりそうな材料はないかな」

「申し訳ないです。そこまでは……」

「分かった」高峰は深呼吸した。「申し訳ないが、もう少し探りを入れてくれ。半年で三回宮城に行っているのは、かなり頻度が高いと思う。他にも接触した人がいたはずだ」

「分かりました。夕方、また報告します」

何とか足跡は辿れている。あとは具体的な情報が出てくればなんとか……そこで新たな情報が入ってきた。安岡の携帯電話の通話記録。固定電話に関しては、通話記録を求める捜査はこれまでもよくあった。しかし携帯電話はここ数年で急速に普及してきた通信・情報機器であり、通話記録などの情報提供に関して、まだ明確なルールは確立されていない。今回もようやく入手――安岡が殺されてから、既に三週間以上が経ってしまっている。早いうちに携帯電話会社と正式な話し合いを持って、情報提供のやり方をはっきりさせないと。

通話記録の分析をしていた刑事が、分かりやすく一覧表にまとめてくれた。安岡が自分の携帯電話を手に入れたのは、政友党を辞めてから。それから半年ほどで、頻繁に使用しているが、記録は日付順になっている。刑事は、かけた相手順に並べ替えてくれていた。自宅が一番多いが、他はさっぱり分からない。しかしその中で、一つだけ目を引いたものがあった。

「この、田代自転車店っていうところだが……聞き覚えないか？」宮下に確認する。

「いや、どうですかね」宮下が曖昧に答える。「聞いた記憶はないですけど」

「僕はどこかで聞いた……それがどこだったかが思い出せないんだ」高峰は頭を拳で小突いた。

「そういう時は検索ですよ」宮下がノートパソコンに向かった。「田代は、田んぼの田に代々木の代《よ》ですよね」

「ああ」

「出ました……なるほど、これなら管理官が覚えていてもおかしくないですね。逆に俺としては面目ないです」

「何だった？」

「ニュースになってましたよ。公安の岩井事件で逮捕された支援者の一人が、世田谷にある田代自転車店の経営者——」宮下が口を閉ざす。

「それは——」高峰は一瞬言葉を失った。「安岡が、青軍の元メンバーとつながっていた証拠になるんじゃないか？」

「そう断言するのは、どうでしょうか？　単に、自転車を買う相談をしていただけかもしれないし」

「目黒に住んでいる人間が、世田谷の自転車屋から自転車を買うか？」

宮下が黙りこみ、顎を撫でた。渋い表情でしばらくそうやっていたが、やがて「どうやって確認しますか？」と頼りない口調で言った。

「ちょっと聞いてみる」高峰は携帯を取り出した。しかし躊躇《ためら》う……海老沢とは先日喧嘩別れしたばかりなのだ。しかし今は、躊躇っている場合ではない。捜査が重要な局面を迎えるかもしれないのだ。

　意を決して電話しようとしたところで、長野に行っていた常田が戻って来た。

「すみません、遅くなりました」

　今、午前十時。朝イチで長野を出て戻って来たのだろう。部下の報告を聞くのが優先か……常田も重要な情報を摑んできたのだ。昨日――月曜日の夜に、宮下経由で簡単に報告を受けてはいたが、さらに詳しく聞いておかないといけない。高峰は「報告を頼む」と言って、宮下の横に腰を下ろした。二人の前に「休め」の姿勢で立った常田が手帳を開く。

「結論から申し上げます。安岡は、青軍に入っていたか、極めて近い立場であった可能性が非常に高いと思います」

「その報告は昨夜聞いた――詳しく話してくれ」高峰は急かした。

「はい」常田がうなずく。「家族はやはり、上京した後の安岡の様子をほとんど知りませんでした。要するに家族にとって、民主連合の職員になるまでの六年間は完全に空白の時間になっています。まったく帰省しなかったし、電話の一本もなかったと……念のために、昔の友人にまで広げて話を聴いてきました。その結果、安岡が学生運動に関わっていたという話を聞いていた人が何人も出てきたんです。総合的に判断して、安岡が青軍に参加していた可能性は極めて高いと思います」

「確実な決め手はあるか？」高峰は突っこんだ。

「絶対確実ということはないですが、青軍の爆破事件が起きた後に、安岡は密かに長野に帰っていました」

「ずっと帰省していなかった、という話じゃなかったのか？」

「訂正します」常田が真顔で言った。「実家には顔を出していませんでした。高校時代の親しい友人のところを訪ねて、しばらく泊めてくれ、と頼みこんでいたんです。怪我をしていたので、結局三日ほど家に置いておいたそうです。病院にも連れていって、治療費も立て替えて——ただし、四日目の朝に何も言わずにいなくなってしまって、失礼な人間だと激怒したそうです」

「そういう話、田舎だとあっという間に噂で広がりそうだけどな」高峰は指摘した。

「他の高校時代の友人には話したそうですが、家族には黙っていて欲しいと安岡から言われたので、それは守っていたそうです」

「裏切られたのに、律儀なことだ。家族に文句を言えばよかったのに。立て替えた治療費は？」

「数年後に安岡がまた突然やってきて、治療費を返すと言ってお金を置いていったそうです。既に安岡は、民主連合で働き始めていた時期でした」

就職して収入が安定したから、ずっと気になっていた借金を清算することにしたのだろうか。義理堅いとも言えるが……。

「その後、安岡との縁は切れているのか」

「金を返してもらった時に会ったのが最後だ、と言ってました。本人の記憶も定かではないですが、おおむね昭和五十五年頃です」

「分かった。この証言を報告書に落としておいてくれ」

「向こうで、もう報告書を作っておきましたから、すぐプリントアウトします」

ノートパソコンを持っていって、現地で報告書を作っていたわけだ……何泊かして出張費はかさんだが、いい捜査だったと思う。

「どう思う？」宮下に話を振る。

「ますます怪しいですね。結局、管理官の情報が正しかったことになりますが……この先は面倒です。公安とのやり取りが必要になりますよね」

「ああ。今ちょっと、確認してみる」

「話を聞ける相手がいるんですか？」

「そういう人間を何人か作っておくと、便利だぞ」とはいえ、海老沢が電話に出るかどうかは分からなかったが。

　無視される可能性もあると思ったが、海老沢は電話に出た。ただし「何だ」と切り出した声は素気ない。

「この前のことは謝る」高峰は先に下手に出た。

「別にいいけどよ……」海老沢はやはり不満そうだった。いつまでも謝罪を続けていても仕方ないので、すぐに本題に入る。

「実は、安岡と青軍との関係がはっきりしつつある。一つ、確認させて欲しいんだが、田代自転車店っていうのは、岩井を匿《かくま》っていて逮捕された人間が経営する店だよな？　田代杏子。この人が経営者なのか？」

「ああ。家業を継いだんだ」

「当時、逮捕はされた？」

「いや、爆破容疑での逮捕はない。あの事件以前に公務執行妨害で逮捕されていただけだ。うちは、青軍のメンバーとして摑んではいたけどな。それで、田代杏子がどうしたんだ？」

「安岡が携帯で連絡を取っていた相手の中に、田代自転車店がある。安岡がそこの客とは思えないんだけどな」

「待て。俺の方でも……いや、それはまだ言えねえ」

「何か摑んでるのか？」

「摑んだ。だけど、裏が取れてねえんだよ。安岡の話だけど」

「それだったら、分かっている範囲で聞かせてくれ。安岡に関しては、他にも情報があるんだ」

「何だ？」

「長野の田舎にいる友人に、自分が青軍にいたことを仄《ほの》めかしている。幻の六年間に、いろいろなセクトに入りこんでたんじゃないか？」

「そういうことはあり得る。自分に合う場所を探して、渡り鳥みたいに居所を変える人間がいるんだ」

「青軍の爆破事件の後に、田舎に戻って友人の家に身を寄せていた。怪我をしていたそうで、その友人が病院へ連れていって、治療費まで出してくれたそうだ」

「それは……怪しい話だな」

「長野で安岡の友人に事情聴取を続けて、青軍と関係ある可能性が高い、という結論に至っている。元青軍の人間が殺されたとなったら、そっちも興味を持つんじゃないか？」

「内ゲバだとでも？」

「本来の意味の内ゲバとは言えないかもしれないけど、当時の事情が何か関係しているかもしれない。ここは一つ、捜査一課と公安で協力して捜査に当たるべきじゃないか？」

「それは、俺の一存じゃできない。オウムの合同捜査だって、部長決裁で決まったことじゃねえか。最終的には総監が断を下した」

「分かってる。もちろんオウムに比べたら小さな事件だけど……」

「事件にでかいも小さいもねえよ。俺たちにすれば、極左の捜査の本道だ。しかし、俺は今動けねえんだ」

「別件か？」

「ああ、別件だ」

「それはどういう――」

「お前には教えられねえ」海老沢がぴしゃりと言った。「俺のことは忘れてくれ。取り敢えず、正式に話ができるようにお膳立てだけはしておく。お前も、上と話しておいてくれねえか」

「分かった」海老沢が当てにできないとなると、途端に不安になる。

「課長レベルの話し合いで済むことじゃねえかな。俺も公安一課長に話を通しておく。そっちも話をすれば、阿吽《あうん》の呼吸で何とかしてくれるんじゃねえか」

「こっちにとっては、殺人事件の捜査だ」

「分かってるよ。俺の感覚だと、正直、うちが引き取って捜査するほどの余裕はねえ」

「極左が被害者でも？　内ゲバだったらどうする」

「その時はその時で考えるさ」

「だけど、岩井の件は一段落しつつあるんじゃないか？」高峰は疑義を呈した。

「だから、別件なんだ」海老沢が苛《いら》ついた口調で言った。「俺はそっちにかかりきりで、岩井の方の捜査からは外れてる」

「そんなに大変なのか」

「ああ、大変になるかもしれない。世間的には関係ないかもしれないが」

それで高峰は、何となくピンときた。海老沢は内輪の不祥事を調べているのではないか——それだと確かに厄介だ。通常の事件捜査よりも手がかかる。シビアな問題であるのは間違いなく、そこに専念してしまったら、他の仕事ができないだろう。本来、警察職員の不祥事だったら監察が調べるのが普通なのだが、まずは内輪で情報を固めて、それから監察へ上げる手もある。そういうことをすると、監察の方では嫌な顔をするのだが。

海老沢との通話を終え、高峰はすぐに捜査一課長の大田原に電話を入れた。大田原はすぐに事情を呑みこんでくれた。

「そうか……大規模でなくても、公安と合同捜査になるな。その方が効率がいい」

「内ゲバだと分かったら、公安に持っていかれるかもしれませんが」

「もう、そういうことで縄張り争いをするような時代じゃないだろう」大田原がぴしりと言った。「無事に事件を解決するのが優先だ。それに、さすがに内ゲバの可能性は低いんじゃないか？　三十年も前に、一時的に籍を置いていた人間が、今になって内ゲバの被害に遭うか？」

「いえ……」高峰は低い声で否定した。「むしろ今の極左の話かもしれません。安岡が、岩井の逃亡を支援していた一派と接触していたのは間違いないですから」

「となると公安か——非公式なルートで情報のやり取りをしていたら埒が明かない。お前、そういうルートを持ってるんだろう？」

「ネタ元は話せませんが」

「まあ、いい」大田原が笑いながら言った。「俺の方で、然るべき人間と話しておく。合同捜査というか、共同捜査になるだろう。できれば今日中に話をつけてしまいたいな。お前も体を空けておけよ」

「分かりました」

オウム事件の時にも、公安とはぎくしゃくした。捜査一課はあくまで、発生した事件に対処して捜査する。一方公安は、組織としてのオウム真理教の実態を解き明かすことに重点を置いていた。極左の組織と同じような扱いだったわけである。当面の捜査に必要な情報を出し渋られ、何度衝突したことか……今回は、あの時のようにならなければいいのだが。

捜査は間違いなく、新たな局面に入る。ここで気合いを入れ直さないと、と高峰は自分に言い聞かせた。

第五章　過去から来た人間

1

夕方、捜査一課と合同の捜査会議が開かれることになり、海老沢は公安一課長の牧田から「お前も出るように」と指示を受けた。

「今、動けないんですが」新橋の別室で待機していた海老沢は反射的に拒絶した。課長と部長で指示が食い違ったら困る。

「特命の話は、部長から聞いてる。だけど今日は、特別に顔を出してくれ。岩井事件の責任者のお前がいないと、話が進まない」

「そっちは水戸に任せてますよ」

「それは分かってる。ただし何でも、初回の顔合わせは大事だろう」

「……だったら今日は顔を出しますが、後は勘弁して下さい」

「分かってる。部長にもそう言われている」

「何時からですか」

「六時。捜査一課の特捜本部がある目黒中央署に顔を出してくれ」

「うちからは、他に誰が？」

「水戸も行くし、俺も顔を出す」

「記者連中に顔を見られないようにして下さいよ」海老沢は本気で忠告した。公安一課長が同じタイミングで同じ所轄を訪れたとばれると、余計な詮索をされる。いや、大騒ぎになる可能性もある。

「心配するな。その辺は心得ている」

　電話を切り、思わず溜息をついた。自分自身が合同捜査にかかわることになるとは思ってもいなかった。仕事がないのは困るが、抱えこみ過ぎてもトラブルの原因になる。

「どうかしましたか？」葉子が怪訝そうな口調で訊ねる。

「監視の方、君たちに任せて大丈夫だな？」

「ええ、もちろんですけど……」

「俺は夕方、ちょっと別件の会議に出てくる。そんなに時間はかからないと思うが、何かあったらすぐに電話を入れてくれねえか」

「分かりました。お忙しいですね……お疲れ様です」

　これまでひたすら素気なく事務的に話していた葉子の口から労《ねぎら》いの言葉が出て、海老沢は軽く驚いた。もしかしたらこれが彼女の戦法なのか？　常に素気なく接しておいて、突然優しい言葉をかける。そうすると相手の気持ちがぐらついて、ずっと胸に秘めていた秘密をつい喋ってしまうとか——極左にそういうやり口が通用するとは思えないが。

公安一課長の牧田と捜査一課長の大田原が譲り合って、なかなか会議が始まらない。馬鹿馬鹿しい……会議室の隅で二人のやり取りを見ながら、海老沢はつい鼻を鳴らしてしまった。どっちが仕切るかなど、どうでもいい話ではないか。

結局、捜査一課長がこの場の音頭を取ることになったようだ。この合同捜査は捜査一課から持ちかけられたことであり、向こうが主導権を握るのは不自然ではない。

「捜査一課長の大田原です」立ち上がって丁寧に一礼する。「公安の皆さん、ご苦労様。今回はうちからのお願いで、情報の共有、さらには合同捜査に発展するかもしれないということで、集まってもらいました。問題になっているのは、この目黒中央署に特捜本部が置かれている事件——安岡孝雄殺しです。この安岡がかつて青軍のメンバーだった、そして自殺した元青軍メンバーの岩井を支援していた人間と今も関係している可能性があるというのが、今回の一件です。詳細は、捜査一課の高峰管理官から説明させていただきます」

海老沢は素知らぬ振りを装った。公安と捜査一課の刑事が友人同士でもおかしくはないが、情報のやり取りをしていたことがバレたら、厄介なことになる。表面上は単なる同期で顔見知りということにしておこうと、二人の間ではコンセンサスが取れていた。

高峰がやや緊張した面持ちで立ち上がり、報告を始めた。既に海老沢は知っている話ばかりだったが、公安の刑事たちの間に微妙に緊張した雰囲気が流れ出すのが分かる。これから事件の綱引きになるのでは、と心配になっているのだろう。オウム真理教事件の時もそうだったが、警察は「どこが仕切るのか」「どこが逮捕するのか」——すなわち「最後はどこの手柄になるのか」を異常に気にする。こういう縄張り意識は昔からまったく変わらない。

最初は口調が固かったものの、高峰の説明は澱《よど》みなかった。次第に、ざわついた雰囲気も静まってくる。これで取り敢えず、安岡という人間に関する情報は共有できたわけだ。公安一課長と捜査一課長の間では、どうやって話を進めるか、ある程度話はついているはずだが、こちらからも告げておかねばならないことがある。昼間、高峰から話を聞いて、水戸に捜査を指示しておいたことがあるのだ。それがどうなったか、海老沢もまだ報告を受けていない。

「ちょっといいですか」海老沢は手を上げて立ち上がった。許可が出る前にさっさと喋り出す。「安岡が、田代自転車店に電話をかけていたという記録ですが、逮捕した田代杏子にこの件をぶつけています。水戸、どうなってる？」

最前列に座っていた水戸が立ち上がる。一瞬振り返って海老沢にうなずきかけてから、前に向き直って報告を始めた。

「田代杏子は、そんな人間と話した記憶はないと否認しています」

「しかし、記録は残っている」捜査一課長が指摘する。

「商売の関係で電話がかかってきたかもしれないが、覚えていない、ということでした」

「安岡から田代自転車店には、この一年で四回、電話がかかってきている。安岡があそこで自転車を買ったという話はないな」捜査一課長が手元の手帳に視線を落としながら言った。

「はい。この二人の関係は、さらに突き詰めて調べる必要があります」

「もう一つ」今度は高峰が立ち上がった。「安岡は政友党を辞めてから、三回仙台を訪れていました。そこの喫茶店で女性と会っていた、という証言も得られています。もしかしたら田代杏子かもしれない。田代杏子も、仙台に行っていることは確認できているんじゃないですか？」

「それは間違いない。向こうで岩井と会っていたことは、クレジットカードの使用履歴から間違いない」牧田公安一課長がうなずいた。

「田代杏子の写真をお借りすることはできますね？　うちの刑事が仙台に行っているので、その写真を見せて喫茶店の店員に確認したいと思います」

「すぐに出してやってくれ」牧田が水戸に指示した。

「では、この後すぐにお渡しします」水戸が慇懃無礼に言った。水戸も、捜査一課に対しては微妙な警戒感を抱いているようだ。

その後も報告が続き、最終的に公安一課長と捜査一課長が手早く話をまとめた。捜査一課長が全体の方針を告げる。

「今回の目黒中央署の特捜では、被害者の背景に青軍の存在がある可能性が極めて高い、先走って考えれば、被害者の安岡孝雄さんも岩井の支援者だった可能性があると見ています」

一瞬、狭い会議室がどよめいた。それは海老沢も考えていた——高峰も想像していただろうし、他の刑事もぼんやりとでも思っていたかもしれない。それを捜査一課長がはっきり言った。必ずしもお墨つきというわけではないが、捜査一課長の言葉は重い。

とはいえ、海老沢はこの件に関わるわけにはいかない。立場がさらに上の公安部長から直接指示を受けているのだから、そちらが優先だ。

会議が終わり、立ち上がった高峰と海老沢は軽く目で合図を交わした。ここで話をするわけにはいかない。高峰に向かって「後は任せた」と伝えたつもりだった。

午後八時前に、新橋の公安別室に戻ると、葉子が誰かと電話で話していた。海老沢には気づいたが、軽く目礼するだけで電話に集中している。そうしながら猛烈な勢いで、手帳にペンを走らせていた。

通話を終えると、ふっと息を漏らして立ち上がる。

「私の判断で、三人を監視に出しました。石上に二人、室屋係長に一人」

「それでいい」本来なら自分が残って連絡調整役を務めねばならないのだが、今日はどうしようもなかった。

「今夜、また池袋の部屋で会合があったようです。メンバーは五人」

「室屋と石上……あとは？」

「七係の富田《とみた》警部補が一緒でした。残り二人は分かりませんが、様子から見て公安関係者だと思われます」

「極左ではない、か……張り込み班はどうしてる？」

「まだ池袋近辺にいると思います。全員が部屋を出て、灯りが消えるのを確認したところで、最後に出てきた人間を尾行する、と連絡がありました」

「……それでいい」おそらくこの五人が、「室屋班」のメンバーだろう。残る二人が何者か分かれば、対処の方法が決められるかもしれない。

「しばらく、待ちだな」海老沢は言った。

「そうですね……管理官、食事は済まされました？」

「いや、まだだ」

「外へ食べに行きませんか？　何か仕入れてきてもいいですけど、この時間だとコンビニ弁当になります」

「……そいつは避けたいな」携帯があるから、どこにいても連絡は受けられる。三十分ぐらい外して軽く食事をしても、問題はないだろう。

　二人は連れ立って、別室の近くにあるうどん屋に入った。最近できたらしい讃岐うどんの店で、前を通る度に気になっていたのだが、まだ一度も入っていない。

　中に入って、メニュー選びで迷う。東京で普通に食べるうどんとはまったくラインナップが違うのだ。迷った末、腹も減っているので、ボリュームのありそうな「とり天うどん」を頼む。五百九十円はかなりお得な感じがした。葉子は肉ぶっかけ。寒いのに冷たいうどんを食べるのかと驚いて聞いてみたら、「冷たいのが讃岐うどんの本分です」とあっさりした口調で言った。

「食べ慣れてるみたいだけど」

「香川出身なんです。子どもの頃から毎日のように食べてました」

「そういうことか」

　うどんはすぐに出てきた。ほとんど透明に近い汁に、はっきりと角が立ったうどん。とり天というのはまさに鶏肉の天ぷらで、ボリュームたっぷりに揚がっている。東京ではまず見ない食べ物だ。

　汁を一口啜ると、体に染み入るような穏やかな味だった。続いて麺。噛み締める歯を押し返してくるような力強さだが、見ると葉子はほとんど噛まずにそのまま呑みこんでいるようだ。

「ずいぶん豪快な食べ方だな。噛んでないじゃないか」思わず言ってしまった。

「香川ではこれが普通です。うどんは噛み応えじゃなくて、喉越しを味わうものですから」

「さすがに香川の人は、うどんには一家言あるわけだ」

「一日二回食べる人も普通ですからね」

日本は何と広い国か……出張に行った時など、食文化の多様性に驚かされる。もっとも最近は、地方の名物店がどんどん東京に出店し、東京にいながら各地の名物が食べられるようになっているのだが。その土地でしか食べられない名物は減ってきている気がする。

閉店間際にもかかわらず、店内はかなり混み合っており、捜査の話をするのは憚られる。気が急いて、急いでうどんを食べてしまった。ただし葉子の方が、食べ終えるのが早かった。本当に呑みこむように食べているのだ、と実感する。

別室へ戻る途中、葉子の携帯が鳴った。歩きながら話し出すと、途端に眉間の皺が深くなるのが分かった。会話は短く終わり、海老沢に向かってうなずきかける。

「もう一人、割れました」

「内輪の人間か？」

葉子が無言でうなずく。当然、路上でこれ以上話す気にはならないようで、別室へ向かって急ぎ足になった。ドアを閉めた途端、「公安総務課の広中《ひろなか》という刑事でした」と告げる。

「君の同僚か？」

「はい」葉子の表情は暗い。あまり態度が変わらない彼女にしては珍しかった。

「親しい人間か？」

「所轄から本部に上がってきた時に、私が指導官でした」

「だったら、どういうキャリアかも分かってるな？」

「昭和四十三年生まれで、今年三十三歳になります。渋谷中央署の警備課から、五年前に公安総務課に上がって、主にオウム事件の後始末をしています」

「監視要員だな」

「そうですね」

オウム真理教事件の捜査は何とか一段落して、今は裁判が進んでいるが、公安としては監視活動もやめてはいない。信者全員が逮捕されたわけではないし、残された信者がどんな動きを見せるか分からないから、警戒を続けているのだ。明確な根拠はないが「教祖奪還」の計画が進んでいるという噂もあり、しばらくは信者・元信者の動向をチェックしていかねばならないだろう。地味だが、手を抜くことはできない仕事だ。

「ずっとオウム関連を？」

「基本的には」

「それが何で、室屋たちと一緒にいるんだ？」

「室屋さんたちの経歴をまとめてみたんですが、室屋さんは公安一課の係長になる前、渋谷中央署警備課の係長をやっています」

「ああ、そうだった——そこで広中とのつながりができたのか？」

「上司と部下、ということでしょうね」葉子がうなずく。「所轄でのそういう関係はずっと続くと思います」

「そうだな」

海老沢はそこでようやくデスクについた。ボールペンの先を何度も手帳に叩きつける。書いて考えをまとめることもあるのだが、今は何を書いていいかが分からない。

「室屋は過去に、革連協の担当をしていたこともある。平の刑事の頃だが」

「石上さんもそうですね」葉子が指摘した。「それで、革連協の中にスパイを飼うようになったんでしょうか」

「担当の係では、実際にスパイを飼ってる。ただし今は、室屋も石上も革連協の担当じゃない。職分をはみ出して、勝手に革連協と接触しているわけだ。おかしいだろう」

「ええ。それと問題の白田ですが、青軍との関係が取り沙汰されていたことがありました」

「さすが、公安総務課にはデータが揃っているな」

「データ関連はむしろ公安四課の仕事ですが……これはあくまで噂ということで、何とも言えません」

「今回は、青軍にえらく縁があるな」

「ええ」葉子が一瞬目を伏せた。「もう一人の刑事が誰だか分かれば、人間関係がはっきりするかもしれません」

「どんな人なんだ？」

「現役ではない可能性もあります。かなり高齢……今日、監視していたメンバーが写真を押さえていますから、後で確認しましょう」

「そうだな」

三十分ほどして、監視・尾行を担当していた三人が戻って来た。遅くまでの仕事を労い、問題のビルに出入りしていた人間の写真をチェックする。最近、公安にもデジカメが導入され、現像に出さずともすぐに確認できるので非常に楽になった。室屋、石上……そして名前が割れていないもう一人の男。顔を見た瞬間、海老沢は衝撃を受けた。

「管理官、どうかしましたか？」

「高野《たかの》さんだ」

「その方は……」

「去年退職した俺の先輩だ。最後は新宿中央署の警備課にいた」

「今は何をされてるんですか」葉子の目つきが急に鋭くなった。まるで海老沢が何かしたのかと疑っているようだった。「再就職されたんでしょうか」

「いや、仕事はしていないと思う。実は資産家なんだ。亡くなったご両親が、かなりの遺産を残していて、老後も食うには困らないという話だったな」

「羨ましい話ですが、意味が分かりません」

「高野さんは、革連協の担当が長かった」海老沢は一瞬目を閉じ、彼の経歴を思い出した。基本的には公安一課一筋。出世には興味がなく、巡査部長になった後は昇任試験を受けようとせずに、ずっと本部勤務を続けてきた。海老沢より十数歳年上――ということは、六〇年代末から七〇年代初め、学生運動が一番盛んだった時期に、若手の刑事として捜査を担当していたことになる。ただし、海老沢の父親の部下だった時期があり、その頃のことを話されるのは困ったが……父のことをひたすら持ち上げられるのは、くすぐったいだけだった。

「ＯＢも含めた集まりとなると、どうなんでしょう」葉子が首を傾げる。「現役の刑事だけなら、極秘捜査を勝手にやっているという理屈も成り立ちます。でも、そこに辞めた人を入れるのはおかしいですよね。それとも高野さんという方は、何か特殊な立ち位置の人だったんですか？」

「いや、現場一筋で地道に仕事をしていた人だ。ほぼ革連協の担当だな」

「青軍担当じゃないんですか」

「違う」

そこで思いついて、海老沢は捜査の方針を変えることにした。

「この連中の携帯電話の通話記録を取ろう。誰とどういうやり取りをしているかが分かれば、人間関係も明らかになるはずだ」

「分かりました」

「携帯の通話記録を取るのは面倒だけど……君には、何かルートはあるか？」

「ええ」葉子があっさりうなずく。「大丈夫です。問題なく取れます」

「この半年分ぐらいの記録が欲しい。取れたらすぐに分析作業にかかってくれ。全員で一気にやった方がいいな」他の刑事たちの顔も見ながら、海老沢は指示した。「明日はここに九時集合にしよう。それまでに記録は……」

「さすがにそれは無理だと思います」葉子が否定する。「今日のうちに手配しておきますが、記録が手元に来るのは、早くても明日の午前中だと思います」

「分かった。そこは君に任せる。今日は解散しよう」

全員を送り出したが、何故か帰る気にならない。石上については、この時点でももう少し調査ができるのに、手を出していなかったのだ。この辺で押してみてもいいか……携帯電話を取り上げ、水戸を呼び出す。

「まだ本部か？」

「ええ」

「仕事は終わらねえか？　ちょっと酒でも呑もうぜ」

「構いませんけど……どこにします？　この時間からだと、すぐに終電になりますよ」水戸は長っ尻だ。警察官は若い頃から、「さっさと呑んでさっさと酔っ払ってさっさと醒ます」という酒の呑み方を叩きこまれるのだが、水戸は腰を据えて呑み始めると長くなる。若い頃は、仕事が終わった後に毎日のように街に繰り出していたのだが、さすがに四十歳を過ぎて、そういう機会を少し減らしたようだった。

「新橋だ」

「近いですね。じゃあ、今から出ますから、近くに行ったら電話しますよ」

「そうしてくれ」

「――別室ですか？」水戸も、新橋に公安一課の別室があることは当然知っている。

「それは言えねえんだ」

「分かりました」水戸があっさり引き下がった。公安では、通常の捜査から外れた特命捜査の指示が出されることはよくある。そういう時、どんなに親しい同僚でも、内容を聞かないのは一種のお約束になっている。

しかし今回は、その一端を明かさないといけないだろう。石上の動きを一番よく把握しているのは水戸なのだ。

水戸は二十分後に電話をかけてきた。既に夕飯は終えているというので、取り敢えず純粋に酒だけを求めて、別室近くのバーで落ち合う。新橋にしては洒落た店で、店内は艶のない黒で統一されており、非常に落ち着ける雰囲気だ。カウンターとボックス席が二つあるだけ……カウンターは埋まっていたので、四人がけのボックス席に二人で座る。そうすると、店内の他の場所から隔絶された感じになるので、極秘の話をするには都合がいい。

水戸は基本的に日本酒党なのだが、他の酒は絶対に呑まない、というわけでもない。この店はウィスキーの品揃えが豊富なので、カウンターの奥の棚を一瞥して、ラフロイグをストレートで頼んだ。海老沢はあまり酒にこだわりがないので、同じものを頼む。

酒が運ばれてくると、水戸はさっそく一口呑んだ。口の中で転がすようにして味わいながら、ゆっくりと呑み下す。チェイサーの入った小さなグラスには手をつけず、すぐに二口目を啜る。海老沢も同じようにスコッチを呑んだが、やはりきつい。すぐに水を口に含んで転がし、きついアルコール分を洗い流した。

「お前、こんなきついのを一気に呑んで、よく平気だな」

「いい酒を水なんかで薄めたら、もったいないじゃないですか」

「胃の中に入ってから水を飲んでも、薄めるとは言わねえだろう」

「ですかね……それで、何の話ですか」

「石上はどうしてる？」

「石上さん？　普通に仕事してますよ」水戸がきょとんとした表情を浮かべる。

「本部に顔を出すか？」

「いや、基本外回りですし」

「夜の捜査会議には？」

「最近、定期的に捜査会議をやってるわけじゃないですから。しかし、夜は見ないですね……でも別に、問題ないでしょう。昔とは違うんだから」

　彼の言う「昔」が携帯以前の時代だということはすぐに分かった。今は、必要な時には携帯で連絡がつくから、必ずしも定時の捜査会議は必要ではない。

「岩井事件の捜査について、手落ちはないか？」

「それはありません。別に大手柄を立てたわけじゃないですけど、指示したことはちゃんとやってくれてますよ」

「年上の、あまりやる気のない人間を使うのは面倒だろう」

「いや、それは……」水戸が苦笑した。「どんな組織でも、絶対的に仕事ができるエースは二割だっていうじゃないですか。そして二割は足を引っ張る。残り六割が毒にも薬にもならない」

「石上はどうだ？」石上は、組織上は海老沢の部下でもあるのだが、直接仕事の指示をしたことはない。個人的な会話を交わしたことも、一度もなかったのではないだろうか。

「それは、まあ……五十代半ばで巡査部長ですからねえ」

「単に試験が嫌いで、現場にこだわっていただけかもしれねえぞ」

「それだったら、もう少し仕事で結果を持ってきそうな感じがしますけどね」水戸が苦笑する。

「とにかく、言われたことはやるけどそれ以上は動かない、という感じですね」

「えらく評価が低いな」

「実際そうなんだから、しょうがないですよ」急に真顔になって、水戸が言った。「それで……何ですか？　まさか特命で石上さんのことを調べてるんじゃないでしょうね」

「実はそうなんだ」

海老沢が認めると、瞬時に水戸の顔が蒼褪めた。部下が調査対象になっているということは、上司である自分も責任を問われる可能性がある——とすぐに思い至ったのだろう。

「お前の責任はない」海老沢は断じた。断じるだけの材料はないのだが、この男は常に味方にしておかねばならない。

「つまり、石上さんの個人的な話ですか？」

「個人的ではない。ただしお前の係には関係ねえ」

「意味が分かりませんが」

「他の連中と組んで、何か悪さをしてるようなんだ。今それを探ってる」

「本当ですか」水戸が目を見開いた。「まいったな……課外活動であっても違法行為をしていたら、管理者として俺の責任も問われるでしょう」

「そんなことにはならねえように、最大の注意を払いながらやるよ。お前には常に、俺の近くにいてもらわねえと困るからな」

「それで石上さん、何をやらかしたんですか？」水戸が声をひそめて訊ねる。

「詳しいことは言えねえんだが、『X』と通じているらしい」革連協は、公安や担当記者の間では通称「X」と呼ばれている。集会やデモでかぶるヘルメットに、必ず「X」の一文字を大きく入れているからだ。これ自体には特に意味があるわけではなく、単なる目印である。複数のセクトが参加するデモや集会では、基本的に参加者はマスクやタオルで顔を隠すため、自分の所属を明らかにする材料はヘルメットぐらいである。革連協のように識別用の文字を書く場合もあるし、ヘルメットをどぎつい赤や黒に塗る場合もある。

「それは変ですね。そもそも担当じゃないし」

「『X』と関係ない人間が何人か集まって、『X』の幹部を囲いこんでいる。それも通常のSの扱いとは違うようなんだ。どうも動きが怪しい」

「だとしたら、ヤバいじゃないですか」

「おそらくな。とにかく俺は今、そういう連中を追いかけてる。石上に何か変な動きがあったら、教えてくれねえか」

「構いませんけど、貧乏くじ、引きましたね」

「そうか？」

「違法な捜査でもしていたら確かに問題ですけど、それ以前に内偵捜査は恨みを買いますよ」

「分かってるよ。十分気をつけるさ……それと、今夜の件はどうだ？　捜査一課とは上手くやれそうか？」

「まあ、向こうが何か聞いてきたら答える、という感じじゃないですかね」水戸が苦笑する。「一緒に捜査をするようになるには、もう少し時間がかかると思います。やらないかもしれないし……

基本的には、こっちから軽く情報を流してやる、というだけでしょう」

「田代杏子は？　安岡との関係はどうなんだ？」

「明日の朝一番で、もう一度ぶつけます。しかし通話記録だけで、その内容までは分かりませんから、弱いですね」

「もう一押ししたいな」

「それは捜査一課がやるべきことでしょう」

「もうちょっと手を貸してやれよ。安岡が青軍の人間だったとしたら、うちにも関係してくるんだぜ」

「ずいぶん入れこみますね」水戸が疑わしげに言った。

「会議では言わなかったが、ちょっとした情報があるんだ」

元青軍の池澤から聞いた話を打ち明ける。途端に水戸が嫌そうな表情を浮かべる。

「管理官、そういうのを自分で捜査されるのはちょっと……」

「情報は情報だろう。どう思う？」

「元青軍の人間の証言となると、重いですね」一瞬で水戸が仕事モードの顔に変わった。「となると、状況がまったく変わってくる可能性もありますよ」

「ただし三十年前の話だ。今にどうつながるかは、何も分からねえ。問題は安岡も岩井も死んでいることだ」

「一人は殺され、一人は自殺……それもおかしいですね」

「必ずしも捜査一課と情報を完全に共有して捜査する必要はねえ。ここは公安のノウハウでしっかり調べてくれ」

「でかい事件になりますよ」

「そこに参加できねえのは残念だが……特命だからしょうがねえ」

「分かりました」水戸が一気にグラスを干した。これぐらいでは、まったく動じる様子はない。

「ネジを巻きます。石上さんのことも、注視しておきますから」

「頼む」海老沢もウィスキーを舐めた。ストレートは自分にはやはりきつ過ぎる。少しは考えて、水割りにすべきだった。

2

目黒中央署の特捜本部は、特異な事件の話題で持ちきりだった。仙台市内のクリニックで、患者の点滴に筋弛緩剤を混入して患者を殺害しようとした事件が発覚し、大々的に報じられたのである。命を助けるべき病院で起きた殺人事件——他県警の事件でも、重大な事件となれば話題になるものだ。

宮城県警は難しい事件を抱えこんだ、というのが現時点での結論だった。ある意味密室での犯行であり、しかも動機面がはっきりしない。こういう事件が回ってこないことを祈る——すっきりしない形で雑談を終えてから、高峰は海老沢に電話をかけた。昨夜何度か携帯に電話をかけたのだが、一度も出なかったのだ。今回は応答した。

「昨夜は助かったよ」

「いや」海老沢は素っ気なかった。

「これで捜査が上手く進むといいんだが」

「それは何とも言えねえな」

「今、忙しいのか？」あまりにも素っ気ないので、思わず確認してしまう。

「俺は常に忙しいんだよ。じゃあな」海老沢はあっさり電話を切ってしまった。

宮下がすっと近づいて来て、「公安の方から連絡がきました」と告げる。

「田代杏子の件か？　どうなんだ？」

「朝からまた叩いていますが、安岡との関係については依然として否認しているようです」

「おかしいと思わないか？　安岡が田代自転車店に何度も電話をかけていたのは事実だ。仕事の話だとしたら、まったく覚えていないのはおかしい」

「ボロを出さないように、とにかく必死に否定している感じはしますね。公安の方、取り調べは大丈夫なんでしょうか」

「そこは連中を信じるしかない」しかし面倒な相手であることは間違いないだろう。かつての極左、そして今はまったく普通の市民生活を送っている――いや、「まったく普通」かどうかは分からない。「どうだろう、ちょっと仙台へ行ってこようと思うんだが」

「管理官がですか？」

「ああ。向こうで頑張ってる連中を督励ついでに、情報収集もしてこようかと思う」

「こっちは構いませんけど……大丈夫なんですか？」

「板橋の事件が無事に解決したから、今はこの件だけに集中できる」

「いつ行かれます？」

「今日」

「ずいぶん急ですね」宮下が苦笑する。

「思い立ったが吉日だよ。向こうで連中と夕飯でも食って、最終で帰って来る」

「分かりました。今日も特に急ぎの件はありませんから——ないのが情けないですけどね」

言われて、高峰も情けなくなってくる。移動途中の新幹線で電話がかかってきて、急に呼び戻される——慌てるだろうが、むしろそんな状況になって欲しかった。


仙台は久しぶりだった。昼食を抜いて午後一番に着いたので、早速牛タンでも……と思ったが、いい店が分からない。牛タンでなくても何か美味いものを食べたいのだが、店を調べている時間もない。仕方なく、駅の構内で立ち食い蕎麦を啜って、時間優先の昼食にした。東京で食べるよりも汁の色が濃く、少し塩気が強いのは、東北ならではだろうか。

年明けからは、常時四人の刑事が仙台に入っている。三泊四日で交代させるようにしているのだが、やはり地方での仕事は疲れるものだ。高峰にも経験があるのでよく分かる。せいぜい美味いものを食べて、明日に向けて英気を養ってもらおう。

安岡の件は宮城県警とは直接関係ないので、出張している四人は、県警の施設を借りずにホテルを拠点にしていた。ツインの部屋を二つ——そのうち一部屋を「本部」にして、打ち合わせなどを行う。同じ係でいつも一緒に仕事をしているメンバーなのだが、寝る時まで一緒だと、どうしても気疲れするだろう。警察官は、警察学校で必ず寮に入るから集団生活に慣れているとはいえ、逆にそれが軽いトラウマになって、人と同じ部屋に泊まることに拒否反応を示すようになる人間もいる。高峰もどちらかというとそちらのタイプだ。今日は日帰りだから、余計なことを心配する必要はないが。

四人が拠点にしているホテルへ行くと、主任の栗田《くりた》警部補が迎えてくれた。ベテランで、高峰よりも年上……去年腰を痛めてしばらく入院していたので、長期間の出張は心配だった。

「主任、腰はどうですか」高峰は自分の腰を叩きながら訊ねた。

「具合はいいですよ」栗田の表情は明るかった。「こういうのは、休ませないで少し負荷をかけた方がいいみたいですね。ちょうどリハビリになります」

「無理はしない方が」本人が大丈夫と言うので送り出したのだが、体にメスを入れた人には無理して欲しくない。

「大丈夫ですよ」栗田が、ベルトにぶら下げた万歩計をちらりと見た。「今日は一万歩、昨日は二万歩超えでしたけど、むしろ調子はいいです」

「それならいいですけど……他の連中は出払ってますね？」

「夕方に戻るように言ってあります」

「ちょっと状況を聞かせて下さい」

二人はホテルの一階にあるカフェに入った。朝には朝食会場になる場所で、午後のこの時間だとほとんど人はいない。片隅に陣取って二人ともコーヒーをもらい、高峰は捜査状況を聞いた。

「そもそも、喫茶店でクレジットカードを使ったのが間違いだと思いますね。足がつくような真似をするのは、素人ですよ」栗田が馬鹿にしたように言った。

「マル暴だったら、クレジットカードは使わない」高峰は指摘した。

「そういう意味では、マル暴はプロですね」栗田がうなずいた。その瞬間、テーブルに置いた彼の携帯が鳴る。小さな画面をちらりと確認すると、仙台にいる若手刑事の名前が浮かんでいた。「ちょっと出てきます」と言って、栗田がカフェを出て行く。

一人取り残された高峰は自分の携帯を確認し、コーヒーを一口飲んだ。栗田はすぐに戻って来る。明らかに興奮しているのを見て、高峰は腰を浮かしかけた。

「決定的……状況が完全に変わります」ホテルのカフェの中だというのに、内輪の人間しかいない捜査一課の大部屋にいるように栗田が声を張り上げた。

「どういう状況ですか？」

高峰は声を低くした。慌てて栗田が咳払いし、一歩近づいて囁くように報告する。

「田代杏子と安岡が会っていた喫茶店なんですが」

「ええ」

「例の、自殺した青軍の……岩井ですか？　その男も同席していたようなんです」

「岩井が？」今度は高峰が声を大きくする番だった。青軍揃い踏みではないか……もしかしたら青軍は、実際には活動停止しておらず、今も地下でつながって何かやろうとしていたのではないか？

「場所はどこですか」

「ここから遠くありません」

「栗田さん、無理に歩数を増やす必要はないですよ。タクシーを使いましょう」

「分かりました。外にタクシーがいるはずですから、摑まえましょう」

「ここは払っておきますよ」高峰は伝票を取り上げた。栗田がうなずいて出て行く。金を払い終えてから、高峰は自分の携帯を取り出して見詰めた。宮下には知らせておくか……いや、まだ早い。もう少し状況を確認してからの方がいいだろう。海老沢――それは躊躇われた。彼は何か別の仕事をしているわけだし、今この話を聞いても処理できないだろう。

今は、この情報を詳しく聴くことが先決だ。高峰はスーツのポケットに携帯電話を落としこんで、早足でホテルを出た。

「砂時計」という名前のその喫茶店は、学生の街・仙台の店らしく、値段は安くて居心地がよかった。コーヒー一杯三百五十円。ランチが五百円から。煙草とコーヒーの匂いが染みついていて、クッションのへたった椅子も何故か座り心地がいい。自分が学生の頃、近くにこんな店があったら、毎日入り浸っていただろう。実際店内は今も、学生らしい若い人たちでほぼ一杯だった。そこに、自分も入れて刑事が三人。スーツ姿だし目つきが悪いので、明らかに浮いているだろう。カウンターに並んで座り、湯浅《ゆあさ》と名乗ったマスターに話を聴く。湯浅は六十年配の男で、長く伸ばした白髪を後ろで一本に縛っていた。淡い色のダンガリーのシャツに灰色のベストという格好で、いかにも学生街の喫茶店の店主という感じである。

「同じ話の繰り返しで申し訳ないんですが」栗田が切り出す。「この三人が、この店で会っていたのは間違いないですね」

カウンターに置いた岩井と安岡、田代杏子の写真を押し出す。岩井の方は、逮捕直後に撮影された写真……長年の逃亡の苦労が顔に出て、年齢の割に老けて見える。

「岩井さんは、何度かここに来ましたよ」店主があっさり認めた。

「常連ですか?」栗田が確認する。

「常連とまでは言いませんけど……月に一回ぐらいかな。雑誌を読みながらコーヒーを一杯飲んで、煙草を何本か吸って、というパターンです」

「何か話はしましたか?」

「まあ、雑談程度で」湯浅がうなずく。「天気の話とか……こういう喫茶店は昔よく通ってたから懐かしいと言ってましたよ。こっちは四十年近く同じ感じでやってるから、懐かしいと言われても返事しようがないんですけどね」

どうやら湯浅は話し好きなようだ。それで、若い刑事が情報を引き出せたのだろう。岩井は学生運動にはまりこんだ時期に、こういう喫茶店で仲間たちと何時間も激論を交わしたのかもしれない。今この店にいる学生は概して静かで、煙草を吸っている人もほとんどいない。低い声で談笑しているか、大人しくコミック雑誌を読んでいるぐらいだった。

「岩井さんが何をしていた人か、ご存じでしたか?」

「いや、全然」

「聞かなかったんですか?」

「そんな立ち入った話はしませんよ。岩井さんも自分のことは話そうとしなかったし。だから、自殺したと聞いて驚きましたね。新聞で顔写真を見て……まさか、大昔に爆破事件を起こした人だなんてね」

「そういう人には見えなかったんですね?」

「静かな人でしたよ。金もなかったんでしょうね」

「どうして分かります？」

「小銭がなくて、一万円札で払ったことがあったんだけど、ものすごく惜しそうに出しましたからね。普通の人ならそんなことはしない。一万円札だろうが、百円玉だろうが、払う額に変わりはないのに……財布の中から一万円札がなくなるのが、すごく惜しい感じみたいでね」

「残りの二人――安岡さんと田代さん、この二人と岩井さんが一緒にここへ来たのはいつだったんですか」話がなかなか先へ進まないので、高峰は思わず割って入った。

「先月だったのは間違いないけど、正確にいつだったかは……一々お客さんの記録をつけてるわけじゃないからね。十二月の前半だったと思うけど」

「この三人が揃って来店したのは初めてですか」高峰は質問を続けた。

「初めてだね。岩井さんが二人を連れて来たんだけど、それまでそんなことはなかったんで驚きましたよ」

話すなら、岩井がアジトにしているアパートに集まればいいではないか……しかし、普段人の出入りがないアパートに、急に何人もの人が集まったりすると、近隣の住人は怪しむかもしれない。普段の岩井は、世捨て人のような生活を送っていたそうだし。

その後も質問を変えてマスターを揺さぶり続けたが、三人がこの店に来た日付はどうしても分からなかった。それも仕方ないか……毎日何十人もの客が来るわけだから、「いつ誰が」など記録でもつけていない限り分からなくなってしまうだろう。

「どんな様子でした？」

「えらく深刻に話しこんでましてね。うちの店は若い人が多いし、深刻に話し合いをする人なんていないから、珍しいなって思ったんですよ」

「それで覚えていたんですか」高峰はうなずいた。

「あまりにも深刻な感じだったから、声をかけようかと思ったぐらいですよ」

そうしなくて正解だった。この三人の話に割って入ったら、湯浅はどんなトラブルに巻きこまれていたか分からない。

三十分ほどで「砂時計」を後にしたが、半歩前進、という感じだった。疑念だけは膨れ上がっていたが、それに合理的な説明をつける材料がないので、かえって困惑の度合いが増した感もある。

夕方まで時間があるので、まず宮下に今の情報を流した。

「それは……」宮下が躊躇った。「公安と共有しておいた方がいい情報でしょうかね」

「そう思う。君から言ってやってくれないか?」

「公安に事件を取られちまいますよ」宮下が警戒して言った。

「どこが最終的に担当するかは、僕たちが決められることじゃない。判断するのはあくまで上の仕事だ。僕たちはできるだけ情報を集めるだけだ」

「それでも、公安に手柄を渡すのは、気が進みませんね」

「岩井の件で、公安は大きなマイナスになってるんだ。ちょっとぐらいプラスの材料をあげてもいいんじゃないか」

「管理官、人が良過ぎますよ。うちで無事に解決したら、係の刑事たちが表彰の対象になるんですけど」

高峰はあまり評価していないが、表彰を目標にして仕事に邁進《まいしん》する警察官は少なくない。警察官の場合、表彰こそが最大の評価なのだ。そして賞状の数が多くなればなるほど、昇任試験などでも有利になる。仕事ができる警察官は、結局昇任でも上手くいくわけだ。

「それは僕の方で、何とか取り計らうよ。とにかく、分からないことが多過ぎて気持ちが悪い。どこが担当してもいいから、さっさと解決したい」

電話を切り、さらに岩井が住んでいたアジトを訪ねてみることにした。岩井が死んだ後は借り手がつかずに、空き部屋になっているという。

「不動産屋に頼めば鍵は貸してもらえると思いますが」栗田が遠慮がちに言った。

「いや、そこまで手を煩わせることはない。取り敢えず、場所を確認できればいいんだ」

東北大学にも近い住宅街。二階建てのアパートはいかにも学生向けの物件という感じだった。かなり古びていて、築三十年は経っているだろうか。存在を摑まれないためか、岩井は仙台市内を転々としていたというが、そういう生活はきつくなかっただろうか。稀に引っ越し魔の人がいて、一ヵ所に一年も住むと飽きてしまうという話を聞くものの、多くの人は、長く落ち着いて住める家を欲しがる。岩井も、安心して暮らせる自分の家が欲しかったのではないだろうか。

その時、こちらをじっと見ている男に気づいた。自分よりかなり年上。小柄で髪は半ば白くなっているが、眼光が鋭い。同業者だ、とすぐに分かった。こういう勘が外れたことは一度もない。

「右の方にいる人、分かります？」高峰はそちらを見ないようにしながら、ここまで同行してくれた栗田に訊ねる。

「見えますよ」

「栗さんが知ってる人ですか？」

「いえ……でも、県警の人じゃないですか？　そういう雰囲気ですね」

「ちょっと話してみるか」

「余計なことはしない方がいいのでは……」栗田が警告した。

「同業者だったら、挨拶ぐらいしておいた方がいいでしょう。我々は向こうの縄張りを荒らしているわけですから」

高峰は男に近づき、手帳を示した。男が背筋をピンと伸ばし、やはり手帳を掲げる。

「警視庁捜査一課の高峰です」

「宮城県警公安課の小木です」

当たりだった。少しだけほっとしながら名刺を交換する。向こうは公安課の主任——巡査部長だった。

「警視庁の管理官が、わざわざ現場ですか？」小木が疑わしげな視線を向けてきた。

「うちの刑事が何人も来ていますから、督励です」

「しかしここは、岩井のアジトですよ？　公安一課の担当では？」

「別件ですが、岩井ともつながりが出てきたんです」

「別件？」

「詳しいことは話せませんが、こちらが調べている事件の関係者が、岩井と接触していた形跡があります」

「だとすると、うちにも関係あるのでは？」小木が鋭い視線を向けてきた。

「いや、それはあくまで警視庁公安部の仕事です」県警の人間がどうしてこんな図々しいことを言っているのだろう。

「指名手配していたのは警視庁さんだし、うちとしては単なる場所貸しです。しかしうちも、警視庁さんの捜査には協力していたし、そもそも岩井を発見したのは私なんですよ」

高峰はすっと背筋を伸ばした。県警の人間がたまたま岩井を見つけてくれたという話は聞いていたが、目の前の冴えない刑事がその本人だったのか……岩井が無事に生きていたら、大手柄として孫子の代まで自慢できただろう。警視庁だったら、間違いなく総監表彰ものだ。

「そうでしたか……大手柄だったんですね」

「むしろ娘の手柄ですかね」

「ああ、加齢ソフトを開発したのは、娘さんだそうですね」この件は海老沢から聞いていた。「将来有望だ。是非科捜研に——いや、科警研に就職して、警察の技術力アップに手を貸して欲しいですね」科学捜査を担当する科捜研は、各都道府県警に置かれている。一方科警研は警察庁の付属機関で、各都道府県警の科捜研の指導・支援を行う。

「本人は、警察の仕事には興味がないんですけどね。コンピューター関係の仕事をしたいそうです。その方が金になるってね」

「若い人は現金だ」高峰は苦笑した。金儲けではなく正義のために能力を使ってくれる人が増えないと、結果的に国が傾きそうだが。

「まあ、そんなものでしょう。もちろん私としては、娘の研究が役に立ったのは嬉しいことでしたけどね……その後がいけないな」小木が表情を引き締める。「まさか、あんなことになるとは思ってもいなかった」

「それは、公安一課も十分反省していると思います」自分が庇《かば》うことではないと思いながら、高峰はつい言った。

「避けようがないことだったのは、状況から見て明らかだ……でも、残念でね」

「まったくです」

「実は私、この三月で定年なんですよ」

「そうですか……長い間、ご苦労様でした」高峰は思わず頭を下げた。自分より十年以上苦労してきたこの男の警察官人生に対して、自然に尊敬の念を抱いてしまう。

「いや、まだですけどね」小木が苦笑した。「とはいえ、私の警察官人生の最後に巡り合った大事件なんですよ。うちの事件ではないから手柄にはならないけど、警視庁公安部に恩を売ったと思うと気分がいい」

「分かります」他県警からは、警視庁はやけに威張っているように見えるらしい。三十年追いかけて尻尾も摑めなかった相手を見つけた——小木の方では、本当に「恩を売ってやった」感覚かもしれない。

「こんなところをうろついていても、何が分かるわけではないけど、どうにも気になりましてね」言い訳するように小木が言った。

「分かります」高峰はうなずいた。これは刑事の習い性のようなものだ。困ったら現場百回——ただ、今回の事件に関しては、彼の言う通りで、岩井のアジトを観察しても何も分からない。そもそも宮城県警は捜査の主体ですらないのだ。小木にすれば、意地のようなものかもしれない。

「そちらの捜査が上手くいくように、陰ながら祈ってますよ」小木がさっと一礼した。

「まだ何とも言えないんですけどね……ありがとうございます」

小木と別れてタクシーに乗りこむと、高峰は思わず溜息をついてしまった。

「お疲れですか、管理官」同情するように栗田が言った。

「そういうわけじゃないですけどね」

「今の小木という刑事、あの感じだと、毎日岩井のアジトに顔を出してるんじゃないですかね……気持ちは分かりますよ」

「刑事っていうのは、何だか悲しい生き物ですね」

「そういう時もありますけど、そうじゃない時もある。今回は絶対、そうじゃない時にしたいですね」

自分より年上のベテランの気合いはありがたい。体力的には衰えてきても、経験や安定した精神状態は、捜査全体にいい影響を与える。指揮する立場として、ベテランは絶対に大事にしないといけない、と高峰は自分に言い聞かせた。

夕方、一度ホテルに集まり、今日の一件を打ち合わせした。それから宮下に電話をかけ、東京での捜査の進捗状況を聞く。

「田代杏子ですが、先ほどの情報を聞かせたら、ちょっと態度が変わってきたようです」

「認めたのか？」

「公安の説明では、『迷っている』と。話す気になっているのかもしれません」

「それはもどかしいな……うちの人間が担当すれば、絶対に落とせるのに」

「さすがに、公安が身柄を押さえた人間を、うちが調べることはできませんよ。ここは向こうを信じて任せるしかないですね」

「時々発破をかけてくれ」

「そういう面倒な役目は、こっちに回ってくるわけですか」宮下が溜息をついた。

「そう言うなよ。無事に解決したら奢るからさ」

「だったら、でかいステーキといきたいですね」急に宮下が機嫌を直した。

「そろそろ、コレステロール値とか、気にした方がいいんじゃないか?」

「赤身の肉なら大丈夫ですよ。ダイエットにもいいそうですから——この件、覚えておいていいですよね」

「僕が忘れていたら、いつでも言ってくれ」

「では、遠慮なく」

　電話を切り、今日の本題——仙台で頑張っている刑事たちの督励会に入った。督励会というと特殊な集まりのようだが、要するに呑み会である。捜査が長引いている時には、こうやって途中でブレークを入れないと、現場の刑事たちは肉体的・精神的に参ってしまう。午後六時半から二時間、仙台駅の近くで呑むことにしたので、終わってから新幹線に乗っても十一時過ぎには東京に着くだろう。明日は少し辛くなるが、部下の士気が上がるなら、それぐらいは我慢だ。

　何でも揃う居酒屋だった。牛たんがメーンのようだが、東北らしい海の幸も楽しめる。個室を用意してもらったので、多少大きな声で話しても、捜査の秘密が外に漏れることはない。

高峰もビールをもらい、軽い酔いを楽しみながら、部下の馬鹿話に声を上げて笑った。捜査はだいたい失敗の連続であり、酒の席でそれをいかに笑い話に転化するかも大事なことである。失敗はストレスにつながるが、笑い飛ばしてしまえばむしろ気が楽になる。

新鮮な刺身に巨大な油揚げ、そして牛たん。どれもボリュームたっぷりで、締めのとろろ飯が出てくるまでに、もう腹一杯になってしまった。食べられなくなったものだと情けなく思いながら、若い刑事たちががつがつと料理を平らげるのを頼もしく見守る。

「管理官、俺はどうも嫌な予感がするんですがね」顔を赤らめた栗田が、急に真面目な口調で言った。

「何がですか」

「安岡のことですよ。空白の六年間に、青軍にいたのは間違いないんですよね？」

「絶対とは言いませんが、確度の高い情報だと思いますよ」

「それが現在にどうつながってくるか……極左の事件だとして、うちがこのまま担当することになったら、面倒なことになりませんかね」

「栗さん、オウムの時のことを言ってるんですか？」

「宗教団体と極左は違うでしょうけど……オウムの取り調べの時は、正気を保っておくのが大変でしたよね」

オウム真理教の教えを固く信じていた信者とは、そもそも話がまったく嚙み合わなかったのだ。しかし時間が経つに連れて「洗脳」が解け、自分たちのしたことを正面から見つめられるようになると、今度は恐怖に押し潰されそうになる——そんな若者の心のケアをしながら取り調べを詰めていかねばならなかったわけで、取り調べ担当としても、心をすり減らすような事件だったはずだ。宗教団体と極左は違うと栗田は言うが、メンバーが「洗脳」されているという点では同じようなものだろう。そして捜査一課の刑事は、概して極左の考え方には詳しくない。訳の分からない理論を持ち出され、それに対峙しなければならなくなったらと考えただけで、頭が痛くなってくる。

栗田は今後の捜査を心配しているようだったが、若い刑事たちは美味いものを食べ、酒も呑んでリラックスしたようだった。「明日からは通常営業だから、今夜は呑み過ぎないように」と釘を刺して駅へ向かう。栗田が駅まで送ると言ったのだが、歩いて五分ほどなので断った。

切符を手配し、ホームで東京行きの新幹線を待つ間、自動販売機でブラックの缶コーヒーを買った。本当は、ちゃんと淹れた喫茶店のコーヒーが欲しかったが、それは望んでも手に入らない。取り敢えずの酔い醒ましとして、冷たい缶コーヒーに頼ることにしたのだ。

この時間でも、新幹線の自由席はそこそこ混み合っていた。一仕事終えて締めの一杯を楽しんでから東京へ戻る人、明日の朝一番から仕事をするために今夜中に東京入りしようとする地元のサラリーマン……幸い三人がけの席で一人になったので、窓際に陣取り、冷たい缶コーヒーをゆっくりと飲む。腹の奥から冷えてきて、急に酔いが去っていく感覚があった。

まあ、しょうがない。自分で何か見つけ出したわけではないが、こういう風に部下を気分よく乗せて仕事をさせるのも、管理職の役目だろう。その意味では今日の出張は上手くいったと自分に言い聞かせる。

というわけで、東京まで惰眠を貪ってもいいだろう。それなりに成果が上がったということで、自分へのご褒美だ。真後ろの席に誰もいないのを確認してからシートを少し倒して目を瞑《つぶ》る。すぐに睡魔が襲ってきたが、完全に眠りに落ちる前に、スーツの胸ポケットに入れた携帯電話が震え出し、目が覚めてしまった。貴重な休憩時間に……。

　席で話すわけにはいかないのでデッキに向かう。しかし途中で電話は切れてしまった。着信を確認すると、宮下。新幹線に乗る前に、帰着時刻を知らせておいたから、新幹線に乗っていることは分かっているはずだ。それなのに電話してくるというのは、よほどの重大事に違いない。

　重大事だった。

「田代杏子が喋りました。仙台での目撃証言が決め手になったようですね」宮下は、わざわざ低く声を抑えているようだった。そうしないと興奮で耳障りな声になってしまうのかもしれない。

「完全に落ちたのか?」

「公安の話ですから、ニュアンスまでは分かりません。しかし、岩井、それに安岡と会っていたことは認めました。全員、同じ青軍の仲間だったことも証言しました」

「そうか……」高峰は深呼吸した。これで一つ、大きな壁を越えたことになる。ずっと疑っていた事実に関して、極めて重要な証言が得られたのだ。しかし——捜査一課としての仕事はこれでは終わらない。今は単に、公安に古い情報が入っただけである。捜査一課の課題はあくまで、安岡を殺した人間を見つけることだ。

「まだ第一歩、という感じですね」宮下は冷静だった。「それでも一応、いち早く連絡しておこうと思いまして……お休みのところ、申し訳ないですが」

「寝てないよ」高峰は嘘をついた。

「そうですか……今夜はもう、取り調べはしていません。これ以上は明日以降になりますが、管理官、どうされます？」

「戻ってから目黒中央署に寄っても、もう誰もいないだろう」

「ええ」

「明日の朝、そっちに顔を出す。それで今後の方針を相談しよう」

「分かりました」

電話を切り、席に戻る。これは大きな動きになる可能性があるが、それでもまだ道が開けたとは言えない。事態はまだ流動的であり、過大な期待は抱かないようにしよう、と高峰は自分を戒めた。

3

革連協のメンバーの住居はさまざまだ。杉並にあるアジトに住みこんでいる幹部もいるし、白田のように一般のアパートを借りている幹部もいる。

白田はこの日の朝、午前九時に自宅アパートを出て革連協のアジトに入った。それが第一報で、昼……何の報告も入らないまま時間が過ぎていく。海老沢は水戸に電話を入れた。

「田代杏子は、その後どうだ？」

「昨夜以降、動きはないですね。今朝はまた、黙秘に入ってしまっています」

「安岡の件だが、裏は取れそうか？」

「何とも言えません」水戸は自信なげだった。「何しろ本人が死んでいますからねえ」

「捜査一課との協力態勢はどうなってる？」

「今のところはまだ、情報のやり取りだけです」

「一応、内ゲバの可能性も念頭に置いておいた方がいいんじゃねえか？」

「可能性は否定できませんが……」水戸は乗り気ではなかった。

「それと、田代杏子が言い出した宗教の話はどうだ？」

「あれは口から出まかせだと思いますよ。青軍との関連を詮索されたくなくて、適当に言ってたんじゃないですか？」

「しかし、他の連中も同じような供述をしてるじゃねえか。事前に口裏を合わせていたのか？」もしかしたら本当に、新しい宗教団体で活動していたのかもしれない。青軍の活動で苦渋を舐めた若者たちが、その後社会に馴染めず、年齢を重ねてから宗教に助けを求めようとした――いや、あり得ない。わざわざ青軍のＯＢが再集結するのは危険だと考えないだろうか。大々的に勧誘を始めたりすれば、「青軍復活か」と注目を集めてしまう。もちろん今の若者たちは、青軍と言われてもまったくピンとこないだろうが。

「そうかもしれませんが、今のところはその宗教団体の他には、具体的な話がありませんから。管理官、少し気にし過ぎじゃないですか？　特命もあるんですから、青軍のことはこっちに任せておいて下さい」

「分かってるよ」何だか「あんたは不要だ」と言われたようで、むっとしたまま電話を切る。

　現場に散っている刑事たちから連絡が入りそうな気配がないので、海老沢は立ち上がった。その辺で軽く昼飯でも食べてくるか……携帯に手を伸ばした瞬間に呼び出し音が鳴る。誰かが報告してきたのかと思ったが、画面には「非通知設定」の文字が浮かんでいた。無視するか？　しかしつい「通話」ボタンを押してしまった。警察官は、鳴った電話には必ず出るように教育されており、その習慣は簡単に抜けるものではない。

「もしもし」

「海老沢管理官ですか」

比較的若い男の声だ。「管理官」と言っているのだから、警察官だろう。それもおそらく、公安の警察官。

「そうだが」

「お会いできませんか？」

「そちらは？」

「会ってお話ししたいんです」

「そんないい加減な話じゃ困るな」

何者だ？　疑念を深めながら、海老沢は難色を示した。しかし向こうは簡単には引き下がらない。

「是非お会いしたいんです。会って話したいことがあるんです」

「だから、何の話を？」

相手が黙りこむ。必死に考えている様子だが、演技かもしれないと海老沢は警戒した。極左の活動家が、公安の刑事をターゲットにしてもおかしくはない。過去には、独身寮に爆弾が仕かけられて死者が出たこともある。ただし、私服の刑事をどこかに誘《おび》き寄せて殺すような事件は一件もなかった。極左にとって警察は弾圧する存在、明確な敵なのだが、実力行使に出る線引きがよく分からない。

「室屋さんの話です」

「室屋とは？」海老沢は惚《とぼ》けた。できるだけ相手に喋らせて情報を取るつもりだった。

「公安一課の室屋係長です」

「その人物が何かしたとでも？」

「重大な背信行為があります」

おっと……話は急に核心に入った。勝手に秘密の部屋を借りて仲間を集め、革連協のスパイを飼っているのは、ある意味背信行為である。自分の担当でもないことをやっていて、そこにおそらく機密費を投入しているのだから、当然処罰の対象になる。

「その背信行為について、そちらは何か知っているわけだな？」海老沢は確認した。

「お話しできることがあります」

「君は警察官だな？」

「申し上げられません」

自分を管理官と呼んだこと、室屋の背信行為を知っていること——どう考えても相手は警察官なのだが、海老沢は追及をやめた。身元を隠すのは、自分を守る基本である。そこへ突っこみ過ぎて、相手を必要以上に警戒させてはいけない。

自分たちは、室屋班の全容を摑んでいないのではないだろうか。まだ把握していないメンバーがいて、何らかの理由で室屋たちを裏切って情報を提供しようとしている——そういう考えがまず頭に浮かんだが、今のところは断定できる材料はない。

「分かった」海老沢は意を決して言った。「会おう。場所と時間は？」

「二時では？　場所についてはまた連絡しますが、渋谷でどうでしょうか」

「構わない」

「また連絡します」電話はいきなり切れてしまった。

罠《わな》か、と一瞬考えた。その可能性も否定はできない。となると、向こうの要求通りに動くわけにはいかない。

海老沢はすぐに葉子の携帯に電話をかけた。一つ深呼吸して、対策を端的に説明する台詞を思い浮かべた。

「俺を尾行してくれ」

食事は抜いたまま、渋谷に移動する。相手がどう出てくるか分からないので、どこで待機するか……結局、ハチ公前に出た。ここはある意味渋谷の中心地であり、どこを指定されても、行くのにそれほど時間はかからない。しばらくここに落ち着くことにしたが、気持ちはざわつく。訳の分からない相手に呼び出されたこともそうだし、何よりこの街には若者が多く、地味なスーツ姿の自分は浮いている。若い女性のファッションは派手やかだ。ひどく長いマフラーをぐるぐる巻きにしていたり、派手な柄のタイツで大胆に足を飾っていたり……濃紺のウールのコートを着ている自分は、明らかにこの場所に合っていない。海老沢にとってこの街は、「渋谷暴動事件」の舞台という印象も強いのだが。一九七一年、まだ高校生の時に起きたこの事件は、新潟から応援に来ていた若い機動隊員が火炎瓶の直撃を受けて殉職したことで、極左事件史に残る。海老沢自身は事件を直接目撃していたわけではない——そもそもその頃は事件に興味も持っていなかった——が、しばらく父が非常に不機嫌で、母から「渋谷の事件で怒っている」と聞かされたものだ。普段は喜怒哀楽を表に出さない父にしては異例の事態だった。亡くなったのは、警視庁の同僚でもないのに……と不思議だったが、後に海老沢も父の気持ちを理解することになる。全国どこの警察官も、やはり「警察一家」の意識で強くつながっているのだ。

若者たちの話し声が、波のように耳を洗っていく。携帯が鳴っても聞き逃してしまいそうなので、コートのポケットの中で握り締めたままでいることにする。そのまま周囲を見回した。葉子も、他の刑事も見当たらない。しかし必ず近くで自分を見守ってくれているはずだという確信はあった。

握り締めた携帯が震える。一度深く息を吸ってから、電話を引っ張り出した。やはり「非通知設定」。電話を耳に当て、ハチ公像に背を向けて話し出したが、騒音に変わりはない。相手の声は切れ切れになってしまう。

「悪いけど、もう少し大きな声で話してくれねえかな」海老沢は文句を——少し相手を挑発してやろうという気もあった——言った。「今、ハチ公前にいる。うるさくてしょうがねえんだ」

「——公園」

「ああ？　どこの公園だ？」

「宮下《みやした》公園。そこへ来て下さい」

「今すぐだな？」

「待ってます」

「あんた、名前ぐらいは名乗ったらどうだ。そうじゃねえと話もできない」

「――久野《くの》とでも」

「久野さんね。じゃあ、宮下公園で。十分以内に着く」

宮下公園と聞いただけで、嫌な予感がしてくる。一階部分が巨大な駐車場、その上が公園として整備されている宮下公園は、極左にとっても公安にとっても馴染み深い場所なのだ。駅からも明治通りからも近いことから、昔はここで大規模な集会を行ってからデモに出ることが、毎週のように繰り返された。海老沢も公安一課に来たばかりの頃は、毎週末にここに入りこんで、集会の監視をしたものである。その時に先輩刑事たちから教わったのが「軽くちょっかいを出す」やり方だ。ヘルメットをボールペンで小突くなど、からかうような動きをすると、稀に突っかかってくる輩がいる。即座に公務執行妨害で逮捕――あまりにも馬鹿馬鹿しいと思い、一度も試したことはなかったが。


この近くには渋谷川が流れていたのだが、暗渠《あんきょ》化と同時に公園は「空中」に持ち上げられることになった。それこそ「空中庭園」と呼ばれているのだが、実際に中に入ってしまえば、ただの細長い公園である。そして今は、ホームレスが住み着いて、普通の人は入りにくい雰囲気になってしまっている。そのせいか、極左の集会が開かれることもほとんどなくなっていた。

今も、あちこちにホームレスの姿がある。ホームレスとトラブルになることはまず考えられないが、海老沢は人がいない場所を探して歩き回った。「久野」も、人目につく場所では話しかけにくいだろう。

　ようやく、周囲に人がいない場所を見つけ出し、コートのポケットから携帯を取り出して確認する。先ほど電話がかかってきてからは、着信はなし。向こうはどういう形で接触してくるだろう。一瞬背筋を伸ばしてから周囲を見回した瞬間、背中に硬いものが触れた。

「動かないで下さい」

　緊張した声が、すぐ後ろで聞こえる。今なら何とかなる——振り向いて相手の顔を確認するか、前に倒れて転がり、危険から逃れるか。しかし一瞬考えた隙に、さらに背中に硬いものが当たる感触がはっきりした。刃物か……確認したいが、今は手がない。

「あんたが久野か」

「こういう形で申し訳ないんですが、一緒に来ていただけますか」丁寧……というより、どこか不安が滲《にじ》んだ声だった。

「こういうことは夜にやるもんだ。人目につくぞ」

「下の駐車場まで一緒に来て下さい」

「俺を拉致する気か？」

「言葉はどうでもいいですが……歩いて下さい」

「拒否したら？」

　一瞬、首筋に冷たい感覚が走った。少し遅れて、鋭い痛みが走る。

「お前……」そっと手を伸ばし、首筋に触れる。手に血がついてきた。痛みの度合いから、ひどい傷ではないと思うが、首だから心配だ。

「本気です。さっさと歩いて下さい」

「自分が何をしているか、分かってるのか？」

「いいから！」相手の声に焦りが滲む。こういうことに慣れている感じではなかった。

海老沢は一歩を踏み出した。次の瞬間、背中に重い衝撃を感じる。振り返ると、よろけた久野がぶつかってきたのだと分かった。久野の後ろから、葉子が姿を現す。手には伸縮式の警棒。海老沢は久野の頭を右腕で抱えこんだ。暴れる久野の背中に、葉子が警棒を振り下ろす。空気を切る音、続いて鈍い衝撃音――警棒が、久野の肩甲骨を直撃した。あそこを打たれると相当痛い。

久野がうめき声を上げながら倒れこんだ。海老沢は腕を離し、地面にへたりこんだ久野の頭を蹴飛ばした。あまりいいやり方ではないが、取り敢えず相手の動きを止めねばならない。

葉子が顔色も変えず、手錠を取り出した。のたうちまわる久野の背中を膝で押さえつけて、後ろ手に手錠をかける。そのタイミングで、西森が姿を現した。怯えたような表情を浮かべている――こういう荒事《あらごと》は経験していないのだろう。

「十三時五十五分、傷害の現行犯で逮捕」葉子が淡々とした口調で告げる。

「西森！」海老沢が声を張り上げると、初めて状況に気づいたように西森がはっと顔を上げ、直立不動の姿勢になる。

「下の駐車場を捜索しろ。怪しい車がないか、確認してくれ」

「分かりました！」悲鳴を上げるように言って、西森が駆け出す。

「他の連中は？」海老沢は葉子に訊ねた。

「今、こっちに向かってます」

「西森がやばいな」

久野は、下の駐車場に車を用意している。自分で運転していく状況ではないので、誰か相棒がいるはずだ。ということは、一人きりの西森が危ない。

「香川、下の駐車場で西森と合流してくれ。一人だと危ない」

「でも、ここも管理官一人では……」葉子が初めて不安そうな表情を浮かべる。

「こいつは、その辺のベンチにでもつないでおけばいい」

海老沢は久野の腕を摑んで、強引に立たせた。久野が顔を背ける——しかし顔は見えた。こいつは公安じゃないな、と一瞬で判断する。若い——おそらく二十代。床屋に行かずに自分で髪を切っているのか、ひどく雑な髪型だ。くたびれたジーンズ、格子柄のネルシャツの上には中綿入りのモコモコしたブルゾンを着て、小さなリュックを背負っている。足元はスニーカーだが、これが今にも破れそうなほどよれよれで、汚れもひどい。極左だ、と海老沢は確信した。靴が怪しい。どういうわけか極左の人間は靴にこだわりがなく、それこそ穴が開くまで履き潰すことも多い。そこで公安部ではいつしか、アジトに家宅捜索《ガサ》をかける時には、必ず綺麗な靴を履いていくのが決まりになった。顔が割れないようにキャップと大きなマスクで顔を隠していくので、一瞥しただけでは敵なのか味方なのか分からないのだ。しかし公安は必ず新しい靴を履いていくから、足元を見ればはっきりする。

「管理官、傷はどうですか？」

「問題ねえよ」とはいえ、濡れたシャツの感覚が気になる。実際はかなり出血しているのではないか？

手錠をベンチにつなぐと、葉子が海老沢の傷を確認した。

「かなり長く切れてますよ」

「動脈に達してるわけじゃねえだろう?」それならもう自分は死んでいる。

「そうですけど、治療は必要ですよ」

「俺はいいから、西森を援護してくれ。あいつ一人じゃ危ねえ」海老沢は繰り返した。

「これを当てておいて下さい。止血しないと」

葉子が小さなバッグからハンカチを取り出した。遠慮なく受け取り、首筋に当てる。ざらざらとした感触に一瞬痛みが走ったが、それでもハンカチを当てただけで快方に向かう感じがしてきた。

「行ってくれ」

葉子が無言でうなずいて駆け出す。海老沢は、手錠でベンチにつながれたまま地面にへたりこんでいる久野の元へ近づいた。海老沢の動きには気づいているはずだが、顔を上げようともしない。

「俺に顔を見られると、まずいことになるのか?」

無言。久野の体は震え、長い髪の隙間から見える耳は真っ赤になっていた。

「お前、公安の人間じゃねえな?」返事を期待してはいなかった。「まあ、いい。調べれば分かることだ。しかし、刃物を使ったのはまずかったな」そこで、地面に落ちている刃の短いナイフに気づいて蹴飛ばす。久野の手が届くか届かないか、ぎりぎりの位置にあったのだ。見ると、刃先にかすかに血がついている。自分の血をこんな形で見るのは、非常に不快だった。

「まあ、いい。どうせ喋るつもりもねえだろう。だけど、いつまでそうしていられるかな。お前の正体ぐらい、すぐに割り出すよ……しかし、ヘマしたな。計画が甘いんだよ」

その計画を立てたのは……室屋。

「逃げられました」西森がしょんぼりした様子で戻って来た。その時点で、他の二人の刑事も合流する。

「しょうがねえ。どんな車だった？」

「白いセダン——前モデルのクラウンマジェスタでした。ナンバーは控えています」

「よし、それで十分だ。ナンバーを調べてくれ。この男は渋谷中央署に運ぼう。パトカーの出動を要請してくれ」

「それはやっておきますから」葉子が珍しく心配そうな表情を浮かべる。「管理官は病院へ行って下さい」

「もう血は止まってる」

「念のためです。ちゃんと治療した方がいいですよ。私がつき添います」

「いや、君はこの男を叩いてくれ」

「身柄は押さえているんだから、大丈夫です。管理官の治療が先ですよ」

しばらく押し問答が続いたが、結局海老沢が折れることになった。確かに出血は止まったが、嫌な痛みは残っている。鋭い刃物でできた傷の痛みは意外に激しい。公園から明治通りに降りてタクシーを拾い、一度渋谷中央署に向かう。そこで病院を紹介してもらって、待たせておいたタクシーでそのまま病院へ向かった。

恵比寿駅の近くにある病院へ着くまで、海老沢は無言を貫いた。いろいろなことを考えているが、車内で口に出すわけにはいかない。

葉子が事前に電話してくれていたので、病院へ着くとすぐに治療が始まった。消毒で、鋭い痛みが蘇る。しかし医者の判断では、縫う必要はないだろうということだった。それでほっとして、気分が上向く。

「念のため痛み止めを出しておきますから、痛んだ時にだけ呑んで下さい」中年の、頼り甲斐のありそうな医師の判断を聞いただけでさらに痛みが薄れる。医者というのも人柄だな、とつくづく思う。相手を安心させる声や態度は本当に大事——刑事も同じだ。

会計を待つ間、待合室で葉子と話すことにした。先に帰ってもらってもいいのだが、少し頭の中を整理したい。しかし葉子は、海老沢の顔を見た途端に笑い出してしまった。こんな彼女を見るのは初めてだったので、戸惑って話に入れなくなってしまう。

「何か……変か?」

「いえ、タートルネックのセーターを着たみたいになってます。それも首だけ別の色の」

「そんなにみっともないかね」

「むしろ洒落てますよ」

「奴は極左だな」笑いを鎮めようと、海老沢は頭の中で渦巻いていた疑念を口にした。

「その可能性は高いですね」葉子がすぐに真顔になってうなずく。

「公安では見たことがない人間だ。所轄の若手かもしれねえが、服装がどうも極左っぽい。荷物を調べたら、何か分かるだろう」

「そうですね」

海老沢は久野が背負っていた小さなリュックに注目していた。極左の連中は、集会やデモに参加する時に、かならず歯ブラシと歯磨き粉、それにタオルを持っている。逮捕覚悟で、いざ身柄を押さえられた時に、留置場での生活を快適にするための必需品だ。

　会計を終えて病院を出た瞬間、携帯が鳴る。西森だった。

「先ほどの車ですが、公安一課の覆面パトでした」

「おいおい」海老沢は思わず目を細めて宙を睨んだ。俺を拉致するのに、覆面パトカーを使おうとした？　久野のような素人を実行犯に使おうとしたことも含め、室屋の作戦は雑過ぎる。あいつを係長にしたのは人事的なミスだった、と思った。「間違いねえな？」

「はい。どうします？　手配しますか？」

「いや、泳がせておこう。誰が乗り出したかだけ、調べておいてくれ」海老沢は瞬時に判断した。この辺は無言の駆け引きになるのだが……今のところはこちらが優位に立っているはずだ。「俺はこれから渋谷中央署に戻る」

「管理官、怪我は大丈夫なんですか？」西森が心配そうに言った。

「ああ、絶好調だ。久野はどうしてる？」

「学生証で身元は確認できました。名前は久野明生《あきお》。東都大法学部の学生です。大学にも問い合わせましたが、実際に在籍していますね」

　海老沢は内心、呆れた。極左の若い連中も、昔に比べれば用心が足りなくなったということか。かつては、デモや集会に参加する活動家は、身元が分かるような免許証や学生証は絶対に持たなかった。身元が分からなければ警察の処理が遅れ、嫌がらせになるという考えからだ。もちろん、最終的に警察は必ず割り出すのだが。

「他に荷物は？」

「歯ブラシとタオルです。あとは財布」

「伝統健在だな」

「はい？」

「いや、何でもねえ。取り敢えず俺が戻るまで、しっかり監視しておいてくれ。俺が直接調べる」

「分かりました」

電話を切って背広のポケットに落としこみ、葉子に向かってうなずきかける。

「まずいですよ」会話の端々を聞いていたのか、葉子が真剣な表情で静かに警告した。「これは、私たちが考えていたより大きな事件かもしれません。部長も、ここまでは想像していなかったんじゃないでしょうか」

「だろうな」

「この件、どこに流れ着くんでしょう」

「さあな。俺にも分からん」海老沢は肩をすくめた。しかし最悪の方に向かっているのは間違いない。

海老沢は、渋谷中央署の取調室で久野と対峙した。久野は一切目を合わせようとせず、黙秘を貫く覚悟を決めているようだが、所詮は学生である。昔の学生活動家なら、警察と堂々と渡り合っていたかもしれないが、今の学生活動家はあまり修羅場を経験していない。すぐに落とせると読んで、海老沢は最初にきつく当たることにした。

「傷害容疑で逮捕したけど、殺人未遂に切り替える。その方が刑期が長くなるからな。人を傷つける可能性がある刃物を持っていたから、銃刀法違反もつけてやる。お前、まだ学生だろう？　残念だな。これで人生、終わるぞ」

「脅しは……」久野が掠れる声で言った。

「ああ？　何だって？」

「脅しは違法な捜査だ」

「勝手に言ってろ」海老沢は突き放した。「俺は状況を説明しただけだ。ただし、お前にもチャンスはある。誰の命令でこんなことをしたのか、きちんと喋れば、情状を考えてやってもいい。そういうのは、こっちの胸先三寸なんだよ。その辺、よく考えろ」

「警察の横暴には負けない」

「おいおい、今時そんなのは流行らねえんだよ」

「警察は暴力装置だし、抑圧機関だ」

「――そんな風に歴史を教わったのか？　昔はそうだったかもしれねえ。でも今は、極左も警察も変わった。お前らは消滅寸前なんだから、警察だってわざわざ強引な手は使わねえよ。お前も、こんなことをやってていいのかって疑問に思ってるだろう？」

「俺には目的がある」

「今さら革命とか言うなよ」海老沢は釘を刺した。「世の中をよくしたいなら、ちゃんと大学で勉強して、官僚や政治家にでもなれ。いい会社に入って、財界へ進んでもいい。世の中を動かしているのは、結局そういう連中なんだから」

　そこでドアをノックする音がした。西森が遠慮がちに取調室に入って来て、一枚のメモを渡す。チラッと見て内容を確認してから、西森に向かってうなずきかける。彼が取調室を出ると、海老沢は即座に畳みかけた。

「お前、革連協の人間だな？　うちが持っている名簿で確認できた――いや、否定も肯定もしなくていい。うちの情報は間違いねえからな。今回逮捕した容疑の事実関係についても、別に何も言わなくてもいい。間近で他の刑事が見てたから、それで十分なんだよ。さて……それで、俺が何を確認したいか分かるか？」

　無言。しかしこの反応は予想できていたもので、何ということもない。

「お前一人でやったわけじゃないだろう。誰かに頼まれたんだな？　しかもそれは、革連協のはずがない。奴らは、警察官に直接手を下すような危ない真似はしねえよ。最近は、インターネットを使ったソフト路線に転換しつつあるしな。皆様に愛される革連協ってわけか？」

　久野がちらりと海老沢を見た。目は充血し、視線が定まらない。

「お前は、公安一課に頼まれて俺を拉致しようとした」公安一課の係長が管理官を拉致しようとした――嘘のような話だが、それが真相だろう。「要するに、革連協のメンバーでありながら、公安の手先になってたんだよ。それが革連協にバレたらどうなるかな？　奴らは警察よりもしつこいぞ。裏切り者は絶対に許さない。お前は確実に実刑判決を受けるが、出所してからも安心はできねえぞ。極左伝統の内ゲバは、今でも健在だ。裏切り者として、ずっと追い回されて生きていくのは地獄だろうな」一瞬言葉を切り、久野の様子を観察する。取調室は寒いのに、額には汗が滲んでいた。「話せば、いろいろ考慮してやる。俺も、将来有望な若者が、極左の内ゲバの犠牲になるのをむざむざ見ているのは嫌だからな。助けてやるよ。そのために、知ってることを全部話せ」

「チクショウ！」久野が叫び、両の拳をテーブルに叩きつけた。「俺は……無理矢理引き込まれただけなんだ！」

「白田だな？」海老沢は指摘した。「副議長に命令されたら逆らえない。それで公安一課のスパイになったわけだ」

「俺は……！」

「ゆっくり聴こうか」海老沢は両手を組み合わせた。「時間はたっぷりある」


　夕方、取り調べをひとまず終えて、海老沢は一息ついた。室屋たちが何を企んでいたか、次第に分かってくる。まだ推理の段階だが、最終的には室屋本人にぶつけて何とかしたい。公安の恥部を暴くことにもなるのだが、ここまで調査を進めてきたら、止めるわけにはいかない。

　渋谷中央署の会議室を借りて、特命捜査のメンバーと打ち合わせをする。

「久野はしばらく放置する。送検は普通にやるが、取り調べはしねえ」

「早く室屋にぶつけたらいいんじゃないですか。久野は自供しているわけですし」葉子が反論した。

「今日の車に室屋が乗っていたかどうかは分からねえ。しかし、久野がまずいことになったのは自覚してるだろう。調べれば、逮捕されたことはすぐに分かるんだから。しばらく放置しておいて、不安にさせようぜ」

　何もせずに相手を揺さぶる作戦だ。これが意外に効果があるのを、海老沢は経験から知っている。人間は、情報で生きる生き物なのだ。

「週明けまで何もしなくてもいい。その間に、別の捜査を進めよう。狙いは高野さんだ」

「ＯＢを調べるんですか？」

「何で高野さんが室屋グループに入っているか分からねえが、話を聴く価値はある。もしも久野が言っていることが全部本当だとしたら、筋が通らないでもねえんだ」

「周辺から室屋係長に迫っていく、ということですか」

「ああ。今日はひとまず解散にしよう。明日の朝、別室に九時集合で、今後の方針を打ち合わせる」

「管理官、怪我は……」

「心配ねえよ。今夜は風呂に入れそうにねえけどな」海老沢は強がった。

刑事たちを返した後、海老沢には一人でやることがあった——公安部長への報告。電話を入れると、これからすぐに、直接報告を受けたいと言い出した。

「本部へ上がりますが……」

「いや、今は新橋の別室を使っているんだろう？　そこで会おう。その方が目立たない」

「分かりました。三十分後には、別室にいるようにします」海老沢は慌てた。警視庁から新橋の別室までは、車だと十分もかからない。部長を待たせるわけにはいかないから、何としても自分が先着しないと。

「三十分後だな。分かった」

海老沢は急いで署を出た。タクシーを拾ってしまおうかと思ったが、この時間だと渋滞が激しいので、電車の方がよほど早い。首の傷はまだ痛んだが、走って山手線のホームに駆けこんだ。山手線で十数分……もはや自分の力ではどうにもならない。

　新橋駅からまた走って、別室に駆けこむ。首全体が包帯で覆われているので不快に暑く、汗をかいていた。しかも傷がひどく痛む。あまり薬は好きではないのだが、病院でもらった痛み止めを水なしで呑み下した。部長にお茶を……と思ったが、その準備をしている時間もないだろう。

　ハンカチで汗を拭っていると、ドアをノックする音がした。急いで駆け寄ってドアを開けると、滝本が一人で立っている。両手にスターバックスの持ち帰り用カップ。部長にコーヒーを用意させてしまったかと、海老沢は恐縮するばかりだった。

「怪我は大丈夫なのか？　痛みそうだ」滝本が目を細める。

「縫うまでいきませんでしたから、軽傷です」

「送検の時には殺人未遂に切り替えてやれ」先ほど、滝本には簡単に事情を説明しておいたのだ。

「そのつもりです……どうぞ」

　打ち合わせ用のテーブルに滝本を案内する。コーヒーは……ありがたく受け取ることにした。先ほど呑んだ痛み止めが効かなくなるかもしれないが、幸い今はそれほど痛まない。

「どうも包帯が気になるな」コーヒーを一口飲んでから、滝本が言った。

「タートルネックのセーターだと思って下さい」先ほど葉子に言われたのを思い出して、海老沢は言った。

「そうは見えないが……まあ、いい。状況を説明してくれ」

　海老沢はコーヒーを一口飲んで喉を湿らせてから、かいつまんで報告した。事実と推測はしっかり分けて話す。うなずきもせず聞いていた滝本は、海老沢が話し終えると「やはりそうか」とつぶやいた。

「どういうことか、お分かりだったんですか？」今の一言が引っかかる。

「私が知っていたのは単なる情報——噂だ」

「要するに、室屋とその一派が革連協と違法に結びついていたということですね」

「何をもって違法とするか、判断は難しいが、否定はできない。Sを使うのは一般的なやり方だが、それだって精査すれば、違法と認定される可能性もあるからな。公安の捜査も、これからは大きく変わっていかなければならない」

「部長、お説はごもっともですが……」滝本の真意がまったく読めない。室屋が何をやっていたか、ある程度は分かっていて、海老沢にその裏を取らせようとしたのだろう。それは分かる。しかしそれと、「公安の捜査が変わる」ことと何の関係がある？　変えたければ、部長として命令を発すればいいではないか。キャリアのトップは、捜査の細かいことには一々口を出さないものと決まっているが、警察として上の命令は絶対である。

「まあ、その件は後でゆっくり話そう。とにかく室屋は、自分の担当でもない革連協の連中と結びついていた。それが分かっただけでも収穫だ」

「革連協の若手を使って私を拉致しようとした——作戦としてはあまりにも稚拙ですが、この件は逮捕した久野という人間が自供しています。幹部の白田に引きずりこまれ、断りきれなかったと」

「室屋への直当たりはどうする？」

「週明けにしようと思います。久野の件については情報を出さないようにして、不安にさせるつもりです」

「それでいい」滝本がうなずいた。「いずれこの件はきちんと掃除をして、公安の中を一新するつもりだ」

「つまり私は、掃除をしているわけですか?」

「これまでにない大掃除だ。大きな仕事だぞ」

「よく分かりません」

分かっているならさっさと事情を全部話してくれればいいのに、と思う。滝本というのは、こんなに秘密主義者だっただろうか。

滝本がコーヒーを一口飲み、煙草を取り出した。公安部長が煙草を吸っている場面を見たことがないので驚いたが、煙草ぐらいは吸ってもおかしくない。パッケージから一本振り出して海老沢に示して見せたが、海老沢は「吸いませんので、結構です」とはっきり断った。

滝本がゆっくりと煙草を吸い、時々コーヒーを飲む。夕方のひと時、一日の仕事の疲れを癒しているようにも見えるが、目つきは鋭い。

「捜査一課と合同で捜査をしている、と聞いている」滝本が唐突に切り出した。

「それは公安一課長が仕切って、現場レベルでやっている話です。私にはこの部長案件がありますから、タッチしていません」

「そうだな……牧田一課長からは随時報告を受けているが、キーパーソンの供述が途中で止まっているそうだな」

「田代杏子ですね?」既に元青軍メンバーを四人逮捕しているが、今のところ彼女が一番の「穴」

になっている。ここまではのらりくらりで頑張っていたが、多くの証拠を突きつけられて、岩井、そして安岡と会っていたことは認めた。ただし、何をしていたかについては「新しい宗教団体の布教活動」という供述を崩していない。長い逃亡生活を経て岩井は宗教に目覚め、かつての仲間たちに声をかけていた——とても信じられる話ではない。いずれは真相を話すだろうが。

「落とし切れていないと聞いている」

「申し訳ありません」

「この件、極めて重要な問題になる可能性がある。できるだけ早く、田代杏子の全面自供を得たい。全員の供述が一致すれば、事件は解決と言っていいだろう。問題は曽我忠哉か……」滝本が顎を撫でる。「岩井の支援を指示していた人間を逮捕できれば、それで捜査は終わりだ」

「それは承知してます」少しむっとしながら海老沢は言った。現場での捜査の経験は、キャリアの部長よりも自分の方が、遥かに豊富なのだ。

「思い切った手を使ってみないか？」

「常に思い切ってやっていますし、部下にもそうさせています」

「君の想像を超える思い切りが必要だ。今回は、捜査一課に叩かせろ」

「いや、部長、それは……」海老沢は言葉を失った。公安一課で逮捕した元極左のメンバーを捜査一課が取り調べる——あり得ない。もちろん、田代杏子は捜査一課で調べている事件の関係者でもあるのだが。

「捜査一課が別の視点で調べれば、まったく新しい結果が見えてくるかもしれない。それで一気に流れができる可能性もある」

「部長、本気で仰ってるんですか？」

「刑事部長にはもう話した」

自分たち下の人間が何も知らないうちに、キャリアのトップ同士で簡単に話が決まってしまう——今までもそういう状況を経験したことがないわけではないが、このレベルの話では初めてだった。現場で決めるべき話に、どうして両部のトップが首を突っこんでくる？

「もしかしたら、捜査一課——刑事部にも関係あるような話なんですか？」

「いや、捜査一課が絡んでいるのは、あくまで安岡殺しだけだ」

「だったら、やはりうちが続けるべきではないですか？」

「人が変われば状況が変わる。捜査一課が調べたら、我々がやるのとはまた違う、新しい結果が生じるかもしれない。上手くいけば、我々はその成果をそっくりそのままもらう」

「そうですか……」

「気に食わないか」

「気に食わないですね」海老沢は反射的に、正直に言ってしまった。相手は公安部長——本当なら、管理官である自分が直に話せるような立場の人ではない。しかし滝本は気にする様子もなかった。

「公安は変わったと思うか？　公安がというより、公安を取り巻く環境が」

「もちろんです。公安一課の人員削減も仕方ないとは思います」

「そうだな。社会は変わる。当然警察も変わらねばならない。しかしそれを拒否する人間もいるんだ。守旧派というか、保守派というか、変化を嫌がる人間が」

「室屋係長がそうなんですか？」

「我々公安は変化に晒されるもの。一方、捜査一課は何だ？」

「変わらないもの、ですかね」事件の傾向は変化するし、捜査の方法もどんどん進歩する。それでも捜査一課の仕事の基本は、日本に近代警察制度ができてからまったく変わっていないはずだ。すなわち、究極の犯罪――人が人を殺した事件を調べる。

「そうだ」滝本が認める。「そんな、ずっと変わらない連中に調べさせてみる手はある。我々が極左を調べれば、出てくる結果はある程度予想できる。しかし捜査一課なら――まったく違う化学変化が生じる可能性もある」

「しかし、あまりにも乱暴です。本来捜査権限がないのに取り調べを任せるのは……」

「だったら、うちから誰かサブで入れればいい。君は、捜査一課の高峰管理官とは知り合いだな？」

　海老沢は口をつぐんだ。二人の関係は、できるだけ他の人間には知られないようにしてきたのだが……公安部長の前では、秘密は一切持てないということか。

「一緒に田代杏子と対決してみたらどうだ？　向こうにすれば、初対面の人間が二人現れるわけで、動揺すると思うが」

「確かに効果はあるかもしれませんが……」

「同じようなやり方に、いつまでも固執しているのもどうかと思う」

「それも、公安の新しい姿なんですか？」

「そうなるかもしれない。動脈硬化は避けたいな」

「動脈硬化？」

「人間だけじゃなくて組織も、古くなるとどうしてもいろいろな部分が固くなってくる。そうなると、死につながる病気に罹《かか》る可能性もあるだろう。公安はまだ死ぬべきじゃないと思うがね」

公安の死。それはどんなものだろうか。

第六章　巻き戻す

1

「僕が取り調べを？」海老沢の思いもかけない申し出に、高峰は返事に困った。「しかも公安一課の容疑者を？　それは筋が違うんじゃないか」

「部長の指示でね」海老沢がひどく素っ気ない口調で言った。「上の方では、そういうことで話がまとまってるそうだ」

「何だよ、それ」高峰は思わず携帯電話を握り締めた。

「詳しい事情はこれから話す。取り敢えず、飯でも食いながら打ち合わせしねえか？」

「それはいいけど……」

「じゃあ、新橋まで来てくれ。駅を出たら電話してくれねえか」

「——分かった」

　話が変な方に捻《ねじ》れてしまった。困惑したまま高峰は電話を切り、宮下に今の話を告げた。

「何ですか、それ」宮下も困っている。

「部長同士で話がまとまっているって言ってたけど……君、課長から何か聞いてないか？」

「何も聞いてないですよ。変だな」

「僕は今から、公安の担当者と打ち合わせしてくる。君は一課長を摑まえて、事情を聞いてくれないか」

「分かりました。詳しい情報が分かったら、すぐ連絡して下さいよ」

「ああ。公安の方からは何か言ってきてるか？」

「いえ、何も……今日になって、田代杏子がまた黙秘状態になってしまったという情報は入ってますけど、それ以外はないですね」

「そこを僕が取り調べることになるらしいんだけど……」

「それは絶対変ですね。公安が、自分の獲物を簡単に渡すとは思えません」宮下が表情を強張らせる。

「上の考えてることは分からないけど、一課長は知っているはずだ」

「上の勝手な判断で振り回されるのはいつものことですけど、参りますよね」宮下が溜息をついた。

溜息をつきたいのはこっちだ、と高峰は思った。

新橋駅に着いて、山手線のホームから海老沢に電話をかけると、烏森《からすもり》口から出て、ニュー新橋ビルの向かいの道路を歩いて行くように指示された。

「どこかの店じゃないのか」

「分かりにくい店なんだよ。西口通りじゃなくて、一つ北側の通りに来てくれ。そこで待ってる」

指示通りに歩いて行く。バブル期を経て、東京の大きな街の表情は大きく変わったが、新橋は比較的昔のままの姿を残していると思う。蜂の巣を想起させる外観のニュー新橋ビル——この街のシンボルは、高峰が高校生の頃に完成したはずだ。ここは基本的に会社、そして飲食店の街なのだが、新しい店はなかなか根づかない。どこも、何十年も前から地元に密着して営業している店のようだった。

パチンコ屋の脇の道に入ると、コート姿の海老沢が立っていた。スーツにハイネックのセーターを合わせているようで、海老沢にしては気が利いた服装だ……と思ったが、近づくと首に包帯を巻いているのが分かる。

「どうした」仰天して思わず聞いてしまう。

「ちょっとな……その件も後で話す。まず飯にしようぜ」

「お勧めの店は？」

「パスタでどうだ？」

「パスタ？」海老沢の口から「パスタ」という言葉が出たのが意外だった。高峰たちの世代には概して、「パスタ」の概念がない。洋風の麺は、あくまで「スパゲティ」だ。要するに、学生時代に喫茶店で馴染んだナポリタン。十年ぐらい前だろうか……グルメという言葉が定着して都内にイタリアンレストランが続々誕生し、本場イタリアと同じようなパスタが食べられるようになったが、高峰はあまり縁がない。一度家族で食べに行った時、パスタは生茹でかと思えるほど固く、しかもふんだんに使われているオリーブオイルのせいで胸焼けしてひどい目に遭った。以来、「パスタ」

は敬遠している。子どもたちは気に入ったようで、新しい店を見つけては足を運んでいるようだが。高峰も、昔ながらのナポリタンなら好きなのだが、最近は食べさせる店も減ってしまった。

「君は、パスタなんか食べるのか」

「食べるよ」海老沢が平然と言った。

「いつの間にか口が洋風になったわけだ」

「そういうわけじゃないけどな。美味い物は美味いっていうだけだ」

ごちゃごちゃした道を三分ほど歩いて、海老沢はビルの二階にある店に高峰を案内した。「本格パスタとピザの店」と看板で謳《うた》っていて、午後八時になるこの時間でも、かなり賑わっている。海老沢は小部屋を予約していて、二人はそこに落ち着いた。

「酒は……なしだろうな」高峰は海老沢の包帯を見て言った。

「医者にも、しばらく酒は控えるように言われてる」海老沢が自分の首を平手で叩いた。

「で？　何があったんだ？」

聞いたところで、ちょうど店員が水を持って入ってきたので、海老沢が口をつぐむ。何度も人の出入りがあると面倒なのか、海老沢がメニューを見もせずに「カルボナーラ二つ」と注文した。一瞬考えた後で、ミニサラダを二つ追加する。店員が出て行こうとしたので、高峰は慌てて烏龍茶を注文した。烏龍茶があるのは、カジュアルな店の証拠だろう。

「それで、その傷は」高峰はまずそこから訊ねた。こちらの捜査には関係ないはずだが、気になって話を先へ進められない。

「特命捜査に関して、ちょいとヘマした」海老沢が要点を簡潔に説明する。

「そうか……要するに、裏切り者の捜査をしていたら、本当に裏切っていたと分かったわけだ」

「まだ確定したわけじゃないけどな。その過程で、今日、公安部長から田代杏子をそっちへ渡せ、と命令された」

「渡す、じゃないだろう」高峰は訂正した。海老沢は時々話が大袈裟になる。「こっちが一時的に調べる——代打みたいなものだろう」

「部長は、たまに取り調べ担当を替えると効果がある、と思ってるみてえなんだ」

「それは机上の空論だと思うよ」

「部長に言われて、逆らえるか？」海老沢が挑みかかるように言った。

「いや、まあ……分かった。こっちとしても、安岡殺しのヒントを直接手に入れられれば、それに越したことはない」

「もしかしたら、全部つながってるかもしれねえな」

「全部？」

「そっちの事件もこっちの事件も、青軍の元メンバーが関係している」

「ああ」

「俺も独自に調べる中で、キャッチした情報がある。まだお前には言ってなかったけど」

「早く言ってくれよ」高峰は思わず文句を言った。

「まあ、いろいろある」

海老沢が、問題の独自情報というのを教えてくれた。確かに何かがつながりそうな感じはある……が、高峰の想像は、青軍絡みになるところでストップしてしまうのだった。

「君はどう思う？」

「まだ想像の域を出ねえな」

「それでも……」

「俺は、想像で物を言わねえんだよ。とにかくこの件は、田代杏子にも伝えていない。直接ぶつけてみたらどうかな。それを使って、お前がどういう風に田代杏子を落とすか、近くで見せてもらうぜ」

「君が記録係に入る？　それも緊張しそうで嫌だな」

「そう言うな。これも部長肝《きも》入《い》りなんだ」

「公安部長は、ずいぶん現場に首を突っこむんだな」

「普段はこんな人じゃねえんだが」海老沢が首を傾げる。「どうも、俺がやってた特命とも関係ありそうなんだ」

「ふうん」まだピンとこない。やはり捜査一課は捜査一課、公安一課は公安一課と分けて考えるべきではないだろうか。事態が複雑になるばかりだ。

　料理が運ばれてきて、話は中断した。カルボナーラという名前は聞いたことがあるが、実体はこういうものなのか……黄色がかったクリームソースで和えられた麺の上に、荒く挽いた黒胡椒が散っている。特に強い香りがするわけでもなく、味が想像できなかった。

「まあ、食おうぜ」

　海老沢に言われるまま、フォークでずるずるとすすり始める。濃厚なクリームの味で、胡椒がいいアクセントになっていた。少しだけ入っているベーコンの香ばしさと塩気もいい。しかし、かなり腹が膨れそうだ。

「たまにはパスタもいいだろう」

「まあ……美味いけどね」食べ進む間に、何となく慣れてきた。ただし、自分で頼んでもう一度食べるかというと微妙だ。高峰としては、辛いつゆで蕎麦を手繰る方が、麺を食べている実感が得られる。

「明日、九時に公安一課に来てくれねえか」

「敵陣に乗りこむわけか」

「別に敵じゃねえと思うけど」

「今まで、捜査一課の刑事が公安一課の部屋に入ったことがあるか？」

「さあな」海老沢が肩をすくめる。「すぐに取調室に案内するよ。そこで田代杏子と勝負だ」

「そこは全力を尽くすよ」

「そうしてくれ。うちにとっても重要な案件なんだ」

2

翌朝九時、高峰が公安一課の大部屋に行くと、海老沢は既に待ち構えていた。

「このまま取調室に行こう」

「課長とかに挨拶しなくていいのか？」

「うちの刑事たちと顔を合わせるのも面倒じゃねえか？」

「……それはそうだな」

海老沢が取調室に案内してくれた。本部の取調室はどこも同じような造りだが、何となくそれぞれの課で空気感が違う。壁にはめられた鏡を見て、海老沢に確認する。

「外では誰が見てる?」

「うちの係長」

「緊張するな」高峰は肩を上下させた。

「慣れてるだろう」

「少なくとも、敵地で試合するサッカー選手ぐらいは緊張する」

「お前がサッカーの例えをするとは珍しい」海老沢が皮肉るように言った。「まあ……よろしく頼む。捜査一課の実力を見せてくれ」

海老沢がこんな風に下手に出て言うのは珍しい。それだけ追いこまれているのだ、と高峰は想像した。

デスクにつき、気持ちの準備を整える。高峰は三十代の頃、一時取り調べ担当を任されていたことがある。取り調べ担当はそれに専任し、同じ係で長く担当を続けることも珍しくない。容疑者と対峙して自供を引き出すための総合的な「人間力」が必要なポジションで、捜査一課では、ある意味仕事の中核でもある。高峰はその後警部補の試験に合格し、管理職の道を歩き始めたので、取り調べ担当からは外れたが……こうやって取調室で容疑者と対決するのは久しぶりだ。畑違いの相手でもあり、いやが上にも緊張してしまう。

間もなく取調室に連れて来られた田代杏子は、疲れ切った初老の女性だった。白髪混じりのショートカットのヘアスタイル。勾留中ということで化粧っ気もなく、顔色はひどく悪く見えた。小さな手は荒れている……長年自転車店を経営し、ずっと油に塗《まみ》れていたせいだろう。彼女の歴史は手にある、と思った。

高峰は静かに切り出した。相手の性格も出方も読めないから、慎重に行くしかない。

「捜査一課の高峰と申します」頭を下げる。

「捜査一課？」突然、田代杏子が敏感に反応した。「それは管轄が違うのでは？」

「特別です」

「捜査一課には、私を取り調べる権利はないはずです。それとも私が殺人事件に関連しているとでも？」

「ええ」向こうの反応を見るために、高峰はさらりと認めた。

「私は人を殺していません！」

「そうですか」

「これは権力の横暴です！　違法な取り調べは絶対に許されない！」

高峰はちらりと海老沢を見た。海老沢は素早く肩をすくめるだけだった。こういうのは極左の典型的な反応で、彼には珍しくもないのだろう。高峰の心にもまったく響かなかった。

「あなたは、岩井康和さん、安岡孝雄さんと仙台で会っていたことを認めました——三人が仙台で会っていたことは、私たちも確認しています。岩井さんの行きつけの『砂時計』という喫茶店ですね？」

「私たちは、新たな道に目覚めたんです」

「宗教の話はここまでにして下さい。警察としては意味がないと考えています」高峰はぴしりと言った。これも作戦……強い態度に出た場合に、田代杏子がどう反応するか知るためだけの言葉だった。

　田代杏子が不自然に黙りこむ。こちらが強硬的に出ると、無理に反発はしないようだ。しかし黙りこまれても困る……高峰は声のトーンを通常に戻した。

「繰り返します。あなたと岩井康和さん、安岡孝雄さんが仙台の喫茶店で会っていたことは確認できています。先月――二〇〇〇年十二月の話ですね」結局日付は特定できなかったので、高峰は曖昧に言った。しかし田代杏子は反論しようとしない。「岩井さんは、爆発物取締罰則違反容疑などで、公安部から指名手配されていました。海外にいると見られていたのが、実際には二十年前に帰国して、それからずっと仙台に隠れていたと見られています。あなたは岩井に何度も会って、援助していたんですね」

「その件については、何も言うことはありません」

「三人で会っていたのは間違いないでしょう。何の話をしていたんですか」この件は既に、田代杏子は認めていて、調書にも正式に残されている。「あなた自身が認めたことです。問題はその理由……宗教ではないですね。そもそもあなたの家からは宗教的なものが何も見つかっていないし、ご家族も、あなたが特定の宗教で活動していた事実は知らなかった。家族に秘密で宗教にはまるのは、常識的に考えられない。それに、あなたは去年だけで三回、仙台に行っています」

「旅行です」苦しげな表情で田代杏子が説明した。

「三回も？　同じ街に？　そんなに気に入っていたんですか」

それだけ言って高峰は言葉を切った。反論はない。何を言ってもマイナスになってしまうと考えているのだろう。相手が黙秘を続ける時に、こちらが取るべき対策は二つ。同じように黙りこんで、相手が痺れを切らすのを待つか、ひたすら言葉をぶつけ続けて揺さぶるか。高峰は後者の作戦を取った。

「岩井は逮捕された後で自殺しました。安岡さんは自宅近くで殺されています。殺される直前、安岡さんが仙台へ行ったことは分かっています。急遽東京へ戻って来た感じで、そこで被害に遭ったと考えられています。あなたたち三人が仙台で会っていたということは、安岡さんと岩井さんが二人で会うのも不自然ではないですね。何故なら、安岡さんも青軍で活動していたと見られるからです」

「そんなことは……知りません」力のない否定。

「安岡さんが青軍にいた——実質的に青軍の指導者で、あの爆破事件を主導したのも安岡さんだったという情報があります」

海老沢が教えてくれた、驚くべき情報だった。海老沢はネタ元を明かそうとしなかったが、どうやら青軍の元メンバーを揺さぶって聞き出したようだ。安岡は既に死んでしまっているので、本当に青軍の最高幹部だったとしても、必死になって証明する意味はない。

公安的には。

しかし捜査一課としては、その事実が三十年後の事件につながっている可能性を考慮しなければならない。一種の内ゲバと言うべきかもしれないが、現段階では捜査一課が責任を持って調べ上げるべき件だ。

「ご家族の新しい証言がありました。あなたは昨年十二月十三日にも仙台に行っていました。戻ったのは翌日の午後。ひどく疲れた様子だったそうですね」

　今朝早く、急遽家族に事情聴取して得た情報だった。高峰は直接事情聴取したわけではないが、話を聴くと、家族は既に空中分解しているという。養子に入った夫は、妻がかつて極左の活動をしていたことは知っていた。それは承知の上で結婚したのだが、まさか長年逃亡を続けていた容疑者とまだ接触していたとは……「裏切られた気分だ」と愚痴を零《こぼ》し、刑事の質問に澱《よど》みなく答えたという。変に隠し事をして、自分まで疑われたらたまらないとでも思っているのだろう。その話の途中で「離婚」という言葉さえ出たらしい。

「十二月十三日に仙台に行ったことは認めますか」

　高峰は畳みかけたが、田代杏子はやはり無言。しかし、テーブルの上に置いた両手が細かく震え始めた。

「行っていないなら、その日どこにいたか説明してもらえますか？　アリバイがあるなら、我々が裏を取ります」

「——ない」

「はい？」

「そんなものはありません」田代杏子が顔を上げる。何故か無表情だった。目が虚ろ……というわけではない。感情は抜けているのに、心の奥には硬い芯があるように感じられる。

「アリバイがない、ということですか」

「ないです」

「では、仙台にいたんですか」

「それを言えないから、アリバイがないということになります」

「仙台にいなかったら、どこにいたんですか」

「それは言えません」

「安岡さんはどんな人でしたか」高峰は話の筋を変えた。「当時——三十年前の話です」

「言えません」

「一緒に青軍で活動していた人でしょう？　あなたが青軍のメンバーだったことは確認できている。印象を聞かせて下さい。安岡さんは、長野出身で高卒でした。青軍の他のメンバーは、全員が大学生、あるいは大学出身者でした。安岡さんとは経験がまったく違うと思いますが」

「あの頃は……」田代杏子がぽつぽつと話し出した。「六〇年代は、大学生こそが社会改革の中心になる、という考え方が主流でした。でもそれは、東大の安田講堂事件を機に下火になったんです。その後は学生と労働者が共同して世の中を変えていく、という考えが普通になりました。学歴なんか関係ないんです。そういうのは、刑事さんも知ってるでしょう」

「私は少し下の世代なので……それに学生運動にはまったく縁がありませんでした」

「ノンポリだったんですね」

「そういう風にも言われていました」活動家が、非政治的、何もしない学生に対して揶揄するようにぶつけた言葉「ノンポリ」。しかし七〇年代前半に大学生だった高峰の感覚では、活動している学生は圧倒的に少数派だった。キャンパス内には激しい檄文を書いた立て看板が林立していて、いかにも大学全体が学生運動に揺れていたように見えたのだが、今考えれば、あれはただ派手だから目立っていただけである。実際には、活動している学生は圧倒的な少数派だった。高峰の大学では、特に活動が活発でなかったせいもあるが。

「だったら、当時のことを話しても分からないのでは？」馬鹿にするように田代杏子が言った。

「それでも、参考までに聞かせて下さい。被害者の人となりを知ることも我々の仕事なんです」

「安岡さんは——誰よりも勉強している人でした。本当は大学に進学したかったし、それだけの能力もあったけど、家庭の事情で許されなかった。それも社会の仕組みに問題があるからだ……そういう不満が、運動にのめりこむきっかけだったと聞いています。仕事を転々としながら勉強して、様々なグループで活動したけど、理論面でしっくりくるところは一つもなかった。私たちは、まず理論からですから……それで安岡さんも、自分の理論を実践に移すために、自分でグループを作ろうとしていた」

「それが青軍——安岡さんが本当のリーダーだったんですね」

「私たちは、役職を置きませんでした。少数精鋭の組織でしたし、役職がつけば権力闘争が始まる。それで失敗したグループをたくさん見てきました」

　自分で「少数精鋭」と言うのも図々しいと思うが……しかし仮にも企業爆破事件を成功させた連中である。そういう意味では「精鋭」だったと言っていいかもしれない——ゲリラの精鋭。

「しかし安岡さんは、実質的なリーダーだった」高峰は再度指摘した。

「……そう言っていいと思います」

「事件のことについては、改めては聞きません。既に終わったことだし、あなたたちも責任を取った」

「だったら私は、どうしてここにいるんですか」田代杏子が反発する。

「現在の事件に関係しているからです。これは私が調べていることではありませんが、岩井さんは海外に逃亡して、日本に戻って来た後も、ずっと仙台で逃亡生活を送っていた。岩井さんが海外に逃亡したのは、彼が青軍の実質的なリーダーで、将来の活動再開のために逮捕されるわけにはいかなかったから――当時あなたたちはそのように供述していたし、公安もそう判断していました」

「古い話」馬鹿にしたように田代杏子が言った。

「古い話でも、まだ死んだわけではありません。そもそもこの話が嘘だったのではないですか」高峰は指摘した。

「私は嘘はついていない」

「青軍を作ったのは安岡さん――実質的なリーダーは彼だったんでしょう？　役職のようなものはないにしても」

田代杏子が黙りこむ。考える間を与えず、高峰はさらに突っこんだ。

「これはあくまで想像ですが、岩井さんは安岡さんを逃すためのダミーになったんじゃないですか？　誰がどう計画したかは分かりませんが、当時、あなたたちは全員が岩井さんを青軍のリーダーだと指摘した。でもあなたは今、青軍には役職がなかったと言っていた。嘘をついたんですか？　それとも昔の供述が嘘だったんですか？」

「警察に本当のことを言う必要がありますか」田代杏子が開き直る。「あなたたちは権力――民衆の抑圧システムです。私はそれには屈しません」

「屈しないで、三十年も戦い続けてきたんですか？　今は普通の市民として幸せに暮らしている

——それは仮の姿なんですか？」

「自分の心情を、あなたに話すつもりはありません」田代杏子がぴしゃりと言った。

「私は捜査一課の刑事です。あなたの政治的信念には興味はありません。ただ、安岡さんが殺された事件に関係していると思っているから、確認しているだけです」

　ここからが勝負だ。高峰は言葉を切り、記録席についている海老沢に視線を送った。海老沢がさっとうなずく。これまでの取り調べは、海老沢の感覚では「合格」のようだ。

「十二月十三日の件で確認します。安岡さんが、十一日に仙台に行ったことは分かっています。新幹線で向かい、現地のホテルに泊まった。それは確認できています。それで……あなたも仙台に行っている」

「行っていません」即座に否定。

「いや、行っていた。誰かがあなたの名前を悪用したのでない限り」

　田代杏子の顔からすっと血の気が引く。痛いポイントを突いたのだと分かって、高峰は畳みかけた。

「あなたは十二月十三日に仙台へ行った。新幹線のチケットは現金で購入したんでしょう。その記録は残っていません。ただしその日、仙台駅前で車を借りた記録が残っている。あなた自身が借りたのでなければ、誰かがあなたの名前、免許証を使って借りたことになりますが、実際には人の免許証を使って車を借りることは不可能です。レンタカー店はどこも、厳密にチェックしますから……翌日の午前中に車を返していますが、かなり長い距離を走っていますね？　一日強で八百キロ近く——これは、東京—仙台間の往復とほぼ同じ距離です。一日でこれだけ運転するのは、かなり大変だったんじゃないですか？　それとも、運転は途中で交代した？」

「言うことはありません」

「岩井さんは、その頃既に宮城県警に監視されていました。しかし一時的に行方が分からなくなっていたことがある。それが、十三日の夜から十四日の午前中にかけてです。十四日の昼過ぎに自宅に戻ってきたところを捕捉されました。その後岩井さんは自殺していますから、その間何をしていたか、供述は得られていません。東京へ行っていたんじゃないですか？　あなたと一緒に」

「私は何もしていません」

「だったらレンタカーを借りたのは誰ですか？　誰かがあなたの名前を騙って借りた？　そんなことはできませんよ」

田代杏子が唇を噛む。高峰は畳みかけた。

「ここで否定しても変な言い訳をしても、時間の無駄です。大事なことだけ言ってもらえれば、それでいい。あなたの責任については、その後で考えましょう」

「ちょっと俺の方からも言わせてもらえれば」

海老沢が突然割って入った。本来、記録係の刑事は取り調べに口は挟まないというルールがあるのだが、今回は特別だ。海老沢が立ち上がり、テーブルに両手をついて屈みこんだ。斜めの位置から田代杏子に語りかける。

「俺たちは確かに、岩井を指名手配した。しかしその頃から、岩井は誰かのダミーじゃないかって疑っていた刑事がいたんだよ。青軍の本当のリーダーは国内で温存して、近いうちに新たな運動を起こす――岩井は犠牲になったんじゃないかっていう説だった」

「岩井さんは……安岡さんに借りがありました」田代杏子が唐突に打ち明けた。

「借り？」海老沢が突っこむ。

「些細な話です。岩井さんが前に所属していたグループを追い出された後で、声をかけて拾ったのが安岡さんです」

　高峰は海老沢と視線を交わし合った。この辺の話は公安マター……自分は裏の事情を知らないから、海老沢に任せるべきではないか？　しかし海老沢は高峰にうなずきかけると、記録係の席に戻って行った。あくまでこっちに任せるということか。いいだろう。ここから先、捜査一課の粘りを見せてやる。

「岩井さんは、拾ってもらった恩を返すために、自分が首謀者だということになって指名手配された――それで、表に出ていなかった安岡さんは国内で普通に生活していた。あなたたちも、安岡さんの名前を出さずに、岩井さんをリーダーだと供述した。そういうことでいいですね？」

「結構です」

「しかし二十年前に、岩井さんは帰国した。一時は中東のゲリラグループと関連があると噂されていましたけど、それは本当なんですか？」

「私は、海外逃亡には手を貸していませんでした。それは他の人が――でも、中東にはいなかったと思います。おそらく東南アジアに身を隠していたはずです」

「そして二十年前に帰国した」高峰は再度指摘した。

「資金が続かなくなりました。我々がお金を出し合って援助していたんですけど、限界があります」

「それで日本に……」金の問題だけなら、日本ではなく物価の安い東南アジアの国にずっといた方が有利な感じがするが。

「それだけではありません。安岡さんが帰国するように促したんです。そろそろ、国内で新しいことを始める時期だと」

「新しい運動ということですか？」

「私たちは……青軍の活動に限界を感じて離れた人も、多くいました。でも、可能性を信じていた人もいたんです。私も含めて。そういう人間が、援助を続けていました」

「指示役は、曽我忠哉という人物ですね？　今どこにいるんですか？」

「それは私も知りません」田代杏子が首を横に振った。「手紙で指示が来るだけでした。それも毎回違った消印で……この半年ぐらいは、一度も手紙がありません」

「何かあったんでしょうか」既に死んでいるとか。

「分かりません」

「そうですか……とにかくあなたたちは、岩井さんの逃亡を助けていた。しかし実際には、二十年間、具体的な行動はしなかった。どうしてですか？」

「タイミングの問題です。でも、岩井さんの忍耐も限界に近づいていました。それでここ一年ほどは、安岡さんを頻繁に仙台に呼び出して問い詰めていたんです」

「安岡さんは、青軍の事件から数年経って、民主連合に職員として就職しました。それは、岩井さんの逃亡と何か関係あるんですか？」

「当時、民主連合は国会に議席を持っている政党としては、一番左寄りでした。政策によっては共産党よりも左——そこに入りこんで、既存勢力の力を利用して青軍を復活させようとした」

馬鹿なことを、と高峰は呆れた。いかに民主連合が左寄りでも、極左とは一線を画そうとするだろう。そこを乗っ取って青軍の隠れ蓑にしようとした？　それはあまりにも現実が見えていない、机上の空論だ。そして実際、安岡は具体的な行動を始めないまま二十五年も政党職員、代議士秘書を務めて去年辞めた——もしかしたら、去年が彼にとっての「時」だったのか？

「安岡さんは去年、代議士秘書を辞めて、選挙コンサルタントを名乗っていました。しかしその仕事をしている様子はなく、実際には貯金を取り崩して生活している有様だった。そして何度も仙台に行っていた——何をしようとしていたんですか？」

「岩井さんと会っていました。私が同席したこともあります」

「そこでは何の話を？」

「革命です。青軍の再立ち上げです。そのために、かつての創設者二人が具体的な話し合いを始めたんです」

「それには、あなた以外の青軍の元メンバーも関わっていたんですか？」

「声をかけ始めたところでした」

「あなたは、安岡さんとずっと連絡を取り合っていたんですか？」

「彼は……」田代杏子が唇を嚙む。

「もしかしたら安岡さんは、あなたにとって特別な存在だったんですか？」

高峰は訊ねた。田代杏子が無言でうなずく。高峰はうんざりした気分になった。大昔の恋愛沙汰が、今も尾を引いているとは……。

「青軍の中には、明確なルールや規律はなかったんです。規律を守るために、はっきりと男女交際禁止を打ち出していたグループもありましたけど、私たちは違った。目的は明確でシンプルでしたから、わざわざ規律を決めて自分たちを縛る必要はなかったんです」

「それであなたは、安岡さんと交際していた」

田代杏子がうなずく。一瞬顔が若やいだような感じがしたが、どうもポイントがずれている。

「安岡さんは、私の全てでした。闘争のリーダーとしても、男性としても……でも、時代が私たちを引き離した。その後は本当の気持ちを押し殺して暮らしていたんです」

「もしかしたら、ずっと関係は続いていたんですか？　お互いに家庭もあるのに？」

「あなたが想像しているようなことではありません」田代杏子が睨みつけてきた。「単なる精神的な結びつきです。理想を追う者同士の絆です」

それもまたタチが悪い……事件から三十年経っても革命の夢を追い続けていたというのも、俄《にわか》には信じられなかったが。

「安岡さんは、ようやく腰を上げた、ということですね？　それで岩井さんと頻繁に会って、相談を始めた」

「でも、そんなに上手くはいきませんでした。岩井さんはずっと援助を受けていたのに、自分は被害者だと言い出して……そこで、安岡さんとの間に埋められない溝ができたんです」

そんなことは当たり前だと思う。身代わりとして三十年も逃亡生活を続けていた人間が、「もう一度夢を追おう」と誘われても、素直に同意できるものではあるまい。

「岩井さんは、警察に出頭すると言い出しました。もちろん、安岡さんにはそれは許せない。十二月十二日に会った時も、激しい言い合いになったそうです。それで私が呼ばれました」

「仲介役として？」

「そういう感じです。仙台に行って話をした時に、安岡さんが急に、これから東京へ行くと言い始めたんです。東京で会うべき人がいると」

「誰ですか？」

田代杏子が打ち明けると、海老沢が血相を変え、椅子を蹴るように立ち上がった。よほど重要な証言——高峰の感覚でもそうだった——だと思ったのだろうが、高峰は右手を上げて、彼を何とか座らせた。ここで二人がかりで攻めていったら、収拾がつかなくなってしまう。海老沢が厳しい表情で睨みつけてきたが、無視して話を続ける。

「その人とは実際に会ったんですか？」

「いえ」

「あなたはその人の存在を知っていた？」

「知りませんでした。本当かどうかも分かりません」

「それで安岡さんは……」

「岩井さんに殺されました」

「場所はどこですか」話がいきなり核心に入ってきた。

「目黒——安岡さんの家の近くです」

「そこまで車で行って、安岡さんを殺して、その後は？」

「仙台に戻りました。一晩かけて私が運転しました」

一番肝心な話は聴けた。高峰は田代杏子に気づかれないようにゆっくり静かに息を吐いた。一瞬目を閉じてから続ける。

「仙台に戻ってから、岩井さんはどうしました？」

「家に帰りました」

「あなたは？」

「私は車を返してから、新幹線で東京へ戻りました」一つ、溜息をつく。長い夜を思い出してげっそりしたのかもしれない。

「ありがとうございます」

高峰が頭を下げると、田代杏子が目を見開いた。礼を言われるなど、まったく想像もしていなかったのだろう。

「あなたのおかげで謎が解けました。あなたが嘘をついていなければ、ですが」

「嘘はついていません」

「となると、あなたは殺人事件の共犯に問われる可能性もあります」

「そうですか……でも、私は何もしていません」

殺しの現場を見ていて、その後岩井の逃亡——仙台へ戻る手助けをしていたのだから、共犯と認定される可能性は高い。

「話さないという選択肢もあったと思います。どうして話したんですか」

「二人の話し合いがずれていくのを見て、私は絶望しました。三十年間、一度は捨てた夢を実現するチャンスがもう一度来るかもしれないと信じていたのに、結局三十年で理想も気持ちも変わってしまったんです。私の中でも何かが壊れました。爆破事件の後、実家の仕事を継いで隠れるように生きてきて、それでもまだ使命感は持っていました。家庭も持ちましたけど、それでも気持ちは変わらなかった」

「しかし結局、トップの二人が仲違いして、最悪の結果になった。あなたはそれを目の前で見て絶望した――そういうことですね」

「その後岩井さんが自殺したと知って、もうどうでもいいと……」

「岩井さんの自殺は彼の意思だったんでしょうか」

「そうだと思います。逃亡生活に疲れていたこともあるでしょうし、安岡さんを殺した責任、未来がなくなった絶望感――いろいろなことで心が折れたんでしょう。でも、毒薬を渡していたのは安岡さんです。もしもの時はこれを使え、と。安岡さんは、警察に捕まりそうになったら、という意図で渡したんでしょうけど、結局岩井さんは捕まった後で使った。彼の気持ちは想像もできませんが……」

「その後、捜査はあなたたちにも及んだ」

「疲れました」田代杏子が溜息をついた。「この三十年間は何だったのか……もう、全てが終わりですね」

「それでも人生は続くと思います。絶望したりせずに、今後も正直に話して警察の捜査に協力して下さい」

「話したくないですね」田代杏子が力なく首を横に振った。「話すだけで疲れます」

「私にとっては仕事ですが、どういうことなのか、真相を知りたいという興味もあります。協力して下さい」

「少し休ませて下さい」田代杏子が頭を下げた。「疲れました」

それほど長くない取り調べで、田代杏子は急に歳を取ってしまったようだった。今の話はしっかり記録してあるから、一度休憩して、その後で調書を確認してもらうことになるだろう。それでもいい……事件はこれで解決に向かうはずだ。

しかし高峰の胸の中には、重いしこりのようなものが生じていた。

「何だか悔しいな」

海老沢の声は、冷たい風にかき消されそうになった。何となく本部の中では話しにくく、休憩の間に日比谷公園に出てきたのだ。

「悔しいって、何が？」

「お前が落としたことだよ。本来は、うちがきっちり決着をつけるべきだった」

「急に喋り始めたのはどうしてだと思う？」

「岩井が死んだせいもあるかもしれないな。『もうどうでもいい』と言っていただろう？　諦めたんじゃないか」

「しかし僕は、殺人事件の捜査で話を聴いていたわけだから。青軍の話については、ついでに確認できたことだ」

「俺たちにとっては、そっちが本筋だよ」海老沢が吐き捨てる。

「殺しの方が重い——そういう話はしなくていいよな」

「どうせ平行線だ。俺は、捜査一課とそういう話をするのは、もう諦めたよ」

「お互いに譲れないところだからな」

「今さら面子の問題を話してもしょうがねえが」海老沢が肩をすくめる。

「それより、途中でひどく焦ってたけど、何なんだ？」

「それは言えねえんだ」海老沢が渋い表情を浮かべた。

「もしかしたら、特命に関係していることか？」

「それも含めて言えねえ」

「おいおい……」

「特命で機密事項だからっていうこともあるけど、恥ずかしくて話せねえんだよ」

「いずれ明らかになるのか？」

「さあ」海老沢が首を捻る。「それは上の判断だ。俺には何とも言えねえ。何しろ部長の指示だからな」

「部長が直接指示を？　異例だな」

「部長が何を考えてるかは分からねえ。俺は……目の前にある謎を解くだけだ。なあ、今日の件は表沙汰にはしねえでくれよ」

「それは、僕も上と相談しないといけない。特捜事件の容疑者が分かったんだから、一課長は喋りたがると思う」

「それを確定させるためには、もう少し時間がかかるだろう？　今は、余計な取材とかされたくないんだ。本部内の人間にも知られたくねえ。俺にも、きちんと落とし前をつけさせてくれ」

「特命だろう？　あくまで頼まれ仕事じゃないか」

「根深い問題があるんだよ。それは、俺自身もこれから直面することかもしれねえ。ここをきちんと自分で解決しておかねえと」

「そうか……何だか分からないけど、君がそう言うなら黙ってる。記者連中にも情報が流れないように、課長にも言っておくよ」

「頼む」

　海老沢が頭を下げる。その姿には力がなく、全てのエネルギーを使い果たしてしまったようにも見えた。


　記者には話さない――少なくとも岩井が安岡を殺した物理的な証拠が見つかるまでは。一課長の大田原とは、この件で合意が取れた。しかしいつまでも隠しておけるわけではないだろう。情報は遅かれ早かれ漏れるものだ。

　とにかく明日以降もフル回転で裏取り作業を続けなければならない。

　しかし、こんな時に限って余計な人間が現れる。打ち合わせを終え、午後十時過ぎに帰宅した高峰は、闇からぬっと現れた人間に突然声をかけられた。

「高峰管理官」

　ぎょっとしてそちらを見ると、東日新聞の小池記者だった。いつものようにくたびれた服、乱れた髪型。独身なのだろうかと訝りながら、彼の指を確認した。指輪はない。だからといって独身とは限らないが、結婚していたら、妻が少しは身だしなみについて小言を言うのではないだろうか。

しかし、どうしてこのタイミングで？　情報漏れがないように固く打ち合わせしたばかりなのに、もう漏れている？

彼の身辺を調べたところ、間違いなく、かつて東日ウィークリーの編集長を務めていた小嶋学の親戚筋だと分かった。ジャーナリストの血筋もあるのだろうか。

「話すことはないですよ」高峰は先制のジャブを放った。

「管理官、今日、公安一課にずいぶん長くおられたそうですけど、何かあったんですか」

おっと……公安担当の記者に見られていたか。もっと用心すべきだった。

「それはいろいろ、野暮用もありますよ」高峰は平然を装って言った。「大したことじゃない」

「今日は、公安一課もずいぶんばたついてたみたいですけど」

「さあ」高峰は首を傾げた。「他の課のことは分からないですね」

「特捜の方で、何か動きはあったんですか」小池が食い下がる。

「一課長は何か言ってますか？」

「一課長のところには、うちは木田《きだ》が行ってます——何もないようです」

「仕切りの木田さんね……木田さんが何も聞いてないなら、発表はないということですよ」

「発表を聞きたいわけじゃないですけどね。そんなことを待っていたら、特ダネは書けない」

「だったら、ご自分で調べればいいんじゃないですか」

「安岡さんのこととか？　そう言えばあの件、どうなりました？　安岡さんは、やっぱり青軍のメンバーだったのでは？」

「そういうのは、公安一課が把握しているでしょう」

「そういう情報は流れてきませんね」

「だったら、僕の方でも何も言うことはありませんよ」

「管理官、相変わらずですね」小池が苦笑する。「先輩たちも、苦労させられてたんでしょうね」

「小嶋さんのことですか？」

「管理官のお父さんたちに、ずいぶん悩まされてたと思いますよ。こういうのって、時代が変わっても変わらないんでしょうね」

「いや、いろいろ変わりましたよ。そもそも最近は、事件の記事も小さくなった」高峰が警察官になった頃は、殺人事件が社会面のトップで扱われることも珍しくなかった。今はベタ記事が普通……新聞が扱う素材も変わってきたのは分かるが、自分が苦労している事件の扱いが小さいと、どうにも気合いが入らない。

「それは仕方ないですよ。新聞は時代の映し鏡ですから」

「まあ、こちらとしては、記事の扱いについて何か言えるわけじゃないけどね。とにかく、僕のところに来ても、何も出ませんよ」

「きついなあ」小池が苦笑した。

「記者さんは忙しいでしょう。どうせ情報が出ないところに来ても、時間の無駄ですよ」

「ご忠告、どうもです」

諦めたのか、小池がさっと頭を下げる。すぐに踵を返して歩き始めたが、肩が落ちているのが気になった。同情すべきではない。ネタを貰えなくて落ちこむのも記者の給料のうち——高峰は思わず声をかけてしまった。

「小池さん」

小池が首だけ回して振り返る。「何でしょう」と今にも笑い出しそうな表情で訊ねる。

「あなたの名刺、もらってたかな」

「お渡ししたと思いますが」

「念のため、もう一度もらえますか」

「もちろんです」

小池がスーツの内ポケットに手を突っこみ、名刺を一枚取り出した。高峰は手を伸ばして受け取った。携帯の番号も書いてあるのを確認して、うなずく。

「では」

「どうも」小池が一礼する。

彼は、自分からの電話を待ち続けるだろうか。自分はいつか、かける気になるだろうか。名刺を丁寧に名刺入れにしまい、遠ざかる小池の姿を見送った。

ああいうしつこい記者も、最近は減ったと思う。昔はもっと大変だった——粘っこい取材が妙に懐かしい。自分は過去に生きているわけではないが、最近はふとした時に昔の出来事を思い出す機会も増えてきた。

3

海老沢は、週末をひたすら耐えて過ごした。高峰が田代杏子の自供を引き出してくれたから、それを使って特命事案の方も一気に進めたい。しかし当初の予定通り、動きはない――動かないことにして、室屋たちを焦らせる狙いだった。ただしこちらも、待つだけで焦れてくる。

一月十五日、海老沢は出勤してすぐに、公安部長に面会を求めた。本当は、公安部内で部長と話をしているところを他の人間には見られたくないが、今朝はもう仕方がない。今日中に決着をつけるつもりだから、知られてもいい、という考えだった。

「先週の話は聞いた」滝本が切り出した。「さすが捜査一課と言うべきかな」

「その件については、私には批評する権利はありません」

「表に出ていない情報があるな？」

「はい」

海老沢は、高峰の取り調べで出てきた予想外の情報を説明した。滝本の顔色が蒼くなる。

「やはりそうか……」

「部長、どこまでご存じだったんですか？」海老沢は滝本の態度に疑念を抱いていた。もしかしたら最初から全部分かっていて、ただ確認するために自分を使ったのではないだろうか。

「今日、室屋を呼びます」

「勝負をかけるわけだな」

「そのつもりです」

「落とせる自信は？」

「分かりません」海老沢は正直に言った。「向こうがどう出てくるか……室屋はベテランで強《したた》かな男です。同志を集める人望もある。一筋縄ではいかないでしょう」

「私の方から渡せる材料があるといいんだが、残念ながらそういうものはない」

「手持ちの材料で勝負します」海老沢はうなずいた。「結果はできるだけ早く報告します」

「待機している」

「お待たせしないようにします」

立ち上がり、一礼。不安が膨らむ……自分がこの件を明らかにしてしまったら、公安は大きく変化することになるだろう。それでいいのか？　部長は新しい公安を作ると言っていたが、それがどういうものか、具体的な話は聞いていない。

戦後の公安は、六〇年安保、七〇年安保を経て現在の体制、そして仕事の内容が整った。しかし今や、時代は二十一世紀である。永遠に同じ体制や方法で捜査を続けていくことはできない。時代に合わせたアップデートは絶対に必要なのだが……それがどうなるか、海老沢にはまだまったく見えていない。

まずは二十世紀の尻尾を切ることから全てが始まるというわけか。


「何事ですか」

新橋の別室に呼び出された室屋は、どこか余裕があるように見えた。それも当然だと思う。自分がマークされていることは分かっていて、防御策も取っているはずだ。小柄だががっしりした肩幅、意志の強さを想起させる太い顎。ほとんど表情を変えないのは、相手に本音を読ませない、刑事としてのいい資質だ。

立ったままこちらを見下ろしている室屋に、海老沢はいきなり爆弾を投げつけた。

「殺人未遂容疑で逮捕する」

「ああ?」こういう展開は考えていなかったのか、室屋が色をなして声を上げた。

「これ」海老沢はまだ包帯が巻かれた首を指差した。「俺はあやうく殺されるところだった。狙って首を切りつけたら、傷害とは言えない。死ぬかもしれないということは当然分かっているわけだから、未必の故意あり——殺人未遂だ。そしてそれを指示したのはお前だ」

「何の話ですか」

「久野明生。東都大法学部三年、革連協の活動家でもある」

「だから?」

「こいつが逮捕された情報は、お前も当然摑んでるだろう」

「さあ、知りませんね」室屋がとぼけた。

「五日前——一月十日、お前たちは渋谷の宮下公園一階の駐車場にいた。詰めが甘いな。極秘に何かするつもりなら、覆面パトを使っちゃいけねえ。石上が乗り出した記録が残っているんだよ。あいつは今、青軍の岩井の事件を捜査しているんだが、それをサボっていたわけだ。とんだ命令違反だな」

「その件には私は関わっていません」室屋が言い張った。

「俺は宮下公園で襲われた。一階の駐車場で石上が乗り出した覆面パトカーが急遽発進するのを俺の部下が確認している。石上は、青軍事件の捜査であんな場所にいたわけではないから、勝手に動き回っていたのは間違いない」

「だから何ですか? 私に何の関係があるんですか」

「十時十五分」海老沢は腕時計を見て再度言った。「殺人未遂容疑で逮捕する。正確には教唆容疑だ」

　そこでドアが開き、葉子と西森が入ってくる。室屋に近づくと、葉子が手錠を取り出した。

「本当に逮捕するつもりですか？」

「そう言ったじゃねえか」

「冗談じゃない。帰らせてもらう」そう言いながら動こうとはしない。

「この別室のあるビルの周辺には、私服の刑事を五人、配置してる。気がつかなかったか？　お前も刑事としては鈍いな……香川、手錠を打て」

　葉子が腕を取ろうとすると、室屋は乱暴に体を捻って逃れた。しかし西森がすかさず手を貸す。素早い動きで左肘の関節を極めると、室屋の上体が前倒しになった。葉子がすかさず、左手首に手錠をかける。西森がさらに右腕を強引に引き、葉子が両手に手錠をかけられるように手伝った。結局室屋の両腕は、椅子の後ろで手錠で固められた。

「まさか、このまま取り調べするつもりじゃないでしょうね」室屋が挑みかかるように言った。

「取り調べじゃねえよ。ここからはちょっとした雑談だ。雑談の中で、事情を話してくれればいいんだよ」

「俺は何も言わない」

「二人とも、出てくれ——香川、録音の準備だけしてくれねえか」

　葉子が無言でうなずき、バッグからＩＣレコーダーを取り出した。赤い録音ボタンが点灯するのを確認して、そっと室屋の前に置く。思い切り上体を倒しても頭突きができない位置——葉子が海老沢にうなずきかけた。

「部屋の外で張っててくれ。関係ない人間が入ろうとしたら、迷わず撃て」

「管理官……本気で言ってるんですか」西森の顔が蒼褪める。

「この件は、滝本部長の特命だ。状況を明らかにするためには、何をしてもいいと許可をもらっている」

「しかし、撃つのは……」西森はまだ状況を摑みかねている様子だった。

「状況によっては撃て。ここは誰にも邪魔させねえ」

二人が出て行くのを見送ってから、海老沢は両手を組み合わせてテーブルの上に身を乗り出した。

「こんな取り調べは違法だ」室屋が抗議する。

「逮捕はしてねえよ。誰も記録に入ってないし、まだ任意だ」

「任意だとしたら、ますます違法だ。手錠を外せ」

「お前が暴れたから抑制した。何の問題がある？」

「手錠を外さない限り、何も喋らない」

「おいおい」海老沢は声を上げて笑ってやった。「お前も散々、違法行為をやってきただろうが。自分が同じようにされているからと言って、抗議する権利があると思うなよ」

「これで俺を逮捕しても、後で問題にしてやる。違法な事情聴取は、裁判でも問題になりますよ」

「裁判で闘うつもりがあるのか？　お前を弁護するのは、どんな弁護士だろうな」海老沢は嘲笑った。「俺が弁護士だったら、絶対に担当しない。勝ち目のない裁判で、時間と労力をすり減らすのは人生の無駄だ」

「違法な捜査は許さない！」室屋が声を張り上げる。

「よく言うぜ。お前だって、今まで極左の連中から散々同じようなことを言われてきただろう」

「ふざけるな！」

「それはこっちの台詞だ」海老沢は身を引いた。ＩＣレコーダーがちゃんと作動していることを確認してから、ゆっくりした口調を心がけて話し出す。「室屋班は五人ぐらいいるんだな。ＯＢまで巻きこんでる。高野さんにも、もう話を聴いたよ」

「高野さんのことは知らない」

「高野さんも、お前のことは知らないってさ。その辺の口裏合わせはしっかりしてるようだな。でも、縛れない相手もいる。革連協の久野は、お前の指示で俺を拉致しようとしたことを自供した。その情報は、お前のところには届いていなかっただろう」

「何も言わない」室屋の頬が引き攣る。

「言わなくていい。黙って俺の話を聞け。お前らは、公安の復権を狙ってたんだろう。復権というか、今まで通りに仕事を続けようとした。しかし実際には、公安の仕事は減っている。極左の活動が縮小してるんだから、公安一課も今までと同じように仕事を続けていくのは無理だ。だけど公安一課の中には、今までと同じような勢力で同じような仕事を続けていくべき、と考える人間が少なからずいる。お前がその代表だ」

　そこまで言うと、海老沢は室屋に対する同情のような気持ちが芽生えてくるのを感じた。公務員だろうが民間の会社員だろうが、仕事を続けていく大きなモチベーションは「誇り」だ。そして長く続けてきた仕事を取り上げられ、まったく新しい仕事を始めろと言われると、モチベーションは一気に下がってしまう。今の公安一課全体に、そういう気だるい雰囲気が漂っているのは事実だ。今までと同じ「極左の捜査」という仕事がなくなったら、次はどんな仕事をさせられるのか、あるいは異動させられるのかと落ち着かない気分になっている人間が多い。

「お前たちは、極左勢力を温存しようとした。それもこれも、自分たちの仕事を失わないために、だ。公安部長はそういう情報を掴んで、全容を明らかにするように、俺に特命捜査を命じた。お前は革連協の幹部を取りこんで、革連協を公安のために上手く活かしていく方法を考えていた。捜査対象があれば、公安はこれからも安泰でいられる。革連協の方でも、逮捕される心配なく、これまで通りに活動できる。もっとも、革連協の活動も、これからは目立たなくなるだろうな。ソフト路線に転換する途中だし、公安が今までのように厳しく捜査する必要もなくなってくるだろう。十年もしたら、監視対象団体から外されるかもしれない」

「管理官は、それでいいと思ってるんですか？」

「難しいところだな」海老沢は認めて腕を組んだ。「俺にも、今までやってきた仕事のプライドはある。しかし世の中は変わるんだ。変わる世の中に対応するのが警察の仕事で、自分たちのために世の中を変えようとするのは筋違い――勘違いだぜ」

それは戦前の特高のやり方だ。特高は世の中を「変えない」ために、革命を目指す左派勢力を残忍な方法で弾圧した。戦後の公安も極左と激しい戦いを繰り広げていたが、特高のやり方とは違う。学生運動を完全に鎮め、セクトを壊滅させようというまでの激しい捜査ではなかったのだ。あくまで、現在目の前で起きている事件に対処するだけ――多くのセクトが潰れてきたものの、それは「自壊」とでも言うべき終わり方だった。

「お前たちは、調査の手が迫っていることを意識して、俺を拉致しようとした。殺すつもりだったか、拷問でもして吐かせるつもりだったかは分からねえが、いずれにせよ計画が雑なんだよ。拉致を素人の革連協の若手にやらせたり、覆面パトを犯行に使おうとしたり」

「俺は何も言わない」

「久野は完全自供してる。どうして久野が室屋班にいるかは知らねえが、人選を誤ったんじゃねえか？　あんな人間にやらせて、上手くいくわけがねえ。しかも久野は、お前のところで警察と革連協をつなぐような仕事はしたくなかった――副議長に命令されて、仕方なくやったんだよ。モチベーションの低い奴に任せると、どんなに簡単な作戦でも失敗するもんだぜ」

室屋が顔を上げ、海老沢を睨みつけた。手錠をきつくかけ過ぎたのか、しきりに肩を動かしたが、無視する。手錠を外すのと引き換えに供述を引き出そうかと思ったが、その取り引きはもう少し後にすることにした。少しは苦しい思いをしてもらおう――と考え、これは戦前の特高と一緒だと思い至って嫌な気分になった。拷問は、特高の得意技だったのである。

ただし今回、相手は警察官だ。

「今回の逮捕容疑は、この件に関してになる。俺を殺そうとした人間がいて、そいつに指示を出したのはお前――裁判所はもう、この件を買ってるんだよ。だから逮捕状も出た」

「俺は逮捕されてない――厳密には」

「そうだよ。逮捕状も見せていない。今はまだ、任意で話をしている状態だ」

「だったら手錠を外せ！」話は繰り返しになってきた。

「断る。お前は手錠を外したら暴れそうだからな。予防措置だ」海老沢は平然と言った。「それで、もう一つの話だ。岩井事件。あれがどうなったか、聞いてるか？」

「あれは俺の担当じゃない」

「そうか……捜査一課に手柄を持って行かれたよ。捜査一課が調べていた殺人事件の被害者と岩井がつながっていた。あくまで捜査一課が捜査を進めていくことになるけど、要するにこの事件は、一種の内ゲバだったんだ」

「俺には関係ない」あくまで素気ない振りを装うつもりのようだが、室屋のこめかみは汗で濡れていた。滅多に表情を変えない、焦りも見せないこの男にしては珍しい。

「岩井は、殺された安岡という男と、青軍の仲間だった。正確に言うと、安岡という人間が青軍の本当のリーダーで、こいつを安全に逃すために、岩井がダミーになった。三十年前にも、公安の中ではそういう説があったそうだけど、結果的にそれは正解だったわけだ。そして今、三十年ぶりに青軍を復活させて、新たな活動を始めようとしていた。それが具体的にどんなものだったかは、二人とも死んじまってるから分からねえが、大規模なゲリラ事件だった可能性もある。奴らには、企業爆破事件の実績があるからな。しかし三十年も逃亡していた人間と、普通に就職して代議士の秘書をやっていた人間とでは、意識のずれが生じるのが普通だろう。長年の戦友だったはずが敵同士になってしまった——その結果、岩井が安岡を殺した。東京でな」

「だから？」

「安岡は、岩井を東京へ誘った。その時に、どういう理由をつけたと思う？」

「俺が知るわけがない」

「お前だよ」海老沢は室屋に人差し指を突きつけた。「お前に会う、会ってアドバイスを受けるから一緒に行こう、という話だった。おかしな話じゃねえか？　極左の幹部が公安にアドバイスを求めるってのは、いったいどういうことなんだ？」

「俺は、安岡という人間は知らない」

「安岡がお前を知ってたのに？」

「死んだ人間が何を言っていたか、どうして分かるんですか」室屋が傲慢な口調で訊ねる。

「一緒にいた人間が証言した。この証言は信用できると俺は判断した」

週末にかけても、田代杏子への取り調べは集中して行われた。一度喋ってしまったら、もう完全に気持ちが折れてしまったのだろうか……こちらの質問には全て答えた。それで、室屋に対する容疑も固まったと言っていい。

「否定し続けてもいいけど、時間の問題だぜ。刑事は刑事らしく、潔く覚悟を決めろよ。俺たちに手間をかけさせるな」

「……クソ」室屋が吐き捨てる。

「いったいいつから、青軍と関係があったんだ？　お前ら、岩井の逃亡にも資金援助してたんじゃねえか」

例えば機密費を使えば、正式な記録に残ることなく金銭的な援助ができたはずだ。たとえそれが月に数万円であっても、地方都市で暮らすためには、それなりに役に立ったはずである。

「古い話だよ」室屋がようやくまともに話し出した。「二十年も前だ」

「岩井が帰国してからか？」ピンときて、海老沢は指摘した。「まさか、岩井の帰国をお膳立てしたのも、お前らじゃねえだろうな」

「違う」低い声で室屋が否定した。「だいたい、その頃俺はまだ所轄の警備課にいた」

「だったら、高野さんか？」

　高野の取り調べは難渋を極めた。ＯＢとはいっても辞めたばかりで、まだ気力も体力も充実している。百戦錬磨の元刑事は、取り調べられる方の心理も刑事の心理もよく分かっている。ひたすら無言——直接の物的証拠がないわけで、一番効果的な「黙秘」を貫き続けたのだ。先輩を調べるという状況で、海老沢の追及も少し鈍っていたのは事実だが……しかしこの後必ず落とす、と決めている。

「高野さんが、そもそもの始まりなのか？」

「俺が知る限りでは」

「その頃は、高野さんも公安一課ではまだ中堅だったはずだ」

「その辺の事情は知らない」

　二十年前——高野は四十代に入ったばかりだろう。巡査長で、何かやろうとしても、人に命令できる立場ではなかった……いったいどういうコネを使って、岩井の情報を取り、自分たちの手中に取りこんだのだろう。

「肝は高野さんか」

「俺は、高野さんに公安刑事の基礎を叩きこまれた。高野さんは二十年前から、公安の未来を案じていたんだ。いずれ自分たちの仕事はなくなる、だけど公安の捜査のノウハウが失われたら、今後世の中を揺るがすような危険な団体が出てきた時に対処できない。しかも捜査のノウハウは紙に書いておくだけでは伝えられない。だから捜査を現場で学べる場所が必要だ——理に適ってるでしょう、管理官？」

「しかし、自分で捜査対象を守るのは筋違いだ」

「このまま公安の火が消えてしまってもいいんですか」

「それが時代の変化だ」

「そうやって人を減らし、捜査のノウハウが途切れて、今後新たな極左の勢力が出てきた時には対応できなくなる——」

「これからはもう、極左が出てくるような時代じゃねえよ」

　自分の分析は冷静で正しいと思う。しかし心の中には一抹の侘しさがあった。これから自分の仕事はなくなる、と言っているも同然なのだから。それ故、室屋たちの行動も理解できなくはない——ただし、違法行為は許されない。

「高野さんがそもそもの発端かどうかは分からない。しかし高野さんが中心になって、この二十年間、岩井を匿っていたのは確かだ。同時に、革連協を取りこんで、生かさず殺さずで活動できるように調整していた——そういうことだな」

「何か問題だと思いますか？」挑むように室屋が言った。「公安は昔から、極左を利用してきた。これも同じことだ」

「極左の内部情勢を探り、捜査に生かすためだ。自分たちの仕事を減らさないためじゃねえ」

「後輩たちのためですよ。若い連中が、仕事がなくなって右往左往するのを見たくない」

「この真相を知って喜ぶ若い連中がいると思うか？　お前らは、自分の既得権益を守るために違法行為に手を染めた。その事実を知った若い連中は、どう考えると思う？」

「いずれは俺たちに感謝するでしょうね」

「あくまで反省しないわけか」

「どうして反省する必要がありますか」

「そいつは自分でゆっくり考えてくれ。裁判でどんな判断が出るか——それは、俺には何とも言えねえ。しかしこれが正しいことだと考える裁判官はいねえだろうよ」

「本気で俺を逮捕するつもりですか」

「ああ。今手錠を外す。それから正式に逮捕する」

海老沢は立ち上がり、ドアを開けた。緊張した面持ちの葉子と西森が海老沢の顔を見詰める。

「大丈夫だ」

「自供したんですか？」葉子が低い声で訊ねる。

「自供したも同然だ。本格的な取り調べはこれからだが——手錠を外してやれ」

西森が警戒のために室屋の横に立ち、葉子が手錠を外す。室屋が葉子を睨みつけてから、右、左と順番に手首を揉んだ。そんなに長く拘束されていたわけではないから、まだ痺れていないはずだが。


　室屋が、背広の内ポケットに手を伸ばした。海老沢はその様子をぼんやり見ていたが、ふと嫌な予感が走って、テーブルを回りこんで彼の手を思い切り払い除けた。何かが宙を飛び、床に小さな白いものが転がる。西森がしゃがみこんで拾おうとしたので、海老沢は「触るな！」と叫んだ。西森がびくりと身を震わせ、その場で立ちすくむ。

「俺が二度、失敗すると思うか？」

「さすがですね、管理官」室屋は皮肉っぽい笑みを浮かべていた。

「自殺で逃げられると思うなよ。生きてちゃんと話して、責任を取れ」

室屋は肩をすくめるだけだった。しかしその目は虚ろで、既に自分の負けを認めてしまったようだった。


高野は警察官を引退後、他の多くのＯＢのように再就職はせず、悠々自適の生活を送っている。現役時代、海老沢は彼から「辞めたらアパートの管理人だ」と直接聞いたことがある。実際、親から受け継いだ物件からの家賃収入で、余裕のある老後を送っているらしい。

高野の自宅は、経営しているアパートの横にあった。古びた一軒家だったが、よく手入れされていて、玄関脇のプランターには花が咲いている。この寒い時期に開く花は何だろう……今回は、葉子と西森も連れてきていて、他に覆面パトカーも待機させている。それでも海老沢は不安だった。先ほどの室屋の自殺未遂——室屋班の人間には、失敗したら自殺する、というルールでもあるのかもしれない。室屋が逮捕された情報が、何らかのルートで高野に流れていたら……。

インタフォンを鳴らすと、すぐに高野が出て来る。しかも外出の用意を整えていた。暖かそうなウールのコートに、小さな縦型のショルダーバッグ。

「さあ、行こうか」

「まだ用件を言ってませんが」海老沢は一歩引いた。懸念が高まってくる。

「お前さんが来ることは分かっていたよ」皺《しわ》の多い顔に、薄い笑みを浮かべる。「時間を無駄にしたくないからな」

「逮捕状はまだ出ていません」高野の場合、どの容疑を適用するかは難しいところだ。海老沢を拉致するよう、久野に命じた証拠はない。革連協の幹部と通じて密かに援助したことについても「あくまで公安の業務だった」と言い抜けできる可能性もある。ポイントになりそうなのが、指名手配犯の岩井と長年通じて、逃亡を援助してきたことだ。これは立派な犯人蔵匿罪に当たる。ただし室屋の証言はまだ不十分だし、肝心の岩井が死んでいるから、決定的な証拠を得られる可能性は低い。あとは田代杏子の証言次第だろうか……ただし、田代杏子は室屋の存在すら知らなかったと言っているし、それが本当なら、高野と通じていたはずもない。

「取り敢えず、本部にご同行願います。任意で話を聴かせていただけますか」

「逮捕される準備はしてきたがね」高野がバッグを持ち上げて見せた。

「それを使うことになるかどうかは分かりませんよ」

「お前に事情聴取されるのは二度目だ。二度目となると、覚悟もできる」

「……では」

覆面パトカーの後部座席に高野と並んで座る。車が発進すると、高野が突然、切り出した。

「お前をリクルートしようと思ったこともあったよ」

「この犯行に、ですか」

「犯行と言われるのは心外だな」高野が本気で怒ったように言った。「俺は公安の将来を考えてやったんだ。そしてお前なら、公安の未来を託せると思った」

「声をかけられても断ったと思います。あなたが計画していたことは犯罪ですから」

「お前がそう言うことも予想できた。だから声はかけなかった――今思えば失敗だったな。お前を引きこんでおかなかったから、結局お前に潰されることになった」

「つまり、岩井を匿って、さらに革連協と密かに通じていたことは認めるんですね？　それならまず、犯人蔵匿での逮捕になります」

「覚悟はしている。しかしこれは、俺にとっては絶好の機会だな。俺は、お前たちのためにこういうことをやってきた。それを堂々と明らかにする」

「高野さん……正気ですか？」海老沢は軽い恐怖を覚えた。この人は、本気で言っているのだろうか？　横に座っているので高野の顔をまじまじと見ることもできないが、海老沢は不穏な気配を感じ取っていた。「お前たちのため」というのは、警察特有の美徳でもある。自分たちが得たものを、一つも余さず後輩に託す――それは尊い考えかもしれないが、やはり行為自体の意味を考えるべきだ。革連協にどのような援助をしていたか、具体的な調査はこれからだが、スパイを飼う以上の行為はやはり問題になる。高野は公判で、「これまで普通に行われてきたことの延長だ」と主張してくる可能性があるが、それが認められるかどうか。

「一つ忘れていました」

「忘れ物をするなんて、お前らしくないな」高野が嘲《あざけ》るように言った。「どうした？」

「身体検査をしていません」

「身体検査？」

「毒を呑まれたらたまりませんからね」

「俺が毒を？　どうして」

「室屋班の関係者は、何かあるとすぐに毒薬を呑もうとするようです」

「馬鹿な」高野が笑い飛ばす。「身体検査？　そんなもの、歯に毒をしこんでいたら見つけようがないだろう。旧ソ連のスパイは、そういうことをしていたという話だぞ。いざとなったら噛み潰して死ぬ」

「そこから学んだんですか？」

「死ぬためにわざわざ歯を削る？　冗談じゃない。俺は死なないよ。これからお前たちと対決だ。法廷で言いたいことを全部言うまでは、俺は死なない」

「そうですか……こちらは淡々とやるだけです。膿《うみ》を出し切るだけです」

「やれるかね」高野が薄く笑った。「自分たちの腹を切るような真似ができると思うか？」

「俺を舐めてもらったら困る」海老沢は脅しにかかった。「公安の刑事として俺をしこんだ一人が、あんただ。あんたは自分の影と戦うことになる」

「面白い考えだな」高野が声を上げて笑った。「自分自身との戦いか……いつまでも勝負がつかないんじゃないか？」

それならそれで構わない。覚悟はできている。その後には新しい公安が——部長に報告しなければならない。今は、特命捜査を完遂した快感はなかった。ただひたすら気が重い。


「ご苦労だった」公安部長の滝本が労ってくれた。彼自身、今回の件をひどく気にしていたのは間違いなく、疲れが見える。実際、目の下に隈ができているのだった。

「まだ着手したばかりです。真相解明はこれからです」言いながら、海老沢は自分の気持ちを引き締めた。「これで、部長の目指す新たな公安は作れますか？」

「それはまだ、何とも言えない」

どうにも頼りない……既に思い描く未来があって、それに向かって今回の特命を命じたのだと思っていたのに。

「座ってくれ」

言われるまま、ソファに腰を下ろす。浅く腰かけ、すぐにでも立ち去れるように……この部長の本音は何だろう？　警察は、役所の中でも特殊な世界である。基本は、極めて難しい国家公務員試験を通過したキャリア組が組織全体の動きをリードしていくのだが、現場の意向は無視できない。海老沢たちノンキャリアの幹部にすれば、いかにキャリア組を怒らせずに現場の意思を押し通すかが常に問題になる。そしてキャリアの人間は、基本的に現場の意向を大事にするし、それでだいたい通常業務は上手く回っている。時に、政治家に忖度《そんたく》したりして捜査に手心を加えるように命令を下す馬鹿な人間もいるのだが、少なくとも滝本はそういう愚か者ではない。

ただし「新しい公安」が何なのか、具体的なビジョンがない。それが少しだけ心配だった。

「今後、公安が縮小していくのは間違いない。捜査対象の活動が低下しているのに、こちらがいつまでも昔と同じような体制でやっていたら、結果的には税金の無駄遣いと言われる」

そうとは限らない。警視庁の予算が、どの部でどれぐらい使われているかは、表に出ていないのだ。だから「公安が実態に見合わない人員を揃え、予算を無駄遣いしている」という批判は出にくい。

「必ず人員は削減しなければならない。予算も減る。公安一課の規模が小さくなるのは仕方ないとして、外事にはさらに人を割かねばならないと思う」

「それは分かります」海老沢はうなずいた。昔からの監視対象である中国、北朝鮮——それにソ連は崩壊したとはいえ、ロシアの動向にも気を配らなければならない。主に国内での諜報活動の監視と摘発が主な仕事だが、最近はイスラム過激派の動向にも注視している。アフガニスタンを実質的に支配しているタリバンの動きなどは、全世界的に注目を集めているのだ。日本でイスラム過激派がテロを起こすことは考えにくいが、常に「いざ」という時に備えるのが公安だ。

「今、公安一課にいる人間も、外事に回すことがあるだろう」

「外国語もできないようでは、外事で仕事をするのは難しいと思いますよ」海老沢は指摘した。

「それは分かっている。ただし、公安部全体の人員を削減するのは避けたい。公安一課の人数を削って、他の部門に異動させるのが、実質的な公安改革になるだろう。世界の情勢に合わせて、より現代的な組織にする」

「反発する人間が出てくると思います。今さら外事に行くよりは、所轄に出る方がましだと考えてもおかしくありません」

「分かるよ。ただし、時計は巻き戻せない。世界情勢も国内情勢もどんどん変わる。公安だけが同じような仕事を続けるわけにはいかないんだ。そうやって公安を変えていく時に、不満の声が出るようでは駄目なんだ。遅滞なく、改革を進めなくてはいけない」

「——もしかしたら、これはみせしめですか」海老沢は低い声で訊ねた。ここにきて、滝本の意図が読めてきた。「公安の中には昔を懐かしんで、いつまでもこれまでの仕事にしがみつきたがる刑事もいます。そういう人間は、これから変わっていく公安の抵抗勢力になりかねない。本来、警察は一枚岩で進んでいかなければならないのに、そんな抵抗勢力がいたら、足元から崩壊する――そんな状況は、排除しないといけませんよね」

「否定も肯定もしない」滝本が海老沢の目を真っ直ぐ見詰めた。「私が手に入れていた情報は、室屋たちに関することだけだ。奴らの行動は明らかな違法行為で、断罪されて然るべきものだ。もしかしたら室屋たちとは別に、同じようなことを画策している人間がいるかもしれない――」

「やはり、みせしめですか」

「何とでも考えてくれ。今回、君はよくやってくれた。いずれ、特命捜査に参加してくれたメンバーには、何らかの形で報いる」

「私は、公安を壊す手助けをしたんですか？」仲間を裏切ってしまった、という思いが次第に強くなってくる。

「変える、だ。壊すではない」滝本が強い口調で訂正する。

「――分かりました」海老沢は立ち上がった。「お役に立てて光栄です」

「皮肉だな？」

「自分の足を切るような仕事でした」

それはいずれ、海老沢に大きなダメージを与えるだろう。残る警察官人生にも、大きな禍根が残りそうだ。

捜査が一段落した後、海老沢は久々に入院中の父を訪ねた。入院生活も長引き、会う度に体が小さくなっている感じがする。しかし自分ではどうしようもない。病院に任せるしかないのが、どうにもどかしかった。

　体はすっかり萎んでしまったが、今日の父は少し元気なようだ。ベッドを斜めに起こし、本を読んでいる。少し前までは、活字を追う元気もなかったのに、回復しているのだろうか？　文庫本にはカバーがかけられていて、何を読んでいるかは分からない。海老沢が椅子を引いて座ると、読んでいるところに指を挟んだまま閉じてしまった。

「捜査は終わったようだな」

「ああ……いろいろあった」

「青軍の指名手配犯と公安が結びついているとはな」際どい話だが、個室だから声を抑えずに話していても問題ない。

「そういうこともあるかもしれないと、考えておくべきだった。いつまでも自分の仕事を守りたいと思っている人間がいることぐらいは」

「昔、同じような事件があった」

「それは……」

「昭和二十七年。世田谷の駐在所が爆破された事件だ」

「ああ」海老沢はうなずいた。この件は、ある理由があって公安の教科書には載っていないが、刑事たちの間では語り継がれている。

「あれは、公安内部の人間のフレームアップだった」

「それは聞いてる――だけど、いったい何のためにそんなことをやったんだ？」

「公安の勢力拡大のためだ」

「戦後のその時期は……まだアメリカの占領中だよな」

「ああ。ただし、我々は今と同じように仕事をしていた。国内は騒然としていて、共産党は勢力を拡大し、そこから分派した連中が過激な行動に出ることもあった。非常に危険な時代だったのは間違いない。しかし、予算の関係もあって、公安の人員はなかなか増えなかった」

「危険分子が、国家の根幹を揺るがすような事件を起こす可能性がある——それを防ぐためには公安の陣容を整えるしかない、ということだね？」

「それを上の方に思い知らせるには、大きな事件が必要だった」

「そうか……」勢力拡大のためか、現有勢力を減らさないようにするためか。反対の狙いのようにも見えるが、目指しているところは同じだったわけだ。

人と金の確保。自分たちを守る。

「俺たちは、同じようなことばかり繰り返してきたのかもしれない。公安は、時代の影響を受ける。しかし今の公安の基礎は、六〇年安保の後で整理されて固まった」

「ああ」

六〇年安保で、デモ隊が国会に突入したのは、警察にとっては大きな敗北だった。二度とそんなことを起こさせない——そのために公安部の人員は増強され、極左団体への監視が強化された。同時に警備部の戦力も拡充され、機動隊員は徹底的に鍛えられた。この時期は、公安と警備部が抑圧勢力として毛嫌いされた時代である。

「しかしこれからは、今まで通りにはいかないだろう」

「それは分かってる。部長も同じように言っていた。公安が変わる時に反対勢力になりそうな人間を予め排除して、同じようなことを考えている人間へのみせしめにする——そんなことのために給料をもらっていると思うと、心底情けない」

「外向けではなく、内向きの仕事をするような年齢と階級になったということだろう。仕方がない」珍しく父が慰めてくれた。

「父さんは、その昭和二十七年の事件の捜査に関わっていた？」

「ああ」

「警察のフレームアップだと分かった時、どう思った？」

父が口を閉ざす。口元の皺がぐっと深くなった。文庫本から皺だらけの指を抜き、サイドテーブルに置いた。

「俺は乗り越えた」

「どうやって？」

「忘れた」

歳が歳だから物忘れもおかしくはないが、これは嘘だと思う。自分が所属している組織が違法行為に手を染めた——そんな重大なことを忘れるわけがない。その時自分がどう考え、どう行動したかも。要するに、思い出したくもない嫌な記憶なのだ。それをしつこく聞いて、死期が近い父を不快にさせることはないだろう。

「俺は、今回の件を忘れられないと思う。自分の行動が正しかったかどうかも分からない」

「あの時は……」目を閉じたまま、父がつぶやくように言った。「高峰靖夫、覚えてるな？」

「ああ。父さんの幼馴染みだろう」そして高峰の父。

「昭和二十七年の事件では、高峰がいた捜査一課も絡んで捜査をしていた。それがきっかけで、俺は高峰と大喧嘩して、それから十年以上も口をきかなかったよ」

「公安一課と捜査一課の衝突は、昔からなんだ」

「それについては、後悔している。互いの仕事の信念が合わなかったせいだが、もっとよく話しておけばよかったと思う。あいつと会わない十数年は、俺にとっては空白の時代だった」

「そんなに仲がよかったのか？」

「同じ年に同じ街で生まれて、同じように警察の仕事に就いた。そして何とか戦争を生き延びた。終戦後はずいぶん歩む道が変わってしまって、それが昭和二十七年の事件で完全に別の方向へ向かってしまったわけだ。ああいう事件があると、どうしても人間関係に亀裂が生じてしまう」

「高峰——息子の方には、今回助けてもらったんだ」海老沢は打ち明けた。

「息子も捜査一課だろう？」

「一番肝心なところの取り調べを、特別にやってもらった。美味しいところを持っていかれたよ」

「そうか……さすが高峰の息子だな」

「高峰の親父さんは、捜査一課の伝説の刑事と言われていた」

「ああ。そう言われるだけの刑事だったよ、あいつは」父が静かにうなずく。「お互い引退してから、昔話ができるようになってよかった。子どもの頃から一緒に育ったし、趣味も同じだったしな。六十になった爺さん同士が連れ立って映画や芝居を観に行くのは、かなり変だったかもしれないが」

「いや、いい趣味だと思うよ」自分にはそういう趣味はない。高峰はどうだろう。引退した後、二人で揃って出かける様子は想像もできない。

「捜査一課と公安の捜査方針や方法がぶつかることは、よくある。俺はそれに巻きこまれて、高峰と十年以上も話さなかった。今でも後悔してるよ。仕事では対立しても、個人的には関係をつないでおいた方がいい。それが、仕事にも上手くつながっていくんじゃないかな」

「そうかもしれない。父さんが引退した時には、青軍は……」

「企業爆破事件が起きた後、俺は定年になった。青軍の件も、直接捜査には関わっていない。もっとも、ずっと気になってはいた。今回の件、詳しく聞かせてもらおうか」

　考えてみれば、事件について父親と詳しく話したことはない。父は自分の経験を話そうとしなかったし、海老沢が担当している事件について聞こうともしなかった。海老沢にすれば、父が担当した昔の事件について知れば、自分の捜査に役立つこともあったはずだが……話を持ち出すと、いつも誤魔化されてしまった記憶がある。

　こういうのも一つのやり方だろう。公安の仕事は確かに秘密が多い。それを胸にしまいこんで、関係者や家族にも話さない——一種の美学でもある。

　しかし父も、ここに来て変わったのかもしれない。父と事件の話ができるのは嬉しかった。どことなく素気なかった父との関係が、ここにきて変わるかもしれない。

「俺が奢るのは、何だか筋が違う感じがするんだが」会うなり、海老沢は高峰に文句を言った。

「僕はだいぶ貸しがあると思うよ」高峰はにやにや笑っている。「バレンタインデーっていうのは、どうかと思うけどね」

二月十四日……すっかり忘れていたが、世間はバレンタインデーだ。そう言えばこの店に来る前、駅の地下通路にチョコレートを売る出店が臨時出店していて、人だかりがしていたのを思い出す。

もっとも自分たちは、そういうこととは関係なく、蕎麦屋での晩餐だが。

「親父さん、残念だった」高峰が頭を下げる。海老沢の父は、一月三十日に亡くなった。厳しい捜査を進める中での葬式——ぼろぼろになってしまったが、そこからもようやく立ち直った。今は室屋たちに対する捜査も一段落し、落ち着いている。

「いや、歳も歳だったから……葬式、わざわざすまなかった」

「当然だよ、君の父親なんだから」

高峰と父は一面識もない。父の葬儀に参列してくれたのは、かつての部下たち——つまり公安部の関係者ばかりだ。高峰は忙しい仕事の合間を縫って、通夜に顔を出してくれたが、焼香してすぐに去って行ったのは、居心地が悪かったからだろう。

その件、そして田代杏子を落としてくれたことに対して、個人的にお礼をしておかねばならない——一種の強迫観念に襲われて、今日、高峰を誘ったのだった。

卵焼き、板わさ、蕎麦味噌と定番のつまみで、熱燗をゆっくり呑む。バレンタインデーのせいではあるまいが、客は少なく、落ち着いて酒を楽しめる。

自分たちの仕事から離れて、話は先日起きたばかりのえひめ丸事故のことになった。ハワイ沖で、水産高校の練習船が米海軍の原潜と衝突して沈没、生徒たち九人が亡くなった。

「まさかっていうのは、ああいうことだよな」高峰が沈鬱な声で言う。「原潜にぶつけられるなんてさ」

「とんだもらい事故だ」

「捜査も大変だろうな」

「アメリカ軍の軍法会議になるんじゃないか」海老沢は指摘した。「何でも自分の捜査と比べて考えるなよ。だいたい、海難事故は警察の担当でもないんだし」

「陸で同じような事故が起きるかもしれないだろう」

「まあ……お前は真面目だねえ」海老沢はからかった。「で？　そっちの方はどうなんだ？」

「変な捜査だったけど、やっと一段落したよ」

　安岡殺しについては公安一課と捜査一課の合同捜査が続けられたが、最終的には最初に手をつけた捜査一課が責任を持って処理した。ただし容疑者の岩井は既に死亡しており、これから容疑者死亡のまま送検、で終わることになるだろう。すっきり幕が降りるわけではないが、事件とはそういうものだ。

「公安は？」

「捜査は一段落してるけど、本当の戦いはこれからだろうな。部内で、他にも賛同者がいたんじゃねえかっていう情報がある。そいつらを炙《あぶ》り出さねえと」

「それも君がやるのか？」

「断った」滝本とのやり取りを思い出す。やってくれるかと問われ、できませんと即答したのだった。滝本は「そうか」と引き下がってくれたが、その頬が引き攣ったのを海老沢は見逃さなかった。思えばあの時が、自分の警察官人生最大のピンチだったかもしれない。あれだけはっきりした形で上司に逆らったことは一度もなかった。

「いい度胸だ」

「いろいろ考えたんだが……まだ迷ってる」

「何を?」

「逮捕した係長たちの気持ちも、理解できないわけじゃねえんだ。俺たちの仕事はこれから間違いなく減ってくる」

「分かるよ」高峰がうなずく。「ただそれは、僕たちから見ればいいことだけどな。社会を揺るがす不安定な要素が減るわけだろう?」

「これからゆっくり、大きな組織変更がある。リストラもあるだろう。俺もそれに引っかかる可能性はあるんだ。この歳になってまったく新しい仕事をするのはきつい」

「僕は、公安はそれほど縮小しないと思うけどね」

「どうして」

「オウムだよ。ああいう事件がまた起きないとも限らない」

「それは……そうだな」

「誰も、宗教団体がテロ事件を起こすなんて考えてもいなかったはずだ。今後も、予想もしていなかった事件が起きる可能性はある。公安のどのセクションが担当するか分からないけど、危ない団体の監視と分析は絶対に必要じゃないかな」

「それをうちの部長に言ってくれるとありがてえな」

「僕が話せるような相手じゃないだろう」

「まあ……お前の言うことにも一理あるけど、宗教団体の監視なんかできるのかね。得体の知れない団体はいくらでもあるけどな……そう言えば、オウム真理教の活動が騒がれ始めた頃、杉並の公園で毎週日曜日に集まって軍事訓練している奴らがいたよ」

「軍事訓練？」

「右翼系の団体だったんだけど、全員木刀を持って、素振りと、剣道で言えば立ち会いをやってた。怪我する奴もいたし、公園の利用者からも苦情がきたから調べたんだけど、結局どういう団体なのかよく分からなかった。何だか新興宗教みたいな感じがしたけど、その後すぐに姿を消しちまったからな。解散したのか、東京から出て他の場所に活動拠点を移したのかは分からないけど」

「なるほど……」

「ま、これからの仕事がどうなるかは分からねえけど、粛々とやるだけだな」粛々という言葉が出てくるのは、心がざわついている証拠だ。「しかし、お前はいいよな。どんなに時代が変わっても、捜査一課には必ず仕事がある」

「捜査一課の仕事が永遠に続くのは、殺しが絶対になくならないからだ。それはいいことじゃない」

「殺しは……しょうがねえんじゃねえかな。人間は他の人間を殺すように、プログラミングされてるんだよ。そういう遺伝子があるんだ」

「嫌な考えだけど、否定もできないな」

「とにかく捜査一課は安泰だ。俺からすれば羨ましいよ」

「だけど、余計なことを考えると、室屋のようになる」

「室屋だけじゃねえ。昔も、公安の戦力を拡充させるために事件をフレームアップしたことがあったらしい」

「そうなのか？」高峰が目を見開く。

「うちの親父だけじゃねえぞ。お前の親父さんもその捜査に関わっていたそうだ」

「初耳だ。うちの父親は、昔の仕事についてあまり喋らなかったからな」

「それはうちも同じだけど、死ぬ間際になって、昔話をする気になったのかもしれねえな。俺たち後輩に対する教訓として」

「大事にすべきだな。僕たちの次の世代——子どもたちにもつないでおくべきかもしれない」

「お前のところ、子どもは警察官になりそうなのか？」

「それはないな」高峰が残念そうに言った。

「そうか……最後に話した時、親父がお前とはつながっておいた方がいいって言ってた」

「つながる……」

「同期として、友だちとしてさ。公安一課と捜査一課は仲が悪くても、つながっている人間がいれば、非公式にでも話を進められる。その方が、捜査にとっては何かと便利じゃねえか」

「まあ、僕としては仕事のこともそうだけど、友人として、ということの方が大事だな。この歳になると、新しい友だちはできないし、昔の友だちと会う機会も減る」

「忙しい年代だからな」海老沢は同意した。「ようやく暇になってゆっくり呑めるのは、定年になってから、なんてことになりかねねえ」

「僕はそれでもいいけどね」

「どうかな……まあ、公安一課と捜査一課が一緒に仕事をする機会なんて、そんなにないと思うけど、これからもよろしく頼むぜ」

「ああ」

海老沢は太い卵焼きを口にした。出汁がたっぷり入っているが、やや甘みがち――日本酒には合わない感じがする。

「甘えな、これ」

卵焼きに箸を伸ばした高峰が「そうかな」と首を傾げた。

「東京の卵焼きはこれぐらいの感じだけど」

「どうも、お前とは好みが合わねえな」

「友だちとしては前途多難って感じだね」高峰が苦笑する。

それでも……道は続いていく。

本作は書き下ろしです。

堂場瞬一（どうば・しゅんいち）

1963年茨城県生まれ。青山学院大学国際政治経済学部卒業。新聞社勤務のかたわら小説を執筆し、2000年「８年」で第13回小説すばる新人賞を受賞。2013年より専業作家となり警察小説、スポーツ小説など多彩なジャンルで意欲的に作品を発表し続けている。著書に「日本の警察」「警視庁犯罪被害者支援課」「警視庁追跡捜査係」「ラストライン」各シリーズのほか、三部作『小さき王たち』、『デモクラシー』『ラットトラップ』『ザ・ミッション』など多数。

鷹《たか》の惑《まど》い

第一刷発行　二〇二三年七月二四日

著者　堂場《どうば》瞬一《しゅんいち》

発行者　鈴木章一

発行所　株式会社　講談社
〒112-8001東京都文京区音羽二―一二―二一
電話　出版　〇三―五三九五―三五〇五
販売　〇三―五三九五―五八一七
業務　〇三―五三九五―三六一五

本文データ制作　講談社デジタル製作

印刷所　株式会社ＫＰＳプロダクツ

製本所　株式会社若林製本工場

定価はカバーに表示してあります。

Printed in Japan　ISBN978-4-06-532091-4

N.D.C. 913　372p　19cm

KODANSHA